W0248127

Adriaan van Dis
Indische Dünen

Roman

Aus dem Niederländischen
von Mirjam Pressler

Carl Hanser Verlag

Die Originalausgabe erschien 1994 unter dem Titel
Indische Duinen
bei Meulenhoff in Amsterdam.

Die Übersetzung wurde gefördert vom
Nederlands Literair Produktie- en Vertalingenfonds
in Amsterdam.

1 2 3 4 5 01 00 99 98 97

ISBN 3-446-18926-2
© Adriaan van Dis und J. M. Meulenhoff bv, Amsterdam 1994
Alle Rechte der deutschen Ausgabe
© Carl Hanser Verlag München Wien 1997
Satz: Reinhard Amann, Aichstetten
Druck und Bindung: Friedrich Pustet, Regensburg
Printed in Germany

Indische Dünen

Die Mädchen wollten die Küste sehen. Sie hörten aufgeregte Stimmen im Gang, und ein Lautsprecher hallte über alle Decks: »Holland in Sicht.« Die Schiffssirene heulte, Schritte klangen auf der Treppe, Möwen kreischten. Die Mädchen kletterten aus ihren Kojen und schoben den Kabinenkoffer vor das Bullauge. Die Kleinste durfte zuerst, ihre beiden Schwestern hoben sie hoch. Sie drückte die Nase ans Glas und sagte: »Ich sehe nur Wellen.« Die Scheibe beschlug.

In der Kabinenecke neben der Tür wusch sich die Mutter an dem kleinen Waschbecken, das Wasser spritzte auf den Holzfußboden, sie nahm ihr Handtuch vom Haken und schaute in den Spiegel. Sie seufzte, jeden Morgen stand sie hundemüde auf, und es war ein Trost, daß das dampfende Wasser den Spiegel beschlug, so daß sie beim Abtrocknen nicht die tiefen Linien in ihrem Gesicht zu sehen brauchte. Es war stickig in der Kabine, sie ging zum Bullauge und drehte die Flügelschrauben auf. Salzige kalte Luft strömte herein, die Mädchen fröstelten und zogen Pullover über ihre Pyjamas. Eine Möwe flog vorüber, träger als jene, die dem Schiff für gewöhnlich folgten; es mußte eine Landmöwe sein. »Jetzt ich«, sagte das mittlere Mädchen, sie schob ihre Mutter zur Seite und steckte den Kopf durch das Bullauge. Sie verzog enttäuscht das Gesicht. Kein Land in Sicht.

»Du mußt nach unten schauen«, sagte die Älteste. »Holland liegt unter dem Meeresspiegel.« Sie stellte sich breitbeinig auf den Koffer, schob den Hintern zurück und bildete mit den Händen ein Fernrohr. Jemand klopfte an die Tür. Ein kahlköpfiger Mann kam herein, er war schon angezogen und hielt einen kurzen Militärmantel in der Hand. Die Kleinste rannte auf ihn zu und sprang auf seinen Arm. Sie klemmte die Beine um seine Taille und ließ sich mit ausgestreckten Armen rückwärts fallen. »Justin, Justin«, rief sie. »Ich habe das holländische Meer gesehen!«

Er legte das Kind vorsichtig auf das Bett und streichelte ihren braunen Bauch. »Das ist die Nordsee«, sagte er. »Noch ein paar Stunden, und wir sind in Amsterdam.« Er küßte die Mutter und beugte sich zu dem mittleren Mädchen. Sie wich aus.

»Ada«, sagte die Mutter, »sag guten Tag zu Justin, wenn er dich begrüßt.«

»Tag«, fauchte Ada. Sie lief zu dem kleinen Waschbekken und begann, sich die Zähne zu putzen.

Der kahlköpfige Mann zuckte lachend mit den Schultern und ging zum Fenster. »Komm, Jana, du erkältest dich.« Er legte ihr die Arme um die Hüften und drückte sie an sich. »Du schaust in die falsche Richtung, die Küste liegt Steuerbord.«

Die Mutter sah im Gegenlicht Janas Beine durch ihre Pyjamahosen: Wie dünn sie waren.

Während sich die Mädchen anzogen, holte der Mann ein orangefarbenes Band aus der Hosentasche. »Heute ist ein Festtag«, sagte er. »Prinzessin Juliana hat Geburtstag.« Der dreißigste April, wie konnte er das nur behalten, sie zählte die Tage nicht mehr, sie hatte keine Ahnung, wie lange sie schon unterwegs waren; sogar ihr Körper ignorierte den Kalender. Ihr war schlecht, und sie war schon ewig über der Zeit.

Die Mutter schnitt das Band in drei gleiche Stücke, der steife Stoff raschelte unter ihren Fingern, die Haare ihrer Töchter waren zu kurz für Schleifen. Bevor sie an Bord gingen, hatte eine Krankenschwester allen Kindern die Köpfe kahl geschoren; in Palembang herrschte Krätze.

Die Mädchen konnten es nicht erwarten, ihr neues Land zu sehen, sie rannten den Gang entlang, tanzten ungeduldig hinter langsam gehenden Passagieren herum und drängelten sich am Treppengeländer vorbei nach oben. Sie trugen Trainingshosen unter den Röcken, und die Mutter hatte darauf bestanden, daß sie ihre neuen Dufflecoats zuknöpften, die Kapuzen aufsetzten und fest unter dem Kinn zubanden. Sie traute dem holländischen Frühling nicht, die Kinder steckten noch voller Krankheiten. Nach Port Said war eine Epidemie nach der anderen an Bord ausgebrochen, Masern, Röteln, Keuchhusten. Warme Kleidung war die beste Medizin.

Die Mutter schlurfte hinter den Kindern her, sie hielt sich an beiden Geländern fest, Treppensteigen fiel ihr schwer, ihre Beine gehorchten ihr nicht. Wenn sie morgens nach dem Waschen einen Finger in ihren Oberschenkel drückte, blieb noch immer eine Vertiefung zurück. Sie schluckte Kalk und Vitamine, aber das Ödem ließ sich nicht vertreiben. Seltsam, in harten Zeiten hielt sie viel mehr aus, aber an Bord, wo sie faulenzen konnte, war sie in der letzten Zeit sogar zu müde gewesen, um zu den Salons zu gehen. Die Mädchen brachten ihr das Abendessen ans Bett, und Justin leistete ihr Gesellschaft, bis es dunkel wurde. Sobald die Älteste schlafen ging, kehrte er zu seiner Kabine zurück.

Doch diesmal mußte sie mit an Deck; sie wollte ihren Kindern die ersten Dörfer zeigen. Hatten sie je einen steinernen Pier gesehen, einen Leuchtturm, Schleusen, eine schwarzweiße Kuh? Sie fröstelte, es war ihr nicht gelungen, einen passenden Mantel zu finden, das Rote Kreuz hatte nur kleine Größen gehabt. Aus dem Mantel, den man ihr in Ataka zugeworfen hatte, schnitt sie unterwegs drei kleine Jacken zu.

Es war voll auf dem Hauptdeck. Woher kamen auf einmal die vielen Menschen? Ganze Familien aus Ostindien drängten sich an der Reling, die meisten hatten sich noch nie in den Salons gezeigt, und jetzt mischten sie sich unter die Holländer, um einen Schatten des unbekannten Landes zu erspähen. Voller Mitleid blickte die Mutter auf die in *sarong* und *kabaja* gekleideten Frauen. Wer so die Niederlande betrat, würde noch Probleme bekommen, dachte sie, da halfen auch keine dicken Decken.

Justin hängte ihr seine Joppe um die Schultern und rieb ihr die Arme warm, sie lehnte sich an ihn, aber sie erschrak über ihre Hüfte, die sich hart in seine Seite bohrte. Sie schämte sich, sie war noch kräftig gewesen, als sie ihm in Palembang begegnet war, wenn auch nur Haut und Knochen. Der Wille zum Kämpfen war damals noch in ihr gewesen. Doch seit sie das Mittelmeer hinter sich hatten, drückte ihr der graue Himmel das letzte bißchen Energie aus dem Körper. Ihre Eckzähne hatten sich gelockert, und jeden Morgen fand sie graue Haare auf ihrem Kopfkissen. Wie war es möglich, daß sie nächtelang unter einem ägyptischen Sternenhimmel getanzt hatte, angeregt von der Musik einer Bordkapelle, die in Aden an Bord gestiegen war und in Port Said wieder mit einem anderen Schiff südwärts fuhr? Sie hatte sich sicher gefühlt in seinen Armen, er führte gut, aber würde er auch eine Rolle in ihrem Leben spielen?

Die Erwachsenen standen dicht an dicht an der Reling. Für die Kinder blieb die Küste hinter Hosen und Tüchern verborgen. Justin nahm die Kleinste auf die Schultern, und die Mutter schwankte neben ihm auf den Zehenspitzen. Sie war einen Kopf größer, sah aber ebenso wenig wie er, ein feiner Regen färbte alles grau. Die Maschinen stampften mit voller Kraft, das Schiff drehte sich, und der Seegang ließ nach, sie fühlte die Wellen von hinten kommen, die

Leute deuteten in die Ferne ... dort, dort mußten die Schleusen liegen. Ein ambonesischer Hilfsmaschinist meinte eine Mühle zu erkennen.

»Beim ersten Stückchen Holland, das ihr seht, dürft ihr euch etwas wünschen«, sagte die Mutter.

»Ein Malbuch«, rief die Kleinste und trommelte aufgeregt auf Justins Kopf.

»Ein leiser Wunsch, Saskia, sonst geht er nicht in Erfüllung«, sagte die Mutter. Sie holte tief Luft und machte einen Schritt vorwärts. »Diese Kinder haben noch nie ihr Mutterland gesehen!« rief sie mit lauter Stimme. »Jetzt sind sie an der Reihe, gönnt ihnen eine kostbare Erinnerung.« Sie packte Jana und Ada an der Hand und kämpfte sich mit vielen Pardons einen Weg durch die Menschenmenge. Zu ihrer Überraschung merkte sie, daß ihre Aussprache kehlig war, in Ostindien hatten sich die harten Klänge abgeschliffen, doch beim Anblick ihres Mutterlandes kam der alte Ton von selbst wieder. Sie vergaß, wie krank sie war, wischte mit einer weiten Bewegung ein Stück Reling frei und zog alles, was kleiner war als sie, nach vorn. Justin und Saskia folgten ihr gehorsam.

Die Schiffssirene heulte, und genau in diesem Moment brach die Sonne durch, eine vorsichtige Sonne. Dort lagen die Dünen, in vielen Reihen hintereinander, die Wolken rissen auf und der Sand färbte sich goldgelb. Niemand sagte etwas, die Möwen tauchten landwärts, und die Sonne ließ einen Schatten über die Dünen tanzen, *wajang*, ein Schattenspiel in der Kälte. Ehepaare schauten einander an, tasteten einer nach der Hand des anderen.

»Was ist das?« fragte Saskia.

»Das sind Dünen«, sagte die Mutter. »Holländische Dünen.« Und ihre Stimme zitterte.

»Wie Kuchen«, sagte Saskia.

Die Umstehenden lachten und weinten zugleich. Eine

Frau räusperte sich und begann spontan zu singen: »Wo die blanken Dünenspitzen glänzen in der Sonnenglut.« Alle fielen ein, aber die Mädchen hielten die Lippen fest zusammengepreßt, sie waren verrückt nach Kuchen, insgeheim wünschten sie sich etwas. Justin schaute zum Himmel hinauf, um zu verbergen, daß er den Text nicht kannte. Auch er zitterte, obwohl es eher vor Kälte als vor Erregung war, er verstand nicht, wie man einen so mageren Strahl Sonnenglut nennen konnte.

Das Schiff fuhr in die Schleuse hinein, und das Wasser sank, aber das Land sank noch mehr. Die Passagiere applaudierten. Am Kai standen Männer, sie schoben eine Landungsbrücke gegen die Reling, warfen ihre Taschen an Deck, und kurz vor dem Öffnen der Türen sprangen sie an Bord. Der ambonesische Hilfsmaschinist salutierte, und die Erwachsenen drängten sich um die Neuankömmlinge. Dies war ein feierlicher Moment, Holland kam, um sie willkommen zu heißen. Doch die Männer hoben nur schweigend ihre Taschen auf. Ein Gruß war ihnen zuviel.

Die Kinder begannen nun zu johlen und zu schreien. Was für fette Kühe, solche Ungetüme hatten sie noch nie gesehen, und so viele Kirchen, so viele Fahnen, alles für sie. Und die Mutter zeigte: Ja, das war eine Weide, und das tiefer liegende Land ein Polder, und die zerfledderte Scheune mit dem schiefen Dach darüber ein Heuberg, ein Futtervorrat, von dem die Kühe im Winter fraßen. Sie erkannte die Gerüche, dieses Land hatte sie geformt. Man konnte es ihr ansehen, auch wenn sie noch so schwach und ausgezehrt war, sie hatte Hände, mit denen sie ein Kalb wenden konnte. Ihr Vater war ein Großbauer und wurde in ihrem Heimatdorf »der Zähe« genannt. Sie hatte seine Konstitution geerbt und konnte verdammt viel aushalten. Es war erstaunlich, wie zierlich und klein ihre Mädchen waren, daß so etwas Feines aus einer Bauerntochter hervorgegangen war, die schmalen Finger, die flachen Näschen und die Falten um ihre mandelförmigen Augen – prachtvolle Töchter waren das. Sie war verliebt in ihre Erscheinung, und sie sahen in diesem holländischen Licht so viel brauner aus als unter der Tropensonne, erst hier sah man ihre *kulit langsep* in voller Pracht, sie hatten die goldene Haut ihres Vaters geerbt. Glichen ihr die Töchter denn in gar nichts? Konnten sie wie sie gegen den Wind Rad fahren, und biß ihnen die Kälte nicht in ihre Fledermausohren? Lebertran, das war das erste, was sie kaufen wollte. Wer es in Holland schaffen wollte, mußte viel Lebertran schlucken.

Und sie würden es schaffen, denn eines hatten Mutter und Töchter gemeinsam: Anpassungsfähigkeit. Wenn es darauf ankam, fügten sie sich in alle Umstände. Das zeigte sich auch an diesem Prinzessinnentag: Der Lotse hatte seine Kinder mit an Bord gebracht, und sie malten ein Hüpfspiel an Deck, mit einer Hölle und einem Himmel, wie ihre Töchter es aus Ostindien nicht kannten, doch sieh mal einer an, wie gut sie sich an die Spielregeln hielten, noch keine halbe Stunde im fremden Land, und sie kannten die Regeln schon besser als diese Käseköpfe. Das war Mumm, und den hatten sie von ihr.

Und dennoch hatte sie Angst, ob sie es selbst schaffen würde. Ein Gefühl der Unsicherheit packte sie, sie hatte kein Geld, keine Wohnung, ihre Gesundheit ließ sie im Stich. Was sollte sie tun, hoffen oder sich abfinden? Übelkeit kam ihr hoch, einen Moment lang dachte sie, sie würde zusammenbrechen, doch Justin hielt sie aufrecht.

Die Leute kehrten in ihre Kabinen zurück, sie sollten ihr Handgepäck holen und im Speisesaal auf weitere Anweisungen warten. Nicht mehr lange, und sie würden den Fuß an Land setzen, man konnte die Fahnen an den Türmen schon sehen. Nicht mehr lange, und die holländische

Bürokratie würde sich auf sie stürzen. Die an Bord gekommenen Männer teilten Formulare aus, es waren Beamte, ihr Willkommensgruß bestand aus Papieren. Was würde sie auf ihre Formulare schreiben, verheiratet, verheiratet gewesen?

Die Mädchen liefen rückwärts die Treppe hinunter. Ohne den Seewind war es im Schiffsbauch noch stickiger geworden. Justin verschwand in seiner Kabine, um seinen Seesack zu holen, die Mutter wollte sich noch einmal kurz hinlegen. Doch auf den Gängen war es unruhig, die Beamten inspizierten die Kabinen. Als die Mädchen und ihre Mutter an ihre Tür kamen, sahen sie, daß der Kabinenkoffer aufgebrochen war. Die Mutter suchte nach einem Halt und fiel ohnmächtig zu Boden.

Es war nichts, sagte der Schiffsarzt, eine leichte Ohnmacht, zuviel Aufregung, mehr nicht. Etwas Riechsalz, und die Mutter konnte wieder aufstehen. Ein Ödem, ja, er sah es, und er betastete ihren leicht geschwollenen Unterbauch. Er holte ein Stethoskop aus der Tasche und setzte das verchromte Rundteil auf ihren Bauch. Ein Lächeln, noch einmal fühlen, dann ein ernstes Gesicht. »Geht ihr mal eben hinaus auf den Gang«, sagte er zu den Mädchen. Der Arzt wusch sich die Hände und schaute in seine Papiere. »Wann haben Sie Ihren Ehemann das letzte Mal gesehen?«

»Anfang zweiundvierzig«, sagte die Mutter.

»Und haben Sie schon Nachricht bekommen?«

»Nein, das Rote Kreuz ist sehr langsam.«

»Wenn Sie zu Hause sind, müssen Sie sich gründlich untersuchen lassen.«

Zu Hause, zu Hause. Gab es ein Zuhause? Sie brauchte gar nicht daran zu denken, zum »Zähen« zurückzukehren, ihr Vater hatte es ihr nie verziehen, daß sie so jung nach Ostindien gezogen war. Er kannte ihren Mann und ihre Kinder nur von Fotos, er hatte sie noch nie in Farbe gesehen. Nein, vorläufig nicht zu ihm. Abstand. Lieber in irgendein Auffangheim, sie würde selbst zurechtkommen, auch wenn sie auf den Knien Fußböden schrubben müßte.

»Und«, sagte der Beamte im Speisesaal, »wohin gedenken Sie zu gehen?«

»Ich weiß es nicht«, sagte die Mutter.

»Verwandte?«

»Ich habe sie noch nicht benachrichtigen können.«

»Wieso? Funktioniert etwa in Ostindien die Post nicht?«

»Ich habe eine Klage vorzubringen.«

»Sie können hier kostenlos telegrafieren.«

»Man hat mir meinen Tee gestohlen.«

»Erst die Eintragungen, meine Dame.«

»Mein Koffer ist aufgebrochen worden.«

»Seien Sie froh, daß Sie in den Niederlanden aufgenommen werden.« Der Beamte blickte nicht von seinen Papieren auf. »Haben Sie einen bestimmten Wunsch?«

Sie verstand ihn nicht.

»Norden oder Süden? Stadt oder Land?«

Sie drehte sich nach Justin um, der mit den Mädchen kichernd die Bahnhöfe von Norden nach Süden aufsagte: »Roodeschool, Groningen, Assen, Hoogeveen, Meppel ...«

»Ich weiß es nicht«, sagte sie.

»An der Küste ist noch Platz.«

»In den Dünen, in den Dünen«, riefen die Mädchen.

»Das mit dem Tee«, sagte die Mutter, als sie ein paar Wochen später in den Dünen wohnten, »finde ich schlimmer als dreieinhalb Jahre Lager.«

I
Tod der Familie!

Sechsundvierzig Jahre später stand ich am Sterbebett meiner Halbschwester.

Ada starb mit offenen Augen. Sie sah etwas, was wir nicht sahen, und wir sahen uns selbst in ihren Tränen gespiegelt – Mutter, Bruder, Schwester, Sohn und Mann. Wir schwammen klein auf ihrer Netzhaut und verschwanden auf ihren Wangen. Dann brach das Licht.

Saskia drückte die Kiefer ihrer Schwester aufeinander und versuchte, ihre Lippen zu einem Lächeln zu massieren; dann drückte sie die Augenlider hinunter, in einer fließenden Bewegung. Man konnte sehen, daß sie schon öfter die Lider von Toten geschlossen hatte.

Die Familie stand seit dem frühen Morgen um das Sterbebett. Ada konnte schon seit Tagen nicht mehr schlafen, sie bewegte sich in einem Kreis von Schmerzen und Wachen. Wir wollten sie nicht allein lassen beim Sterben. Draußen wogte das Unkraut hinter den Gardinen, die Sonne hatte sich schon auf die andere Seite gelegt, und Kinderstimmen klangen aus den Sommergärten, aber wie sehr ich auch wegschaute und wie sehr ich mich auch auf andere Geräusche konzentrierte, Adas Röcheln fraß sich durch alles hindurch. Ihr Sterben war eine zähe Angelegenheit.

Ihr Sohn Aram hielt breitbeinig Wache am Fußende. Seine Fäuste klammerten sich um den Bettrand, die Knöchel weiß, als wolle er seine Mutter wegschieben vom Tod. Er war noch jung, gerade vierzehn, aber an diesem

Tag war er ein Mann, stark und beherrscht. Aram zuckte zusammen, als Saskia einen Arm um ihn legte, er zog seine Faust zurück, als seine Großmutter ihn streicheln wollte. Sein Körper zitterte vor Widerstand, die Muskeln an seinem Nacken zuckten, es gelang ihm nicht länger, die Tränen zurückzuhalten, große Tropfen sprangen auf die Decke, kräftig und weit wie der erste Samen eines Jungen. Ich fand es unpassend, bei diesem Sterben an etwas so Lebenspendendes zu denken, aber Aram erinnerte mich zu sehr an die Tage, als mein Vater starb, und daran, wie ich vom Jungen zum Mann herangewachsen war.

Ich war elf Jahre, als ich meinen Vater verlor, ich habe ihn nicht sterben sehen, meine Mutter fand mich zu jung für einen Besuch im Krankenhaus. (Als hätte ich keine Erfahrung mit dem Tod gehabt: Ich steckte angespülte Braunfische an meinen Stock, und damit fischte ich vom Teer gelähmte Möwen aus der Brandung.) Trotzdem sah ich meinen Vater um seine letzten Stunden kämpfen, ich lauschte genau den Geschichten meiner Mutter und der Mädchen. Man konnte auch mit den Ohren sehen.

Mein Vater war ein wilder Kranker, ich sah, wie er sich vor Schmerzen wand, er trat um sich, schlug seine Medikamente vom Nachttisch und drohte fast zu ersticken. Die Schwestern mußten ihm die Sauerstoffbrille mit Pflaster festkleben. Brille, meine Mutter sprach von einer Brille. Ich stellte mir eine Fliegerbrille vor. Biggles, der Abenteuerheld, in Atemnot.

»Er hat eine Brille auf der Nase«, sagte sie, als sie vom Krankenhaus zurückkam, »trotzdem sagt er, daß ich nach Knoblauch rieche.« Wir mußten einer nach dem anderen an ihr schnuppern, an ihrem Mund, ihren Händen ... der ganz normale Muttergeruch, nach weißer Creme aus der Dose mit dem blauen Deckel, frisch wie immer. »Er hat seinen eigenen Totengeruch gerochen«, sagte der Hausarzt später beim Kondolenzbesuch.

Nach Aussage der Nachtschwester waren meines Vaters letzte Worte gewesen: »Das Meer, das Meer.« Er hatte das Pflaster losgerissen und war erstickt. Die Sauerstoffbrille rauschte auf seinem Bauch. Meine Mutter kam zu spät, um ihn ins Boot zu bringen.

In meiner Phantasie wurde mein Vater zu einer bebrillten Seeschlange, die durch Wände und Decken schauen konnte, und als ich mich ein paar Jahre später zum ersten Mal selbst befriedigte, schwamm er an meinem Fußende vorbei, zischend vor Mißbilligung. Mein Samen roch nach Knoblauch.

Arams Tränen fielen auf meine Hand. Wir Älteren schluchzten ein bißchen und vergossen keine Träne. Vielleicht lag es an der Schönheit von Adas ausgezehrtem Körper, daß ich an Sex denken mußte. Sie war schön, alles Runde kehrte sich nach innen, die Knochen verliehen ihren Schultern, Armen und Händen neue Linien, und die Haut ihres Kinns hatte sich unter ihren Unterkiefer zurückgezogen. Sie war wieder ein ostindisches Mädchen von sechs oder sieben Jahren. »Ein Lagerkind«, sagte meine Mutter.

Saskia sprach ihrer Schwester Mut zu, fragte, ob sie gut liege, ob sie Durst habe, und obwohl Ada nicht mehr sprechen konnte und mit ihren Augen oder Lippen kein einziges Zeichen gab, übersetzte Saskia laut ihre Wünsche. »Ja, sie will noch was trinken.« Sie tropfte Wasser auf einen Teelöffel und ließ es an Adas Zähnen entlangrinnen. Auch ihr Zahnfleisch zog sich zurück, sie hatte das Gebiß eines Skeletts. Saskia wischte ihre feuchte Stirn mit einem Waschlappen ab und legte eine zusätzliche Decke auf, damit ihre Schwester nicht fror. Sie tat das liebevoll und geübt, sie war die einzige in der Familie, die einen Kranken und sein Bett und alles saubermachen konnte. Es war günstig für uns, daß sie früher Krankenschwester gewesen war, Ada wollte keine fremde Kraft in ihrem Haus. Man mußte berufen sein, um Sterbende begleiten zu können, fand Saskia. »Gestern wollte ihr der Arzt eine Herztablette geben, einfach so ein rosa Riesending in ihre Kehle. Ich werde das machen, rief ich, ihr laßt sie ja noch ersticken. Ich habe die Pille feingestampft und in ein bißchen Wasser aufgelöst. Ach, das sind solche Stümper.« Ich fühlte mich zu schuldig, um ihr nicht zuzustimmen.

Saskia versorgte Ada schon seit Wochen, sie kam jeden Tag, wusch, bügelte, massierte die durchgelegenen Stellen an Adas Körper und rief mich jeden Abend an, um mir zu sagen, wie müde sie sei und wie viel sie für ihre Schwester tue. Ich sagte ihr nicht, daß Ada sich ihrerseits bei mir beklagte: »Sie pflegt mich noch ins Grab. Ich sterbe nicht. Wenn es mir schlechtgeht, dann nur vorübergehend. Die Täler werden immer kleiner.«

Ja, die Täler wurden kleiner, Ada kannte keine Höhen mehr, nur noch Tiefen. Das Bett ließ sie nicht mehr los, ihre Haut wollte nicht heilen, sie nahm kiloweise ab, wurde inkontinent, ihre Beine schwollen auf, bis die Flüssigkeit hinter die Lungen kroch. Ihre Brüste fielen ein, doch der Tod gab ihr zwei Wasserblasen auf dem Rücken. Lebenssaft für die Reise. Saskia sah, wie die Leichenflecken größer wurden, wir sahen sie nicht, wir rochen ihren Tod nicht, so wie sie, aber wir hatten das auch nicht gelernt.

Ada schluckte keine Schmerzmittel, sie wollte ihren Körper nicht vergiften. Keine Chemotherapie, keine Operation, es ging um Lebensqualität. Nur die Natur durfte sie heilen: Iscador-Spritzen, ein Mistelelixier. So wie die Mistel einen Baum erstickt, sollte dieses Elixier den Krebs ersticken. Ein symbolisches Heilmittel der Anthroposophen. Schade, meine Schwester war kein Baum.

Mit der allmählichen Schwächung ihres Körpers muß ihr Geist verzweifelt nach einem Rettungsanker gesucht haben. Der Bücherschrank hinter ihrem Bett strahlte es aus: *Lebensfragen; Seelenrätsel; Der Weg zur Einsicht in höhere Welten* ... ein esoterisches Werk nach dem anderen. Und dann die trüben Kalenderbilder aus dem Naturkostladen: Panoramen vom Weltall, verschwommene Wesen mit Auren und Chakren, viel Verwischtes, wenig Linien. Ach, es hatte auch etwas Vertrautes, unser ganzes Haus am Meer hing voll davon. Auch unsere Mutter glaubte ja, daß viel Unsichtbares zwischen Himmel und Erde schwebte, das hatte sie in Ostindien erlebt, da war ein Loch im Weltall, und wer dort lange wohnte und offen dafür war, wurde ganz von allein ein Eingeweihter. An jedem Geburtstag erstellte sie für jedes ihrer Kinder ein neues Horoskop, sie säte und setzte Stecklinge bei Vollmond, und in der Weihnachtsnacht legte sie ein Mischbrot für die Kranken draußen hin, der Kosmos war dann voller positiver Kräfte. Unter so viel Segen konnte das Brot nicht mehr verderben, und wem dann etwas fehlte, der bekam einfach ein bestrahltes Stück Brot. Auch Ada entging ihrer Portion nicht.

Es war eine Welt, die zu den Dünen gehörte, und zum abergläubischen, zauberhaften Ostindien, dessen Düfte noch lange um den Kabinenkoffer hingen.

Saskia weigerte sich, ihrer Schwester Iscador-Injektionen zu geben. Als Ada zu schwach wurde, um es selbst zu tun, warf sie alle Spritzen und Ampullen in den Abfalleimer. Der Krebs hatte schon zu sehr gestreut, es hatte keinen Sinn mehr, die Wucherung zu verzögern. Als frühere Krankenschwester stelle sie ihre Talente nur in den Dienst am Leben, sagte sie, an Quälereien beteilige sie sich nicht. Sie benutzte große Worte, sie sprach von ihrem hippokratischen Eid und ihrem Respekt vor dem Tod, der uns letztlich doch überlegen sei. Sie hatte ihren Beruf nur kurze Zeit ausgeübt, aber das hatte ihren Idealen keinen Abbruch getan.

Die letzten Tage ihres Lebens bekam Ada vor dem Schlafen eine einzige Paracetamoltablette.

Saskia hielt das Sterben ihrer Schwester fest unter ihrer Regie. Pulsschlag, Atemzüge, jedes Stocken wurde mit erhobenem Finger wahrgenommen. Als Adas Atemzüge weniger wurden und sie sich sichtbar aufgab, erschlaffte auch Arams Widerstand, seine lenkende Kraft konnte seine Mutter nicht mehr retten. Er lief aus dem Zimmer und begann, im Flur Fußball zu spielen. Maarten, sein Vater, der schon seit dem frühen Morgen neben Ada saß, eingeklemmt zwischen dem Bett und einem vertrockneten Ficus Benjaminus, blickte verstört auf.

Und es dauerte und dauerte, bis Saskia uns verbot, das Zimmer zu verlassen, auch Aram mußte seinen Platz wieder einnehmen. Er legte den Ball unters Bett, schaute seinen gebrochenen Vater an und richtete den Rücken gerade. Die Sonne warf einen Eimer Licht in das Hinterzimmer, irgendwo weit weg stürmte eine Horde Kinder in einen Garten, ein Röcheln, und Saskia sagte feierlich: »Ada ist um …« Sie griff nach dem Handgelenk ihrer Schwester und schaute auf ihre Uhr. »Ada ist um Viertel nach fünf gestorben.« Sie schloß ihrer Schwester die Augen und verschluckte einen Schluchzer.

Maarten legte seinen Kopf auf Adas Kissen. Wir zogen uns aus dem Zimmer zurück. Doch Ada war anderer Meinung. Sie begann sich zu schütteln, ihr Mann schoß mit einem Ruck zurück, und der Ficus verlor vor Schreck ein paar Blätter. Ihre Brust ging auf und ab, ächzend und quietschend wie ein alter Leiterwagen, aber sie atmete. Sie schaute uns an und weinte.

Saskia griff sofort ein, sie drückte die Augenlider brüsk nach unten und blies die Tränen weg. Diesmal ließ sie nicht mehr locker, als müsse der Leim trocknen. Der Rigor Mortis bekam keine Chance. »Das sind postmortale Reflexe, erschrick nicht«, sagte Saskia, »ganz normal.«

»Vielleicht ist sie noch nicht tot«, sagte ich.

»Ich habe Hunderte von Menschen sterben sehen«, sagte sie gekränkt.

Gegen so viel Autorität kam niemand auf. Ada war tot. Wir küßten sie zum Abschied, und wieder öffnete sie die Augen ... braune Diamanten. Eine halbe Stunde später blies sie ihren letzten Atem aus. Ein Atem aus dem Niemandsland. Und ihre Augen wurden zu verstaubten Kohlen.

Wir zogen uns ins vordere Zimmer zurück und machten die Glasschiebetür zu. Saskia blieb zurück, um das Bett zu machen. Sie nahm die Decke weg und zog das Laken glatt. Ada war nur noch eine Frau in Weiß. Sie gähnte zur Decke hinauf, das Lächeln wollte nicht gelingen. Dennoch war sie mit einem Lächeln gestorben, nach dem Schmerz kehrte kurz der Frieden zurück, sie mußte etwas sehr Schönes gesehen haben, bis der Tod sie mit einem Grinsen steif werden ließ.

Der anthroposophische Arzt kam vorbei (Schafwollsocken, Sandalen, ein kleiner kranzförmiger Kinnbart, manchmal stimmen wirklich alle Klischees). Er stellte offiziell den Tod fest und verschwand schnell wieder. Zu schnell, für meinen Geschmack. Hatte er gespürt, daß ich ihn gern zur Seite genommen hätte? Dieser Mann hatte Ada darin bestärkt, ihre Krankheit zu leugnen, und nun saß er neben ihrer Leiche und füllte Formulare aus. Ich konnte nicht umhin, ihn einen Mörder zu nennen, etwas zu laut. Die Familie wurde davon so nervös, daß sie ihn, bevor ich es richtig merkte, zur Tür hinausgeschoben hatten.

Wir warteten auf den Beerdigungsunternehmer.

»Mein Beileid allen zusammen«, sagte Herr Korst. Ab Korst von der Firma Verduyn (»Ihr Berater bei persönlichem Verlust« stand auf seiner Karte). Er stellte eine dicke schwarze Tasche neben den Stuhl und machte eine kleine Verbeugung, wodurch sich seine schwarze Hose etwas hochzog und ein haarloses Stück Bein bloßlegte, weiß und weich wie Dorschfleisch. Er sah auch ein bißchen aus wie ein Fisch, hervorquellende Augen, vorgeschobener Mund, sein schwarzer Anzug und seine Weste glänzten wie ein Schuppenpanzer.

»Zweiundvierzig Jahre im Beruf, gnädige Frau«, sagte er zu meiner Mutter, »und noch immer weiß man nicht, was Trauer ist. Ich kann Ihnen Ihre Trauer nicht abnehmen, aber Ihre Sorgen etwas erleichtern.«

Wir nickten zustimmend.

»Milch und Zucker?« fragte Saskia.

»Ja, gern, gnädige Frau, doch zuerst möchte ich die Verstorbene sehen.« Herr Korst ging zum Hinterzimmer und beugte sich über die Leiche.

»Er küßt sie«, rief Aram.

»Nein, er riecht«, sagte Saskia. Wir waren alle froh, daß sie Krankenschwester gelernt hatte.

»Er schmeckt wunderbar, gnädige Frau«, sagte Herr Korst, während er das letzte Schlückchen Kaffee in seiner Tasse schwenkte und auf einmal hinunterkippte. »Zu Hause oder im Aufbahrungsraum, mein Herr?«

»Ich glaube, Ada würde lieber zu Hause bleiben«, sagte Maarten.

»Dann machen wir das doch«, sagte Herr Korst. »Es ist natürlich etwas anderes, bei uns gibt es genügend Parkplätze, und unsere Aufbahrungsräume bieten stimmungsvolle Musik und immer frische Blumen.«

»Ich möchte sie lieber hierbehalten«, sagte Maarten.

»Wie Sie wünschen, mein Herr, wir werden dafür sorgen, daß Muttern schön daliegt.«

Der Sarg. Herr Korst klappte einen Prospekt mit sieben Holzmustern auf, als ginge es um einen neuen Parkettfußboden. Maarten schaute in die andere Richtung, aber meine Mutter legte entschlossen ihren Finger auf das billigste Holz. »Dieses«, sagte sie, »Ada hat Birken geliebt.«

»Einfach, die gnädige Frau zieht schlicht und klar vor?« fragte Herr Korst. »Das respektieren wir.«

Die Autos, die dem Sarg folgen sollten. »Zwei? Vielleicht doch ein zusätzliches für die älteren Gäste, die werden dann bis zur Aula gefahren. Vom Parkplatz ist das noch ein ganz schöner Fußmarsch.«

Große Aula, kleine Aula? Den Sarg stehenlassen, solange die Trauergäste da sind, oder wegschieben in eine Öffnung mit orangefarbener Glut? Umschläge mit schwarzem oder mit grauem Rand? Kaffee mit oder ohne Kuchen? Ein Gläschen Wein? Alles war möglich, es gab noch immer eine große Auswahl, wenn man tot war.

Die Urne. »Der Herr möchte keine Urne? Anwesenheit bei der Ausstreuung, ja oder nein, und wünscht der Herr ansonsten, vom Datum der Ausstreuung unterrichtet zu werden?«

Herr Korst notierte. »Fünfzig Umschläge sind in der Versicherung enthalten, hundert zusätzlich, kommen also noch hundertfünf Gulden dazu. Ein weiteres Auto, das sind noch einmal zweihundertfünfzig. Ausstreuung auf dem Meer, vielleicht doch? Nein? Dann im Rosengarten? Bleibt im Rahmen der Versicherung. Einfach hat auch seinen Reiz«, konstatierte er dann, als der Endbetrag rot auf seinem Taschenrechner aufleuchtete.

»Und wie ist es mit den Anzeigen?« fragte er, während er das Angebot fertigmachte. Ich gab ihm drei Texte, die wir kurz vor seiner Ankunft am Küchentisch verfaßt hatten.

»Nehmen Sie es mir nicht übel, mein Herr«, sagte er, »Sie schreiben ›nach kurzem Krankenlager‹, wir schreiben in die Anzeige immer ›nach kurz dauerndem Krankenlager‹, ein kurzes Krankenlager ist genaugenommen ein Bett von nur einem Meter Länge.«

»Noch eine Tasse Kaffee?« fragte Saskia.

»Er hat wirklich wunderbar geschmeckt, gnädige Frau«, meinte Herr Korst lächelnd, er strich ein weiteres Wort an. »Ist ›woselbst‹ nicht besser als ›wo‹? Und darf ich ›auch‹ in ›gleichermaßen‹ verändern?«

»Lieber nicht.«

»Ich meine, angesichts der Situation, es ist und bleibt eine Feierlichkeit.«

Ich steckte mir eine Zigarette an – die erste seit Monaten, aus Saskias Tasche geklaut – und blies eine Rauchwolke zu der gläsernen Schiebetür. Ada verschwand einen Moment aus meinem Blickfeld.

»Ich stütze mich auf eine Erfahrung, zweiundvierzig Jahre im Beruf, mein Herr. Haben Sie schon an die Musik gedacht?«

»Ich möchte Horn spielen«, sagte Aram.

»Willst du das wirklich, mein Junge?« fragte Herr Korst. »Du wirst traurig sein, oft kennen die Menschen ihre eigenen Nerven an so einem Tag nicht, du bläst vielleicht falsch. Wir raten davon ab, wir haben schlechte Erfahrungen damit.«

»Du darfst es bei meiner Beerdigung«, sagte meine Mutter.

»Wir spielen ein Band von dir, Aram«, sagte sein Vater.

»Mit zwei Pausen von zehn Sekunden, bitte, eine vor dem Hinsetzen und eine vor dem Weggehen«, sagte Herr Korst. Aram lief laut stampfend aus dem Zimmer. »Ja, da kann man die Emotionen sehen«, sagte Herr Korst. »Ich habe neulich meine eigene Schwiegermutter begraben. Nun, das ist doch nichts Ungewöhnliches für dich, haben alle gesagt, ich habe sie selber gewaschen, ein Kinderspiel, denkt man, nach zweiundvierzig Jahren. Und dann habe ich dagestanden und geheult, gnädige Frau, und wie, solche Tränen.« Er hielt seinen rechten Daumen und den Zeigefinger so weit wie möglich auseinander. »Ich war selbst perplex.«

»Ja«, bestätigte Saskia, »ich war in der Krankenpflege, und ich habe Hunderte von Patienten ihren Krankheiten erliegen sehen, aber jemand aus der eigenen Familie, das ist doch was anderes.«

»Wie recht Sie haben, gnädige Frau, hier sprechen zwei alte Profis.« Herr Korst schob seinen Stuhl zu Saskia. »Was meinen Sie denn, sollten wir hier nicht ›kurz dauernd‹ draus machen?«

Sie blickte mich fragend an. »Vielleicht ist es besser.«

»Ganz bestimmt«, sagte Herr Korst.

Arams Ball sprang im Flur auf.

Saskia hatte hinsichtlich Adas Sterbetag insgesamt schon dreimal Nachricht bekommen. Sie hatte in den letzten Monaten überhaupt viele Nachrichten bekommen. Sie stand in Kontakt mit Sheila, einer Astronautin der *Challenger*, die vor ein paar Jahren während des Starts tödlich verunglückt war. Sheila flog nun in einem Kokon um die Erde und hatte sich Saskia als Kontaktperson ausgesucht. Ada würde an einem Neunten sterben, hatte Sheila verkündet, und nach Meinung meiner Mutter konnte das auch stimmen, neun sei Mars, eine Zahl, die die Familie von der Geburt bis zum Tod beherrsche. Der Neunmensch sei feurig und leidenschaftlich, sein Leben durch Mühe und Kampf gekennzeichnet, aber er habe keine Angst davor, und so war es tatsächlich. Ihre beiden Männer waren an einem Siebenundzwanzigsten geboren, die Quersumme von siebenundzwanzig ist neun, die Mädchen auch, und um die Linie fortzusetzen, hatten sie alle an einem Siebenundzwanzigsten geheiratet. So wie auch jedes Kind ein A in seinen Namen mitbekam, weil A (= 1) für die Sonne steht, den geistigen Lichtträger (positiv und schöpferisch). Erst dachte Saskia, es würde der neunte Juli sein, aber da starb ihre Zugehfrau, auch ein Schlag, aber der falsche.

Am achten August rief sie die Familie an, daß wir uns auf das Schlimmste vorbereiten müßten. »Seh ich dich morgen noch?« hatte sie ihre Schwester gefragt, als sie am Abend davor die Bügelwäsche in den Schrank räumte. »Ja, wieso?« hatte Ada erstaunt geantwortet. Am nächsten Tag starb ein Mann in Saskias Straße. Auch das traf sie, obwohl sie den Mann nicht kannte. Einen Monat später hatte sie fast richtig getippt, Ada starb am sechsten September. Der Monat stimmte, und von so weit oben und mit dem Kopf nach unten bringt man eine Neun und eine Sechs leicht durcheinander.

Sheila brachte Saskia auch in Kontakt mit unseren verstorbenen Vätern, ihrem Vater und meinem Vater, dem ersten und dem zweiten Ehemann unserer Mutter. Sie waren nicht nur am selben Tag geboren, sondern sie hießen auch beide Justin. Um sie auseinander zu halten, wurden sie in der Familie Just I und Just II genannt.

Just I war ein ostindischer Junge, so hieß das, wenn man braun war und in Niederländisch-Indien geboren, man blieb immer ein Junge, auch wenn man auf den Fotos noch so imposant aussah in der Paradeuniform mit Sternen, Tressen, Bändern und besticktem Kragen und dem Helm mit weißem Federbusch und einem seitlich baumelnden Degen. Justin van Capellen, erster Leutnant der KNIL, der Königlich-Niederländisch-Indischen Armee, Sohn eines holländischen Pflanzers und einer einheimischen Frau.

Mein Vater war auch bei der KNIL gewesen, wenn auch nicht in so hohem Rang, seine Uniform war ein ganz normaler *battle dress* gewesen. Ein Degen hätte bei ihm auf dem Boden geschleift, denn als er starb, waren mir seine Hosen schon fast zu kurz. Auch wenn er kleinwüchsig war, er war ein hübscher Kerl, sogar die Glatze stand ihm gut. Sein Schädel glänzte erdnußbraun, aber er war längst nicht so dunkel wie der erste Mann meiner Mutter. Just II nannte sich selbst tropengelb, das kommt vom Klima, sagte er, am Äquator sei die Sonne so kräftig, daß sie durch die Kleider kaum gefiltert werde. (War sein Körper im Tod ebenso gelb wie im Leben?)

Seine Familie war »pur sang« geblieben, sechs Generationen lang in Niederländisch-Indien und außerdem gut katholisch. Ich fürchte, daß das wichtig für ihn war, nicht sein Glaube, von dem war er bereits im Lager abgefallen, sondern seine Hautfarbe. Er sah sich am liebsten als holländischer Kerl (»Kerl«, ja, mit seiner ostindischen Aussprache, wenn ich es sage, höre ich seine Worte wie Krupuk in Öl spritzen), schon mit sechzehn trat er in die Armee ein, schon damals war er ein Kerl, nie ein Junge gewesen.

Er muß mich kurz vor der Reise nach Holland gezeugt haben, in Palembang, wo Hunderte Repatrianten auf ihre Verschiffung warteten. Man tut was, um die Zeit totzuschlagen. So wurde Just II auch der Stiefvater von Saskia, Ada und Jana. Jana, die älteste der drei Mädchen, wanderte schon mit achtzehn nach Kanada aus. Auch wenn wir uns nicht ähnlich sahen und obwohl wir verschiedene Nachnamen hatten, in den Dünen spielten wir eine echte Familie. Worte, die diese Einheit untergruben, wurden im Haus vermieden. Stief- und Halb- gab es nur in unheimlichen Märchen.

Von der Astronautin empfing Saskia auch Visionen über ihren Vater. So stand Just I in vollem Ornat bereit, seine sterbende Tochter zu empfangen. Er wartete im grünen Morgenlicht, unter einem Dach aus Fächerpalmen, eine Reihe Träger hinter sich. Noch im Auto auf der Fahrt zum Sterbehaus sah Saskia, wie ihr Vater seinen Degen gürtete. »Er wacht weiter über uns«, hatte sie zu ihrer Mutter gesagt.

»Er muß seine Rückkehr ihretwegen verschoben haben«, war die nüchterne Reaktion meiner Mutter, für sie war die Welt ein Durchgangshaus, ein Kommen und Gehen von alten und neuen Seelen.

Auch mein Vater ließ von sich hören. »Ich soll dir Grüße von ihm ausrichten«, sagte Saskia, als ich sie zum ersten Mal an Adas Krankenbett traf. Ich hatte sie ein paar Jahre nicht gesehen, und sofort wußte ich wieder, warum. Sie fing immer von meinem Vater an, es gab niemand, der so warmherzig und einmalig war wie er: die Reistafel, die er kochte (man verbrannte sich die Zunge beim ersten Bissen), die Geschichten, die er bei Tisch erzählte (wir machten nachts kein Auge zu vor Angst), das Reisig, das sie zusammen suchen gingen (sie mußte alles tragen), die Bücher, die er las (Kriegsbücher), die originellen Gedanken, das Aristokratische seines Geistes (Schmerz ist der beste Lehrmeister, Todesstrafe für alle Landesverräter, und wenn möglich alle Sozialisten an die Wand, schließlich hatten die Niederländisch-Indien für 'nen Appel und 'n Ei verhökert).

Ja, eigensinnig war er, manchmal auch hart, gab Saskia

zu, aber er hatte auch seine weichen Seiten. (Daher hat er also das Geld meiner Mutter aus dem Fenster geworfen, sich wie ein Geck gekleidet und nie einen Finger gerührt, dieser verwöhnte koloniale Mistkerl, der er war.) Und sie, Saskia, hatte schon früh seine besonderen Eigenschaften gesehen, sie verstand ihn, sie waren gleichgestimmte Seelen. Der Kampf zwischen Talent und Pflicht, dieses Gefühl kannte sie auch. Sie bekam von ihm ihren ersten Zeichenunterricht, er lehrte sie fotografieren, und oh, das hatte ihr so viel gebracht. Verdammt noch mal – sie tat geradezu, als sei sie aus seinem Samen entsprungen, sie zeichnete einen so idealen Vater, daß ich sogar noch eifersüchtig wurde.

Saskia selbst wußte es besser. Wie sie so das Sterbebett in Ordnung brachte, fiel mir wieder auf, wie groß die Narbe an ihrem linken Daumen war. Eine durchgeschnittene Sehne, die sie daran hinderte, die Tasse am Henkel anzufassen. Sie trug die Spuren der Liebe meines Vaters an ihrer Hand.

Herr Korst hatte die Formulare ausgefüllt. (»Oh, die ganze Familie ist in Indonesien gebürtig, dem Smaragdgürtel, unsere besten Kunden stammen von dort, warmherzige Menschen.«) Nach der letzten Unterschrift klingelten zwei Krähen an der Tür, zwei Männer ganz in Schwarz. Sie brachten den Sarg. Spanplatte mit Birkenfurnier, Massivholz fiel nicht unter die Versicherung. Kurz davor hatte Herr Korst unsere Wahl telefonisch an seine »Trauerhelfer« durchgegeben: »Ach ja, und legt einen Schonbezug bei.« Wir saßen alle dabei.

Außer einem Schonbezug schleppten die Krähen auch einen Kühltisch ins Hinterzimmer. Zwischen dem Eintritt des Todes und der Einäscherung lag ein Wochenende, meine Schwester mußte also noch fünf Tage frisch bleiben.

Wir drehten unsere Stühle so, daß wir mit dem Rücken zur Glasschiebetür saßen, und starrten zum Fenster hinaus. Einige Nachbarskinder drückten ihre Nasen an das Mattglas des in zweiter Reihe geparkten Leichenwagens, enttäuscht, daß noch niemand drin lag. Saskia zog die Vorhänge vor, nun starrten wir auf weißliche Falten, und hinter uns knarrte ein Bett, quietschten Räder, zurrte ein Reißverschluß und hörten wir Herrn Korst kommandieren: »Vorsicht, Jungs, nicht mit Gewalt.«

Ich sah zuviel mit meinen Ohren und lief in die Küche, um eine Tischdecke und Reißzwecken zu suchen. Als ich die Notgardine an die Schiebetür heftete, sah ich, wie Herr Korst einen sauberen Pyjama meiner Schwester auffaltete, seine dicken Finger hatten Mühe mit den Knöpfchen, trotz der zweiundvierzig Jahre Erfahrung. Seine Hände zitterten.

Man war dabei, Ada schönzumachen, und Herr Korst kam mit ein paar letzten Fragen. Die Blumengebinde. Er zeigte uns einen Katalog, daraus könnten wir noch etwas bestellen. »Garantiert frisch«, er hielt uns einige farbige Abbildungen mit Kreuzen, Kränzen und Sträußen vor die Nase, mit aufgesteckten Astern und Nelken, »da gibt es welche, da fallen die Blüten schon ab, bevor man sie auf den Sarg legt, schrecklich.« Das fanden wir auch. Ich betrachtete die Abbildungen und konnte meine Augen nicht abwenden. Wie wäre es denn mit einem Boot, fragte Herr Korst, oder mit einer Musiknote aus weißen Nelken (Ada hatte in einem Chor gesungen), oder vielleicht ein Blumenporträt? Ganz ähnlich, nach einem Foto, nur tausend Gulden. Wir waren verblüfft, was man alles mit Blumen sagen konnte. »Wir schneiden welche aus dem eigenen Garten«, entschied Saskia, sie hatte schon einen Brocken Blumensteckmasse besorgt.

Die Rede, wer hielt die Rede? Wir schauten alle zu Maarten hinüber, der still in einer Ecke saß und vor sich hin murmelte: »Ohne Ada, ohne Ada, wie soll das gehen?« Er litt seit Jahren an einer schleichenden Krankheit, die sein Nervensystem angriff, er konnte kaum mehr gehen, das Übel fraß sich schon in seinen Kopf. Nein, ihm würde es nicht gelingen, etwas zu sagen, vielleicht wollte ich mich im Namen der Familie bedanken? So wurde es beschlossen, und ich nahm mir vor, kräftig auszupacken.

»Werden Sie sich kurz halten, mein Herr?« fragte Korst.

»Nein, es wird eine lange Geschichte.«

Herr Korst blätterte in den Bedingungen. »Sie haben das Anrecht auf fünfundzwanzig Minuten Aula, wenn Sie mehr wollen, sehen wir uns gezwungen, das gesondert zu berechnen.«

Die Krähen verlangten Aufmerksamkeit. Die Herren waren mit ihrem Beruf verwachsen, leichenblaß und ein bißchen schief im Rücken vom vielen Heben. »Wie möchten Sie den Mund?« fragte die Oberkrähe. »Er ist jetzt leicht offen, ganz natürlich, aber wir können ihn auch ganz schließen. Wie hätten Sie es gerne?«

So auf die Schnelle wußten wir das nicht, ich suchte nach Saskias Zigaretten, und unsere Finger trafen sich über ihrer Handtasche. Wir gaben uns einen vertraulichen Händedruck. Wann hatte ich sie zum letzten Mal berührt? Seit der Beerdigung meines Vaters (wo ich nicht hindurfte, zu empfindlich) hatte ich sie nicht mehr geküßt. Sie hatte mir damals zu sehr geweint, mein Vater gehörte mir, ich küßte keine Verräterin.

»Mit geschlossenem Mund, da sagen die Leute oft: Nein, nein... Muttern ist das nicht mehr«, meinte die Oberkrähe. Als Anhänger des Natürlichen wählten wir einen leicht geöffneten Mund.

Ein paar Minuten später lud Herr Korst uns ein, die geleistete Arbeit zu bewundern. Ada hoch aufgebahrt, in einem mit grauem Stoff eingefaßten Sarg, halb unter Glas, die schwarzen Haare trocken und hochgebürstet, ein bißchen Farbe auf Wangen und Lippen, oder vielleicht war es der Widerschein ihres rosafarbenen Pyjamas, auf dem blaue Schwalben fröhlich zwischen Vergißmeinnichtblüten flogen. Sie hielt ein Foto ihres Vaters in den Händen, eine Idee Saskias. Am Fußende lag ein weißes Plastikheft, das Kondolenzregister. Eine Tanzkarte für ihre letzte Party.

Maarten nahm seinen Fotoapparat und blitzte über dem gläsernen Sargdeckel. So schön hatte er seine Frau in den letzten Monaten nicht gesehen. Unter dem Sarg brummte es, immer lauter, der Fußboden zitterte mit, Ada zitterte (ich auch), und die Bleiglasscheiben in der Schiebetür klirrten. Herr Korst kroch unter den Sarg, etwas mit der Mechanik war nicht in Ordnung. Während die Familie die Männer auf den Knien hockend zurückließ (»Es wird doch nicht an der Kühlung liegen, Ab?«), rollte Arams Fußball unter dem Sarg heraus. Der Ball hinterließ eine Schleimspur auf dem Linoleum. Etwas leckte.

Morgen würde ich wiederkommen, um Umschläge zu adressieren.

Maarten besaß keinen Notizkalender, dafür waren seine Tage zu leer, kein Adreßbuch, nichts. Ada hatte für seine Termine gesorgt. Wie ihre Freundinnen hießen, wer alles kommen mußte, Maarten hatte keine Ahnung; es war ihm alles zuviel. Er wollte eine stille Einäscherung, morgen ins Feuer, und am liebsten niemanden dabei. »Ada, ohne Ada«, wiederholte er nur immer wieder, wie ein dumpfes Gebet, mehr bekam er nicht heraus.

Wir begannen mit der Familie, den angeheirateten Onkel und Tanten. Aram wußte zwar, wo sie wohnten, doch ihre Familiennamen kannte er nicht. Nach vielem Herumtelefonieren war eine vage Liste entstanden, kaum ausreichend für eine Stuhlreihe in der Aula. Paßte das zu meiner Schwester von früher, zu Ada, die immer Briefe schrieb, die zu den Treffen ehemaliger Lagerinsassen ging und die jedes Jahr ihre alten Schulfreundinnen traf? Sie mußte doch irgendwo ihre Korrespondenz aufbewahrt haben. »Im Bücherschrank hinter dem Sarg«, sagte Aram. »In den Schubladen.«

Ich wollte nicht mehr in dieses Zimmer gehen, in der vergangenen Nacht hatte ich Ada immer wieder sterben gesehen, ihr Keuchen war noch in meinen Ohren. Lieber probierte ich es ein weiteres Mal bei Maarten. »Wo wohnen Namunia und Tante Nikki?« fragte ich.

»Namunia ... wer ist das?«

»Eure marokkanische Putzfrau, sagt Aram.«

»Namunia, Namunia ... nie gesehen.«

»Und wie erreiche ich Tante Nikki?«

Maarten zuckte mit den Schultern. »Kenn ich nicht.« Der Bleiglaseinsatz der Schiebetüren klirrte, die Kühlung sprang an.

»Die Frau, die Mammie im Lager das Leben gerettet hat«, erläuterte Aram.

»Von der haben wir seit Jahren nichts gehört, die braucht keine Karte.«

»Vielleicht sollten wir es ihr doch mitteilen.«

»Ja, ja.«

»Und der Name des Chors, in dem sie gesungen hat?«

»Etwas Christliches, glaube ich.«

Nach einem Kreuzverhör von einer Stunde ermannte ich mich und ging ins Hinterzimmer. Ich mußte Adas Schubladen durchsuchen, vielleicht fand ich dort noch eine Adresse, ich hatte keine andere Wahl.

Gestank und Wärme schlugen mir entgegen, als hätte jemand einen Topf fauliges Wasser aufgesetzt. Saskia hatte, wie sich herausstellte, die Blumen bereits in aller Frühe vorbeigebracht, Sonnenblumen mit hohem, wildem Gras, natürlich, so, wie wir es wollten. Aram hatte sie vor das Gasöfchen gestellt, aber der Ofen brannte noch, denn Ada hatte gefroren, als sie starb, und nun waren die Blumenstiele matschig. Die Blütenköpfe zitterten. Das Kühlbrett kämpfte gegen den Ofen.

Auch Ada war in ein unansehnlicheres Stadium getreten: Sie gähnte, anderthalb Augen offen, obwohl der Ficus versuchte, mit einer letzten Herbstoffensive den Anblick zu verdecken. Ich blies die abgefallenen Blätter vom Glas und deckte Adas Gesicht mit meinem Taschentuch ab.

In den Schubladen anderer Leuten herumzuschnüffeln mag spannend sein, doch es ist unschicklich, wenn die Leiche daneben liegt. Was brachte ich nicht alles zum Vorschein: Ansichtskarten aus Museen und Urlaubsländern, Kassenzettel, Zeitungsausschnitte, papierne Andenken, Fotos aus Indonesien – Ada auf der Veranda, mit einem Waschbär spielend, Ada stolz neben ihrem Vater, der einen Tiger geschossen hat – und Ada halb ausradiert auf einer Zeichnung zusammen mit ihren Schwestern, drei Mädchenköpfe mit Schleifen. »Justin« stand darunter, in derselben feinen Handschrift, mit der mein Vater meine Schulzeugnisse unterschrieben hatte. Das Papier war vergilbt und krümelte an den Ecken. Ich fand auch Stapel von Briefumschlägen, von denen die Adresse und die Briefmarken weggeschnitten waren. Ich roch daran, ich schaute hinein, las hier und da ein paar Zeilen, Liebesbriefe aus der Zeit, als sie als Au-pair-Mädchen in London gearbeitet hatte, mit Fotos von früheren Freunden. Meine Hände zitterten. Grabschändung. Ich tat mein Bestes, nicht weiterzulesen, Adressen suchte ich, und ich durfte nichts anderes betrachten.

Ich begann unten, auf den Knien, den Kopf in Sarghöhe, aber je höher die Schublade, um so mehr sah ich von Ada, die unter meinem Taschentuch hervorlugte. Ich wollte nicht hinschauen, aber ihre offenen Augen zwangen mich, und ich erwischte mich dabei, daß ich sie flüsternd um Rat fragte. Hast du denn keine Adressen aufgehoben? Nie was aufgeschrieben?

Die oberste Lade saß schief und klemmte, ich schlug darauf und zog und rüttelte, bis sie mit einem Ruck aufsprang und mir aus der Hand rutschte, fast auf das Glas des Sarges. Ein Fächer von grünen Heften fiel auf das Linoleum, von der Sonne brüchig und vergilbt. Eines war zerfleddert, die Fadenheftung lose, aber es war schon früher beschädigt worden, Bilder und Seiten waren herausgerissen; der vertrocknete Klebestreifen lag auf dem Boden.

Ich hob die Seiten auf, schnell, um meine Augen nicht allzusehr in Versuchung zu führen, bis ich das Wort Bankinang las, den Namen des Lagers, in dem meine Mutter und meine Schwestern jahrelang inhaftiert gewesen waren. Das durfte ich anschauen, das konnte ich vielleicht für meine Rede gebrauchen, und ich begann zu lesen, einfach den ersten Satz einer beliebigen Seite.

»Tagsüber war es glühend heiß, und nachts kalt. Es gab fünf große Hallen, sechzig Meter lang, jeweils für fünfhundert Frauen und Kinder, zwei Gänge, links und rechts Schlafplätze, kein Fleckchen für einen selbst, vier Lampen, über jedem Eingang eine, pro Person eine Matte von siebenundsechzig Zentimeter Breite und ein Meter neunzig Länge. Ich konnte gerade stehen, Mammie mußte sich bücken. Tante Nikki wohnte über uns, sie war von der Hauptverwaltung und schnarchte. Wenn sie nachts neben ihren Topf pinkelte, regnete es bei uns rein. Außerdem überall Frauen, die ihre Nase in alles steckten und die man Tante nennen mußte. Sie klauten sich gegenseitig die Wäsche, ... selbst gesehen, und gaben uns Kindern die Schuld. Lügnerinnen, die ...« Der Satz endete mit einem Strich. »Frauen untereinander sind schlimmer als Japaner!« hatte sie daneben geschrieben.

Hallo, Ada, so erkenne ich dich wieder, du lieber Quälgeist. Was ist das, ein Versuch zu einem Tagebuch? Und warum diese Fetzen, Sätze ohne Kopf und Schwanz?

Keine zwei Seiten gehörten zusammen, ganze Passagen waren mit brauner Tinte unkenntlich gemacht (Ecoline, es roch noch nach Schule), am Rand Anmerkungen in einer deutlich erwachseneren Handschrift, als habe sie später mit Füller, Schere und Klebeband Rache an ihrer Erinnerung nehmen wollen. »Ostindisch = Indonesisch!« stand ein paarmal am Rand, »Japse« war durchgestrichen und durch »Japaner« ersetzt.

»›Hunger schmeckt unappetitlich‹, sagt Mammie. Ich weiß nun, wie man die übelsten Sachen essen kann: das Gaumenzäpfchen zuklappen, nicht riechen und runterschlucken. Ich denke immer nur an die zwei japanischen Soldaten in Fort de Kock, die unserem Schweinchen die Kehle durchschnitten und das Blut vor unseren Augen tranken. Ich fand das sehr brutal und eklig. Später habe auch ich gebackenes Blut gegessen und ein Kuhauge auspressen müssen. Mammie traute sich nicht, aber da war ein halber Liter Öl drin, und so konnten wir wieder eine Weile backen. Nach Ziegenblasen mit Leim schmeckt alles besser.«

Kochen in Niederländisch-Indien, damit bekam ich keine Aula voll. Und für meine Rede war auch nichts dabei. Weinen sollten die Zuhörer oder lachen, aber nicht über Geschichten vom Lager. Nein, ich wollte nichts sagen, was die ganze Familie schon wußte, auch wenn früher nur darüber gelogen wurde.

Ich setzte mich auf das Linoleum neben dem grauen

Tuch, spürte die Kühle des Kühlbrettes, auch nicht breiter als ihre Matte im Lager, und zog die anderen Hefte zu mir. Einige waren ausgebeult vor lauter eingeklebten Zeitungsausschnitten und Trockenblumen: Nachtkerze, rauhhaariges Veilchen, Wolfsmilch, Bibernellrose und Löwenmäulchen, die Flora des Dorfes, in dem ich geboren bin.

Hefte aus der Schulzeit und aus dem Krieg lagen durcheinander. Seiten mit Backfischprosa, geschmückt mit eingeklebten Illustriertenfotos von Rock Hudson und einem von Edmundo Roß, singend vor einem roten Doppeldecker: »*London is the place for me.*« Damals schon. Ich habe gar nicht gewußt, daß meine Schwester eine so leidenschaftliche Tagebuchschreiberin war. Auch diese Hefte muß sie später gesäubert haben; je erwachsener ihre Handschrift, um so strenger die Eingriffe. Sogar die Filmstars bekamen die Schere zu spüren.

Ein Heft schien der Zensur entkommen zu sein, das älteste, nach der Schulhandschrift zu urteilen, geschmückt mit Van-Nelle-Albumbildchen. »Aus den Tropen« stand auf dem Etikett, jeder Buchstabe in einer anderen Farbe, alles in dem Zitterstil der Anthroposophen.

»Ich bin in Malang geboren. Eine alte einheimische Frau hat uns einmal erzählt, daß Malang Unheil bedeutet. Als meine Mutter das hörte, ist sie mit einer Kerze um unser Haus gegangen, um die bösen Geister zu verjagen. Im Mangobaum saß wohl ein Kuntilanak, eine gemeine Teufelin, der die Einheimischen manchmal einen Wasserbüffelkopf opferten. Aber wir hatten damit nie Probleme.«

Ein Schulaufsatz, unbrauchbar. Ich blätterte ungeduldig weiter und betrachtete die Van-Nelle-Bildchen: webende Frauen, eine balinesische Tänzerin, Stiere mit einem rosafarbenen Sonnenschirm auf dem Kopf. Sie waren nur an der Oberkante festgeklebt. Ich hob eines hoch und sah, daß sich Adas Handschrift auch unter den Bildern fortsetzte. War es dieselbe Geschichte? Ihre Schrift war so winzig klein und so geheimnisvoll im Rechteck der Bildchen, daß ich sie nur mit halb zugekniffenen Augen entziffern konnte. Ich wollte aufstehen, Ada ins Gesicht schauen und sie um Erlaubnis bitten, aber meine Neugier war größer als mein Anstand.

»Was sind Erinnerungen? Erfahrungen, die man noch weiß. Das meiste weiß ich nicht mehr, oft kann ich mich an gar nichts erinnern. Letzte Woche war ich krank und zitterte vor Fieber, da wußte ich wieder Dinge von früher. Wir waren in drei Lagern auf Sumatra, erst Hausarrest in Fort de Kock mit fünf Familien, dann ein Zwischenlager, danach das schreckliche De Boei in Pandang, ein Gefängnis, wo schon tausend Männer waren und dann noch zweitausenddreihundert Frauen und Kinder dazukamen, und später ins Barackenlager Bankinang im Inland, die Zahlen habe ich von Tante Nikki. Ich weiß nur noch, daß es nach Pisse stank. Man machte kein Auge zu, so donnerte das Meer, und manche Mütter dachten, es seien die Schiffe der Alliierten, die kamen, um uns mit ihren Kanonen zu befreien.«

Ich hatte das geheimste von Adas geheimen Tagebüchern gefunden, ich hob die anderen Blätter hoch, als schaue ich ihr unter die Röcke, und las weiter:

»Was ich niemals vergesse: Ich sehe mich selbst in einem gelben Kleid mit schwarzen Glasknöpfchen, getauscht für ein Buch. Ich höre die Frauen, die vom Holzholen zurückkommen. Ich liege im Krankenhaus mitten auf dem Gelände. Eine Eidechse läuft über die Gaze meines Moskitonetzes, sie schaut mich traurig an. Werde ich sterben? So schaut sie. Im Raum stinkt es nach Eiter. Ein Mädchen wird hereingebracht, das in heiße Asche gefallen ist, ihre Mutter hat sie in ein Moskitonetz gewickelt, und jetzt klebt die Gaze an ihrer Haut fest. Mir wird schlecht, mein Bauch läuft leer. Ich bekomme nur noch Tee mit Salz und Pfeffer. Ein Japs kommt jeden Tag an mein Bett. Er ist nett, er will mit mir reden, aber ich kann ihn nicht verstehen, er spricht ein paar Worte Malaiisch. Er nimmt mich auf den Schoß und reibt meinen Krampf weg. Die australische Ärztin erlaubt das nicht, ich lasse ihn dennoch gewähren. Er verspricht, mich zum Männerlager zu bringen, dort sind neue Medikamente angekommen, die mich vielleicht gesund machen können. Die Ärztin und meine Mutter wollen nicht, daß ich mitgehe. Kurz darauf hebt er mich hinten auf einen Lastwagen, ich darf mich auf seinen Schoß setzen. Meine Mutter weint am Tor.

Als ich zurückkam, hat mir der Japs zwei Kokosnüsse gegeben und einen ganzen Kohlkopf. Meine Mutter hat mich geschlagen, ich durfte nie mehr etwas von ihm annehmen, aber sie haben trotzdem alles aufgegessen. Dieser Japs hat es auch bei Els getan. Sie hat es mir erst auf dem Schiff erzählt. Wir bekamen immer etwas extra, wenn wir uns auf seinen Schoß gesetzt haben.

Ich weiß nicht, wie lange ich noch krank gewesen bin. Wenn ich danach frage, sagt Mammie, daß die Japse nett zu Kindern waren. Den Rest habe ich vergessen.«

Hier war ihr Gedächtnis selbst zu einer Schere geworden.

Inwieweit hatte ich selbst Erinnerungen aus meinem Kopf geschnitten? Stimmte das Bild, das ich von meiner Schwester hatte? Ada, die kühlste, die intelligenteste von uns allen, Emotionen und modischem Getue abgeneigt, hatte ich sie jemals über das Lager sprechen hören? »Ich war zu jung«, sagte sie, wenn jemand davon anfing. Meistens war es Saskia, jedes ihrer Wehwehchen hatte seinen Ursprung in Bankinang, bei Regen glühte ihre rechte Schulter immer vom Wasserholen. Ada steckte sich bei solchen Bemerkungen demonstrativ die Finger in die Ohren, aber es entging ihr kein Wort. Sagte Saskia »Konzentrationslager«, dann rief sie bissig: »Es war ein Internierungslager«, und wagte jemand, die Japaner mit den Deutschen zu vergleichen, dann sagte sie: »Schlagen ist etwas anderes als Vergasen.«

Und auch meine Mutter ließ kein Gejammer zu. Ich sehe sie noch beim Abwaschen wütend mit der Spülbürste spritzen, wenn nach dem Singen der fröhlichen Lagerlieder auch nur eines der Mädchen wagte, sich über die Japaner zu beklagen: »Ihr könnt Holz hacken, Feuer anmachen, kochen, schlachten, nähen, flicken, Kranke pflegen, Bambusrahmen schneiden, Kokosschalen bemalen. Welches Kind eures Alters hat das alles gelernt? Positiv denken! Ihr habt besser lesen und schreiben gelernt als jedes andere holländische Kind. Die Lehrerin war eine Professorin. Durch das Lager seid Ihr den anderen um eine Nasenlänge voraus.«

Und diese Els, von der Ada schrieb, ihre Vertraute an Bord, wer mochte das sein? Ich kannte nur eine Els von früher. Els Groeneweg, die Notarstochter aus Den Haag. Unsere Eltern waren miteinander befreundet, ihre Mutter war mit meiner im Lager gewesen. Er war unser Mann für alle Formalitäten und half meiner Mutter im Kampf gegen das Ministerium für die überseeischen Gebiete. Es brauchte nur ein offizieller brauner Umschlag auf unsere Matte zu fallen, und Groeneweg kam vorbei. Er brachte seine eigene Schreibmaschine mit, mit einem silbernen Ring um jede Taste, und seine Sätze waren so lang wie das Band. Mit dröhnender Stimme las er sie bei uns zu Hause am Tisch vor, Briefe an den Minister, den Pensionsbund und Eingaben an die Königin. Eingaben ... was für Bilder bei diesem Wort auftauchen, Vater und Mutter unterm Lampenschirm, im gelben Licht, die Rauchringe aus der

Zigarre des Notars, das Anschlagen der Buchstaben auf dem Papier ... wir bedrängten Ihre Majestät mit Eingaben. Uns war großes Unrecht angetan worden, so viel verstand ich, aber meine Eltern trugen es mit Würde und in Stille. Wenn wir klagten, taten wir das feierlich.

Die Groenewegs waren reich und vornehm. Els trug einen Siegelring (und meine Schwestern trugen ihre alten Kleider auf), ihr Vater fuhr einen glänzend schwarzen Rover. Das halbe Dorf lief zusammen, wenn sein Auto vor der Tür stand, so ein schönes sahen wir selten – mit Nußbaumbeschlägen und einer Hand voll Uhren. Wir waren den Gemüsemann mit seinem dreirädrigen Lieferwagen gewöhnt, die DKWs der Moffen im Sommer. Sobald der Notar fertig war, durften alle Kinder eine Runde auf der Promenade mitfahren, eine Spritztour in einem schwarzen Zylinderhut.

Später kam Els in ihrem eigenen Auto zu uns, einem blauen MG Kabriolett. Ich als Junge hinten auf dem Notsitz, ihre blonden Haare riechend (und noch immer höre ich das Klirren ihrer silbernen Anhänger, wenn sie schaltete. Alle alten Klänge kommen zurück. Meine Ohren haben das beste Gedächtnis).

Els war meine erste heimliche Liebe. Sie mußte unbedingt eine Anzeige bekommen.

Es klingelte. Maarten rief nach seinem Spazierstock, und Aram stürmte die Treppe hinauf. Ich versteckte das Tropenheft unter meinem Hemd, schob die anderen Papiere zurück in die Schublade und rannte zur Tür. Bis Maarten aufmachte, stand meist niemand mehr da. Die Besucher wandten sich gerade zum Gehen, es waren der Nachbar von gegenüber und sein Sohn Pieter. Sie kamen, um zu kondolieren, Pieter war Arams bester Freund. Ich rief ihn und hörte, wie oben ein Schlüssel umgedreht wurde.

»Möchtest du sie kurz sehen?« fragte Maarten, er lehnte wie ein Betrunkener an der Flurwand. Ohne eine Antwort abzuwarten, ging er ihnen voraus zum Hinterzimmer. Ich warnte, daß es kein schöner Anblick sei, der Beerdigungsunternehmer müsse noch einmal vorbeikommen. Doch der Nachbar wischte meinen Einwand weg. »Pieter wird einmal seinen ersten Toten sehen müssen.«

Ich ging hinauf, um Aram zu suchen. Der Bodenbelag auf dem oberen Treppenabsatz war herausgerissen, die Polsternägel befanden sich noch an den Leisten, vom Echo allein bekam man schon kalte Füße. Ich war noch nie oben gewesen und öffnete die erste Tür: das eheliche Schlafzimmer. Ungelesene Zeitungen, Stapel nicht geöffneter Post und ein nur einseitig beschlafenes Doppelbett. Auch hier nackte Dielen, Staubflocken in den Ritzen. Maarten hatte recht, sein Zimmer hatte seit Wochen keine Putzfrau gesehen.

Die unbeschlafene Seite des Bettes war übersät mit Notizblockblättern. Eine zittrige Hand hatte auf jedes Blatt einen Satz geschrieben: »Aram macht zu viel Lärm! Aram ist lästig! Aram gehorcht mir nicht! Essen auf Rädern anrufen! Arams Versicherung! Musikunterricht bezahlen! Aram muß mir helfen! Schuhe aus, mittags kein Horn spielen! Mit Ada nach Terschelling, jetzt reservieren! Netter zu Aram sein!« Absichten eines wurmstichigen Gedächtnisses.

An der Wand hing ein großes Bild, es wirkte wie ein alter Druck, gelb und brüchig. Doch als ich davorstand, sah ich, daß es das vergrößerte Foto einer Zeichnung war, ungeschickt in der Perspektive, eine Studie der Kargheit: ein Holzfußboden, vier aufgerollte Matten, Schilfmattenwände, vier Dosen, ein Eimer und ein Besen. »Unser *tampat* in Bankinang«, stand darunter. Das war also der Verschlag, den meine Mutter mit ihren Töchtern geteilt hatte. Ich betrachtete die Zeichnung noch einmal und erkannte in ihr die Anspruchslosigkeit von Adas Haus wieder.

Aram war nicht in seinem Zimmer. Es roch nach ungewaschenen Füßen und benutzter Bettwäsche, der Boden war besät mit Büchern, Modellbögen und Schulheften, letztere Zeugen seines braven Lebens. Über seinem Schreibtisch hing ein Druck von König Arthur und den Rittern der Tafelrunde und ein Plakat mit einer römischen Festung. Ritter wollte er früher werden, jedes Ritterbuch war gut, wenn nur nicht zu viele Bilder drin waren, denn die waren zu Hause verboten. In der Grundschule hielt er ein Referat über Ritter, in einer selbstgebastelten Rüstung und mit einem Papphelm; darum hatte er auch das Horn als Musikinstrument gewählt.

Über seinem Bett hingen die Trophäen seiner Heldentaten: ein abgerissenes Verkehrsschild, Plakate von *Guns n' Roses* und *Heavy-Metal*-Gruppen mit viel nacktem Fleisch, Tätowierungen und Leder. Er war auch mit einer Sprühdose zugange gewesen. Es war zu sehen, daß Ada in den letzten Wochen keine Treppen mehr steigen konnte. Aram, das belesene Muttersöhnchen, so freundlich und zuvorkommend, mit seinem Pagenkopf, den übergroßen Lederschuhen und salopper Kleidung hatte selbst die Herrschaft übernommen. Sogar Comics lagen auf seinem Bett. Nur ein in unregelmäßigen Buchstaben geschriebenes Plakat über dem Kopfende seines Bettes erinnerte noch an die verschwindende Autorität seiner Eltern: »Netter zu Papa und Mama sein.«

Wo war Aram? Nicht in Maartens Büro (hier entdeckte ich einen Kinderschreibtisch mit Schubladen voller kleiner Spielzeugautos; da ich ohnehin schon meine Nase in fremde Angelegenheiten steckte, hatte ich keine Skrupel mehr), nicht im Badezimmer (brettharte Handtücher), nicht auf der Toilette (graues Papier). Er reagierte nicht auf mein Rufen, bis ich im Flur ein Knarren hörte. Es kam von oben. Ich zog an dem Seil der ausklappbaren Bodentreppe, aber die Luke ging nicht auf. Aram hatte sich auf dem Dachboden eingeschlossen.

»Willst du nicht runterkommen?« fragte ich.

»Nein.«

»Pieter wartet auf dich.«

»Ich will ihn nicht sehen.«

»Warum nicht?«

»Darum.« Ein Schluchzer.

»Hast du Angst, daß du weinen mußt?«

»Ja.«

Wer saß dort oben? Er saß dort, ich saß dort. Gegen die Scham kämpfend.

Am Tag nach meines Vaters Tod hatte ich selbst zu den Leuten gehen müssen, um es ihnen zu sagen. Mein Vater war nicht mit meiner Mutter verheiratet, deshalb konnten keine Anzeigen verschickt werden – es war noch eine anständige Zeit. Erst ging ich zur Post, was man da erzählte, wußte nach einem halben Tag das ganze Dorf. Die Posthalterin, eine dicke Frau mit einem Kartonbusen, erhob sich von ihrem Schalter: »Armes Kind«, sagte sie, »wir haben es schon erwartet, wie soll das jetzt mit euch weitergehen?«, und sie drückte meine Wangen zwischen ihre Brüste. Dann erzählte ich es dem Kolonialwarenhändler, der morgens schon nach Alkohol roch, weil er vor zwei Jahren seine Tochter durch Scharlach verloren hatte, und er drückte mich an seinen Bierbauch. Herr Keij, Kapitän im Ruhestand, nahm seinen Hut vor mir ab. Jeder, den ich auf der Straße traf, sprach mir sein Beileid aus, und ich mußte jedesmal schrecklich weinen dabei, nicht weil ich traurig war über den Tod meines Vaters, sondern weil ich ihr Mitleid nicht aushielt. Sie gaben mir nicht die Chance, ein Mann zu sein, und ich wollte ein Kerl sein, ein Kerl ohne Tränen.

»Bleib nur oben, Aram«, sagte ich, »Pieter kommt bestimmt ein andermal wieder.«

Pieter wartete unten auf dem Sofa. Er starrte glasig vor sich hin, denn er hatte seinen ersten Toten gesehen.

In dieser Nacht kroch der Tod erneut in meine Träume. Ich hörte eine Fahrradtasche gegen Speichen schlagen. Der Zeitungsjunge? In der Stunde zwischen Dunkelheit und Licht kommen die meisten Träume. Ich sah meine Mutter, noch jung und trotzdem alt, so wie alle Mütter in Kindererinnerungen. Sie fuhr vorgebeugt gegen den Wind, auf dem Fahrrad mit den ausgefransten Taschen, für die ich mich immer schämte. Ich bin elf und sitze aufrecht im Bett, lausche den Geräuschen der Nacht. Ich träume einen Traum. Mein Vater liegt sterbend im Krankenhaus. Er kämpft um Atem, wie ein Flieger in dünner Luft. Das Krankenhaus hat angerufen: Es ist soweit.

Der Wasserhahn läuft, Türen knarren, Flüsterstimmen auf dem Flur. Still, still, ich soll nichts merken, kein Licht. Ich höre Fahrräder auf dem Gartenweg, Taschen schlagen an Speichen, und da fahren sie los, meine Mutter, meine Schwestern, die dürfen mit.

Es stürmt, der Wind bläst hinter den Fensterläden, und es knarrt im Flur. Ich höre Schuhe auf dem Linoleum, ich erkenne die Schritte meines Vaters. Er kommt zu meinem Zimmer und öffnet die Tür. Dort steht er, in seiner Fliegerjacke, das Gesicht teilweise verborgen unter der Schutzbrille, seine Augen glühen im Schein des Angstlämpchens, das Tag und Nacht in der Steckdose brennt. Mein Vater setzt sich neben mir aufs Bett, ich rutsche ein Stück zur Seite und schaudere von der Kälte, die er unter seiner Lederjacke mit hereingebracht hat. Während meine Mutter und meine Schwestern sich über sein Sterbebett beugen, ist mein Vater zu mir gefahren. Wir haben den Tod überlistet. Mein Vater streift den rechten Ärmel hoch, das Leder knarrt, er macht seine Uhr ab und hält sie mir ans Ohr. Die hellgrünen Leuchtzeiger klopfen wie ein Herz. Duf, duf. Ich schiebe seine Hand weg, ich will seine Uhr nicht haben. Sie tickt zu laut. Ich habe Angst vor dem giftigen Licht, der Stahl ist kühl, und das Armband schneidet in mein Ohr. Ich bücke mich, tauche weg, aber es gelingt mir nicht, seiner Hand zu entkommen. Die Hand, die immer schlägt, eine Hand, die, wenn sie streicheln will, mich unverhofft kneift. In seiner verräterischen Hand klopft ein Herz. Duf, duf.

Die Zeitung fiel in den Briefkasten. Ich hörte noch immer: Duf, duf. Mein Wecker tickte neben meinem Kopfkissen, ich hatte ihn in meiner Unruhe vom Regal gestoßen. So gehen Träume mit Geräuschen spazieren.

In den letzten Wochen vor ihrem Tod hatte Ada kein Leben mehr um sich herum ertragen. Aram und Maarten mußten auf Socken gehen, Horn wurde nicht mehr gespielt. Ferne Kinderstimmen, der Wind, die ersten Blätter, die gegen die Fensterscheiben wirbelten, jedes Geräusch irritierte sie, sogar Uhrenticken tat ihr in den Ohren weh. Sie tippte auf ihr Handgelenk (so dünn, so zart) und bedeutete mir so, meine Armbanduhr abzutun. »Ich trage keine Uhr«, flüsterte ich. Doch sie hörte etwas ticken. Ada wußte, daß ich nie eine Uhr trug, und sie wußte auch, warum.

Denn als ich in der Nacht, in der mein Vater starb, von den zurückkehrenden Fahrrädern geweckt wurde, tickten kurz darauf flache Absätze auf dem Flur, ein kalter Wind zog durch mein Zimmer. Meine Mutter, grau im Licht des Lämpchens, kniete neben meinem Bett. »Für dich«, sagte sie, »du bist nun der Mann im Haus.« Sie hielt mir eine Stahluhr ans Ohr. Duf, duf.

Ich habe sie nicht angenommen.

Herr Korst war erstaunt. »Es sind bestimmt hundert Leute da, aber es können nur sechzig sitzen.« Zusätzliche Stühle könne er nicht besorgen, da hätten wir die große Aula nehmen müssen (nicht in der Versicherung). »Und wie soll das mit dem Kuchen gehen?« fragte er.

Ich schob ihm hundert Gulden zu. »Vierzig Stück mehr.« Korst war seinerseits kein Unmensch, plötzlich erinnerte er sich an eine Partie Klappstühle hinter dem Vorhang. Das Trauer-Tamtam hatte seine Wirkung getan: Reihen voller Lagerfreundinnen. Meine Mutter klagte über eine lahme Hand vom Telefonieren, aber es war ein Schmerz, der Befriedigung verschaffte, all die Gesichter von früher... He, da saß Nikki, und ach, war das nicht Els? Sie winkte, als sie von mir zur ersten Reihe geführt wurde, verhalten zwar, aber sie winkte, die andere Hand gegen den Bauch gedrückt, wie eine zurückgetretene Diva, die von ihrem treuen Publikum erkannt wird.

Auch der halbe Chor war anwesend, dem Nachbarn von Gegenüber war es gelungen, den Dirigenten aufzuspüren. Was für eine Beteiligung, nun nur noch die Musik. Wo blieb das Horn? Wir saßen bereit zum Schluchzen, aber keine Note erklang. Herr Korst trat vor und wollte mir das Wort erteilen. »Musik«, flüsterte ich. Er beugte sich vor – ich sah wieder seine weißen Beine – und sagte mit einer Kopfbewegung zu Maarten hinüber: »Der Herr möchte es nicht.«

»Das ist egal, meine Schwester liebte Musik«, sagte ich. »Sie haben doch wohl etwas bereitliegen? Nein?«

Saskia erkannte sofort das Problem. Da sah man's wieder, Maarten durfte man wirklich gar nichts überlassen. Sie hatte zur Sicherheit eine CD mitgebracht, etwas mit Geigen, paßte das? Mit Horn hatte sie nichts. Sie reichte Herrn Korst einen braunen Umschlag, und er lief schnell nach hinten. Aram gab seinem Vater einen Stoß.

Schuhe scharrten unruhig über die Fliesen, Besucher schauten uns fragend an. »Erst Musik«, rief ich über die Reihen hinweg. Ein paar Sekunden später sickerte ein süßes Gejaule durch die Aula, Violine mit Tremor, es klang wie Sirup auf einem kranken Zahn.

Die Scham glühte mir im Nacken. »Erst Musik«, wie konnte ich sowas herausbringen, und dann diese Töne, das war noch schlimmer als der Musikalische Blumenstrauß. Konnte ich nachher noch sagen, daß Ada einen guten Geschmack gehabt hatte? »Sie hat Musik in ihr Haus gebracht, und Literatur, sie hielt das Niedrige und Häßliche draußen.« So hatte ich es am Abend zuvor aufgeschrieben, ich wollte Ada so zeigen, wie ich sie früher gekannt hatte, nicht die nach Erlösung suchende Asketin, die sie später wurde. Es kostete mich viel Mühe, auf dem Papier nett und ehrlich zu bleiben, immer wieder flossen mir haßerfüllte Spitzen aus der Feder. Die Ansprache, die ich in den Händen hielt, war auf die Hälfte gekürzt, und während die Musik spielte, berührte ich mit dem Finger die Streichungen, ein fühlbarer Beweis, daß ich meiner Wut keine Chance gelassen hatte.

Konnte man dümmer sterben als sie? Hätte sie sich sofort operieren lassen, liefe sie jetzt noch herum. Krebs gab es nicht. Maartens Krankheit gab es nicht. Sie hatte für ihn einen Wunderheiler gefunden, der zweimal in der Woche zum Beten kam. Und wie es half! Maarten brauchte vorläufig keinen Treppenlift und keinen Rollstuhl, dank der heilenden Hände legte er fünfzehn Stufen in einer halben Stunde zurück und lag danach eine Stunde auf dem Sofa, um sich wieder zu erholen.

Aber ich hielt mich zurück, ich würde heucheln, mit umflorter Stimme, wie es sich für einen Grabredner geziemte. Ich verstieg mich sogar zu einer nebulösen Bildsprache: »Während ihres Englischstudiums vertiefte sich

Ada in die Arthur-Romane, und wie die Ritter damals nach dem Gral suchten, so suchte sie in ihrem Leben nach dem Höheren in sich selbst und anderen.«

Was log ich nicht alles zusammen. Das Höhere in anderen ... Sie hatte sich anderen doch gänzlich entfremdet, in den letzten Jahren waren kaum noch alte Freunde zu Besuch gekommen, sie ärgerte sich über ihre Habsucht und das Hypothekengeschwätz, sie wurde schwerfällig im Umgang und härter, vor allem gegen sich selbst. Ein Lachen in ihrem Haus klang für sie wie ein Fluch. Ein einziger Keks zum Tee, und dann gleich die Dose zu, sie machte aus der Sparsamkeit einen Sport, ein Sackkleid hielt vierzehn Sommer lang, kein BH, einmal im Jahr eine Flasche Wein im Haus, Bischofswein, aufgemotzt durch eine mit Nelken gespickte Orange. Fröhliche Weihnachten.

Sie lebte immer mehr nach strengen Regeln. Früh ins Bett und bei Sonnenaufgang raus. Wischen, putzen, alles mit der Hand, ungespritztes Gemüse holen und von jedem Produkt den Beipackzettel auf der Suche nach Giften und Konservierungsstoffen gründlich lesen. Es paßte zu ihrer Gesundheitsmanie, dachten wir, zu ihrem Webstuhl und ihrem Hang zu »ehrlichen Materialien«. Ada plädierte für eine neue Reinheit, ihr Essen wurde allmählich immer unappetitlicher, essen um zu essen, Graupen mit Bohnen, Vergnügen auf dem Teller schien verboten. Sie sehnte sich nach einer übersichtlichen Einfachheit, nach Askese. Ihr Haus wurde allmählich so kahl wie ihr Verschlag im Lager.

Ada hatte eine Höllenangst vor Besitz. Sie wollte sich nicht an ein Haus binden. Morgen konnte wieder Krieg sein, man mußte zu jedem Zeitpunkt fliehen können. So dachte sie wirklich, das war mir nach dem Lesen ihres Tagebuchs alles klar.

Sie verglich ihre Krankheit mit dem Kranksein im Lager. »Ich habe schon einmal im Sterben gelegen, und damals habe ich es auch geschafft«, sagte sie bei meinem vorletzten Besuch. Das durch die Leinenvorhänge gefilterte Licht erinnerte sie an das Moskitonetz im Lagerkrankenhaus, und sie stellte ein Foto ihres Vaters auf den Nachttisch. Je weniger Zukunft sie hatte, um so mehr zog sie sich in ihre Erinnerungen zurück. Zum ersten Mal hatte sie mit ihrer jüngeren Schwester über das Lager gesprochen, und sie hatte geweint. Ein Sieg, fand Saskia, Tränen bei Ada ... Sie betrachtete diese Tränen als Geschenk, einen schöneren Lohn für ihre Pflege gab es nicht.

In den letzten Wochen wollte Ada eigentlich keinen Besuch mehr empfangen, das Heute gab es nicht mehr, in ihren Gedanken war sie wieder das Kind, eingeschlossen in das leere Warten im Lager, in das Stilliegen und Hoffen auf Befreiung.

Wenn ich nach langem Drängen doch kurz bei ihr vorbeikommen durfte, versuchte ich, bessere Erinnerungen zu wecken. Wir blätterten ihre alten Kunstbücher durch und sprachen über schöne Ausstellungen von früher, über die guten Bücher, die sie mich hatte lesen lassen. Dann konnte ich es nicht lassen, sie ein bißchen zu necken, denn so offen, wie sie früher Neuem gegenüber war, so heftig wies sie es jetzt ab: Popmusik, Hollywood, nacktes Fleisch, das ließ ihr Schauer über den Rücken laufen. Ein Film war nur gut, wenn er schwarzweiß und surreal war, zwei Stunden dauerte und von einem säuerlichen Kritiker gelobt wurde. Wenn sie mir zu einem solchen Film riet, lobte ich vor lauter Schreck *Airport I, II* und *III* insgesamt. Ich gab mich populärer, als ich war, und verteidigte die Massenkultur mit denselben Argumenten, mit denen sie die klassische und elitäre verteidigte. Um sie zu schockieren, log ich drauflos. Hätte ich doch nur gewußt, daß sie sich als Backfisch an einem Foto von Rock Hudson berauscht hatte.

Warum wehrte ich mich so sehr gegen sie? Nun, da sie

im Sarg lag, kam ich mit Vorwürfen, das verdiente sie nicht. Ich mußte ihr dankbar sein für die formende Rolle, die sie in meinem Leben gespielt hatte. Von ihr bekam ich meinen ersten Gedichtband: *Dichter dieser Zeit*; und sie nahm mich zur ersten Ballettvorstellung mit: *Der grüne Tisch* von Kurt Jooß – das erste Mal, daß ich Männer mit Wölbungen in ihrem Trikot auf der Bühne herumspringen sah –, und mit ihr besuchte ich auch zum ersten Mal das Theater: Tennessee Williams, *Die Katze auf dem heißen Blechdach*. Zwölf war ich damals, oder vierzehn. Viel verstand ich nicht davon, nur die Hauptrollen, der grausame Vater, ein todkranker Baumwollpflanzer, das war mein Vater, und ich bildete mir ein, sein Sohn Brick zu sein, ein empfindsamer Sohn, aber mit genug Mut, seinem Vater aufs Maul zu hauen.

Ada unterstützte mich in meinem Kampf gegen meinen Vater. Sie wagte es, ihn auszulachen, verspottete seine unsinnige Zucht. Darin lag unsere Verbindung, das machte uns für immer zu Verschworenen. In ihrem Tropenheft schrieb sie auch über ihn: »Mammies neuer Mann hat auf Java noch *unter* meinem Vater gedient« – unter, sie hielt es für nötig, das Wort dreimal zu unterstreichen. »Wenn er in mein Zimmer kommt, dreht er immer das Foto meines Vaters um. Ich sage nichts, ich stelle es einfach wieder richtig hin. Er glaubt, daß er noch immer in einer Kaserne lebt, alles muß nach der Uhr gehen. Eine Minute zu spät aus der Schule, und ich werde bestraft. Wenn er wütend ist, schlägt er einem mit der flachen Hand ins Gesicht, von Kopf bis Fuß ein Feldwebel. Seine Lieblingsstrafe ist ins Badezimmer einsperren. Manchmal sitze ich dort einen halben Sonntag und schreibe, neulich hat er mein Heft zerrissen. Ich zeige zu wenig Respekt, sagt er. In Zukunft nehme ich meine Flöte mit. Je ruhiger ich bleibe, um so wütender wird er.«

Diese Passage habe ich dreimal neu geschrieben und jedes Mal wieder durchgestrichen. An einem solchen Tag will man doch nur Nettes.

Den Geigen wurde endlich der Hals umgedreht, ich stellte mich hinter das Pult, faltete meine Rede auf und sah hoch an der hinteren Backsteinmauer das Lämpchen einer Kamera brennen. Ein wachsames Auge? Wurde ich von Diskjockey Korst beobachtet? Der Schauspieler in mir pries Adas Feinsinnigkeit und ihre mütterlichen Seiten. »Maarten verlangte Fürsorge, Arams Erziehung ebenfalls, und trotz ihrer eigenen Krankheit lebte sie intensiv mit ihrer Schwester Jana in Kanada mit, von der wir in nicht allzu ferner Zeit ebenfalls Abschied werden nehmen müssen. Ada, die dienende, immer da, nie im Vordergrund.«

Ein Schauer lief durch die Aula. Auch Jana krank? Beinahe noch niemand wußte es, und wir wollten in diesen Tagen nicht daran denken, aber bei einem Telefongespräch, das ich kurz nach Adas Tod mit ihr führte, hatte sie mir zu verstehen gegeben, daß sie nur noch ein paar Wochen zu leben hatte. Krebs. Meine Mutter ignorierte es und versorgte ihre älteste Tochter mit Diäten, bestrahltem Brot und dem neuesten homöopathischen Blödsinn. Jana schluckte alles brav, sie hielt ihren Tod doch in der eigenen Hand. Sie hatte Krebs in den Eierstöcken und ließ sich behandeln, bis ihr erstes Enkelkind geboren werden würde. In zwei Monaten war es soweit, dann würde ein neues Leben in ihren Armen liegen. Noch eine kurze Weile, dann durfte sie endlich sterben.

Ich fand, daß ich es an diesem Tag sagen mußte, es wurde schon genug verschwiegen und zugedeckt. »Es ist ungerecht, daß ein Kind so jung seine Mutter verliert. Es ist ungerecht, daß meine Mutter zwei Töchter verlieren muß, die sie im Krieg mit großer Aufopferung am Leben erhalten hat. Kinder, die ihr nun schließlich doch unter den Händen wegsterben, kaputt und ausgezehrt. Die Natur ist ungerecht.«

Natur, kein Gott, keine Reinkarnation, der Mensch als chemischer Prozeß, das und nichts anderes.

Der Kuchen war lecker, und Herr Korst sprach mit vollem Mund. Er händigte mir das Kondolenzregister aus, die Schleifen und den silbernen Rahmen, in dem das Foto von Adas Vater gesteckt hatte. »Wir dürfen keine externen Metalle verbrennen.« Das verstand ich. Als »Dank und Erinnerung« bekam ich eine Videoaufnahme der Feierlichkeit. »Der Herr möchte das nicht? Aber das ist doch üblich, eine Geste unserer Firma.« Kurz darauf kam er auch noch mit Saskias CD, einer Aufnahme aus der Serie *Musikalische Meditation*, Geigenfantasien, die laut dem Text auf der Rückseite »die stille Unruhe der Fäulnis von Wasserlilien« darstellten.

Ich war der letzte in der Reihe der Familienmitglieder, die die Beileidsbezeugungen entgegennahmen, ich schüttelte viele Hände und bekam nasse Küsse von alten Damen, die sich Tante nannten und die ich nie zuvor gesehen hatte.

Els Groeneweg erkannte ich sofort. Blond, hochhüftig, Haselnußaugen, Lachfältchen und noch immer ein ostindischer Klang in der Stimme. Ich konnte meine Tränen nicht zurückhalten, die Verliebtheit schlug sofort wieder zu. Außerdem sah sie meiner Freundin so ähnlich, blond, das gleiche Lächeln, die gleichen Augen, die gleiche Figur, wie war es möglich, daß ich im Unterbewußtsein nach meiner ersten Liebe gesucht hatte. »Wie schlimm, das mit Jana«, sagte sie, »sie war eigentlich meine große Freundin. Ich wollte immer, daß sie Joost heiratet, meinen ältesten Bruder. Aber der ist letztes Jahr gestorben.«

»Wenn du deinen Willen bekommen hättest, wäre Jana jetzt Witwe«, sagte ich.

»Eine glückliche Witwe«, sagte sie lachend, und in Gedanken küßte ich ihre Fältchen. »Schade, daß es zwischen den beiden nie was geworden ist. Sie mochten sich gut leiden. Ich habe noch stapelweise Briefe von ihr. Vielleicht solltest du sie mal lesen. Jana ist aus Holland geflohen, es gibt kein anderes Wort dafür, aber dort drüben hat sie auch kein Glück gefunden. Was hat das Mädchen doch für ein beschissenes Leben gehabt.«

Geflohen? Wovon redete sie? Jana, das Lieblingskind meines Vaters. Ich wußte, sie fand Holland zu eng, wie so viele repatriierte junge Leute aus Niederländisch-Indien. Sie wollte nach Australien, aber das klappte nicht, dafür war sie zu braun. Schließlich wurde es Kanada. Ich hatte immer gedacht, daß meine Mutter sie bei ihren Plänen unterstützte, als Frau muß man seine Chancen ergreifen, weg aus dem spießigen Froschland, sie hatte ja selbst in jungen Jahren das Haus verlassen. Jeden zweiten Sommer besuchte sie sie und kam mit gebackenen Dauerwellen und einem geblümten Nylonhosenanzug zurück. Schon allein deshalb hatte ich nie das Bedürfnis verspürt, meine Schwester zu besuchen.

Und jetzt sollte sie auf einmal geflohen sein. Els wollte nicht näher darauf eingehen. Wir tauschten Telefonnummern aus und versprachen, uns bald einmal zu verabreden.

Tante Nikki kannte ich nur vom Namen, sie war in den Neunzigern und hatte sich mit dem Taxi aus Overijssel in die Randstad fahren lassen. Sie konnte kaum mehr gehen und schwankte von einem stützenden Arm zum nächsten, bis sie sich an mir festklammerte und mich zu einem Stuhl zog. »Ich bin wegen Letje gekommen«, sagte sie, »ich fühlte einen Zwang, ich mußte hier sein.«

Ich hatte noch niemals jemanden meine Mutter bei

ihrem Kindernamen nennen hören, für ihre Freunde war sie normalerweise Lea. »Das ist sehr lieb von Ihnen«, sagte ich.

»Weißt du, daß deine Mutter und ich im selben Lager waren?«

»Ja.«

»Deine Mutter hat mir mal erzählt, du fändest es komisch, daß sie immer zu unseren Kumpulan geht, unsere Treffen, du weißt schon. Es wollte dir nun mal nicht in den Kopf, daß wir da so vergnügt miteinander waren. Aber weißt du, deine Mutter schöpfte Kraft aus unseren Treffen. Letje scheint stark, aber auch sie verläßt manchmal der Mut. Ich mußte sie immer wieder anfeuern, wie einen alten Ofen, ja.« Sie schüttelte mein Handgelenk, und ihr Speichel spritzte herum. »Ohne ihre alten Freundinnen würde sie es nicht durchhalten, sie kehrt immer wieder voller Energie nach Hause zurück. Du weißt, wir hatten eine hohe Moral in Bankinang, und diese Kraft kehrt bei unseren Treffen immer wieder zurück. Einmal hatte sie fast aufgegeben, sie sorgte nicht mehr für sich, aß kaum etwas, sie lag nur auf ihrer Matte und wartete, sie war bereit, hinüberzugehen. Es war ein Ödem, ja, und sie hatte Wasser in den Lungen. Jana mußte ihre Rolle übernehmen. Letje, sagte ich, denke an deine Mädchen, halte durch, Letje, du hast hier noch eine Aufgabe. Und auch jetzt muß sie wieder durchhalten, sie wird noch mindestens zehn Jahre leben. Aram braucht sie.« Wir blickten beide zu Aram hinüber, der noch immer von kondolierenden Trauergästen belagert war. »Ihr braucht euch keine Sorgen um Ada zu machen, sie ist jetzt in guten Händen. Aber ihr müßt schnell zu Jana, so viel Zeit hat sie nicht mehr, und sie vermißt euch, sie will trauern, sie braucht euch.«

»Mammie und Saskia wollen im nächsten Monat hinfahren.«

»Jetzt«, es klang wie ein Befehl, »gleich nächste Woche. Ich sehe es vor mir. Und du mußt mit, du bist noch nie bei ihr gewesen. Komm.« Sie zog an meinem Handgelenk, als warte draußen das Flugzeug. »Jana war deine zweite Mutter, sie hat dich nach deiner Geburt versorgt, deine Mutter war zu schwach dafür.«

Sie sah mir an, daß ich absolut nicht vorhatte, nach Kanada zu fahren, was sollte ich dort? Ich hatte Jana seit ihrer Auswanderung nur zweimal flüchtig gesehen, und so gute Erinnerungen hatte ich an sie nicht. Den Körper im Winter mit Schnee waschen. Eine schöne Mutter. Es würde Herbst sein, wenn meine Mutter auf die Reise ging, und dann schneite es in New Brunswick bereits.

»Du gehst mit, ob du willst oder nicht. Ich habe alles schon gesehen. Jana kann dir noch viel über deinen Vater erzählen.«

Tante Nikki packte mich an beiden Händen und schaute mich durchdringend an. »Du hast seine Augen«, sagte sie.

Ich versuchte, mich aus ihrem Griff zu befreien, aber sie hielt mich fest, ich zwinkerte mit den Augen, aber sie zwang mich, sie weiter anzuschauen.

»Dein Vater hatte auch gute Eigenschaften. Du denkst, daß du ihn haßt, aber wenn du ihn nur hassen würdest, wärest du nicht so, wie du jetzt bist. Du hast ihn auch geliebt, und er dich. Er hat so viel von dir erwartet, du warst sein einziger Sohn. Er muß Hunderte von Fotos von dir gemacht haben. Aber er war auch krank, ich weiß es. Ich habe gesehen, wie du als kleiner Junge zu ihm aufgeschaut hast, wie du ihn bewundert und dich nach seiner Liebe gesehnt hast.« Tante Nikki lachte über mein verblüfftes Gesicht. »Ja, das hast du vielleicht vergessen, aber in den ersten Jahren nach dem Krieg bin ich noch manchmal bei euch vorbeigekommen, um Letje Mut zuzusprechen, doch als ich dann in den Osten umgezogen bin und meine Beine nicht mehr so wollten, habe ich dich nur noch auf den Fotos wachsen sehen, die Letje zu unserem Treffen mitbrachte.«

Ich konnte mich nicht an sie erinnern, und dennoch mußte sie früher genauso imponierend gewesen sein, mit ihrer stattlichen Gestalt und ihren stechenden braunen Augen.

»Gesteh dir doch zu, auch an seine netten Seiten zu denken. Du hast sie doch in dir, und wenn du alles an ihm haßt, haßt du dich selbst.« Sie sagte das streng und mit einer großen Sicherheit, und obwohl mein ganzer Körper sich gegen sie sträubte, ging doch eine große Ruhe von ihr aus.

Sie winkte Aram, der sich erst nicht traute, doch nach mehrmaligem Winken erleichtert zu uns gelaufen kam. »So, mein Junge«, sagte sie, »du darfst dich glücklich preisen, mit all dem, was deine Mutter dir mitgegeben hat.« Aus den Augenwinkeln sah ich Maarten erschöpft auf einem Stuhl sitzen, er schüttelte jede Hand, die ihm hingehalten wurde, und sah dabei aus, als hätte er sie nicht alle beisammen. Welche Rolle würde er künftig in Arams Leben spielen? Niemand nahm ihn mehr ernst, und obwohl er auch lichte Momente hatte, am Gespräch über die Zukunft seines Sohnes wurde er kaum beteiligt.

Tante Nikki legte die Hand auf Arams Pagenkopf. »In der Aula fühlte ich auch eine Hand auf meinem Kopf«, sagte Aram, »ganz seltsam, ich fühlte, daß sich jemand neben mich setzte und mir die Hand auf die Haare legte. Ein Mann in Uniform, sehr unheimlich.«

»Das hast du gut gesehen, Junge«, sagte Tante Nikki. Sie nahm ihn stolz am Arm, und beide gingen hinüber zur Kuchentafel.

Armer Aram, dachte ich, gesunder Verstand, dritte Klasse Gymnasium, und auch schon von höheren Sphären berührt. Ich steckte eine Zigarette an und schlenderte zum Ausgang.

Doch meine Mutter ließ mich nicht gehen. »So, da bist du ja endlich, komm, es sind noch so viele Verwandte da, die kurz mit dir sprechen wollen.«

»Ich kann keine Verwandten mehr sehen«, sagte ich, »ich bin fix und fertig.«

»Es sind van Capellens hier, die du noch nie getroffen hast, sie sind aus Groningen gekommen.« Sie sprach über die Familie ihres ersten Mannes. Nach dem Krieg aus den Augen verloren, Mitte der sechziger Jahre, nachdem sie anfangs für Indonesien optiert hatten, von dort zurückgekehrt und nun als neue Onkel und Tanten meiner Schwestern aufgenommen.

»Erspar mir das«, sagte ich.

Meine Mutter baute sich vor mir auf, die Tasche vor dem Bauch, die Hände in die Seiten gestemmt. »Du weißt, daß Just auch da war?«

»Welcher Just?«

»Just van Capellen, Adas Vater.« Ich konnte nur tief seufzen. »Er stand hinter dem Sarg, in seiner Uniform. Er hielt Ada im Arm. Er ist gekommen, um sie zu holen.« Schwerere Geschütze standen ihr nicht zur Verfügung. Sie kämpfte gegen ihre Tränen.

»Schön für sie«, sagte ich. Ich lief hinaus. Zum Rosengarten, um auf der Asche herumzulaufen.

Am Ende des Ganges stand Herr Korst und wartete auf eine neue Beerdigungsgruppe, er sah, daß ich blaß vor Erregung war, und schüttelte mir väterlich die Hand: »Ach, der Tod, mein Herr, wir machen ihn alle mit, wenn man nur lange genug gelebt hat.«

2
Vaterschaftsanfechtung

Die ganze Verwandtschaft konnte mir den Buckel runterrutschen. Trösten half nichts, jeder zog sich in seine eigene Traurigkeit zurück. Maarten schaute mich glasig an, als ich etwas zu ihm sagte, er hatte keine Ahnung, was wir nach der Einäscherung alle in seinem Haus zu suchen hatten. Während wir Kaffee kochten, schob er ein Fertiggericht für Ada in den Ofen, und er verstand nicht, warum er bei »Essen auf Rädern« anrufen und eine Portion weniger bestellen sollte. Er hielt sich an den auf die Küchentür geklebten Lebensplan.

Aram gab sich eckig und rauh, jedes freundliche Wort schüttelte er von sich ab, er nahm sein Essen mit hinauf und schloß sich mit Heavy metal ein.

Vor allem meine Mutter flüchtete in eine Schattenwelt. Es tat weh zu sehen, wie sich eine intelligente Frau an so viel Unsinn klammern konnte. Ada mochte tot und zu Asche verbrannt sein, für meine Mutter blieb sie vorläufig unter uns. Ihr Geist sei noch nicht bereit zu gehen, sagte sie, es gebe noch so viel zu regeln: Versicherung, Vormundschaft, Pflege für Maarten. Ada hatte jedes Gespräch über die Zukunft vermieden. Aber jetzt würde sie von der anderen Welt aus dafür sorgen, daß doch noch alles in Ordnung kam.

Früher konnte ich über die Haltung meiner Mutter lachen, es störte uns auch kaum, dafür war sie neben dieser ganzen Absonderlichkeit auch zu nüchtern. Wir zogen wöchentlich eine Tarotkarte oder warfen eine kleine Münze vom I-Ging, und sie erklärte, was uns erwartete, wir kicherten über ihre vagen Sprüche und vergaßen das Ergebnis. Der Kosmos konnte vibrieren, wie er wollte, wir durften unsere Pflichten nicht versäumen. Auch sie selber glaubte nicht wirklich daran, sie schaute zwar in die Ephemeriden, um zu sehen, wie ihre Sterne standen, aber wenn ihr das Ergebnis nicht gefiel, schob sie die Deuterei ebenso leicht wieder zur Seite. Die Sterne ziehen ihre Bahn, sie entscheiden nicht. Wir haben uns auch nie lustig darüber gemacht, wir betrachteten es als fröhliches Familienspiel, mehr nicht; Zynismus tat ihr weh, und sie hatte schon so viel Schmerz erlitten. Wer so viel Schlimmes mitgemacht hatte, durfte mit Sternen spielen.

Doch in der letzten Zeit gerieten Wirklichkeit und Magie immer mehr durcheinander, vor allem, seit sie zwei Séance-Damen aus ihrem Pflegeheim in die Hände gefallen war. »Wunderbare Damen«, fand sie, »mit tollen Kontakten.« Eine war in ihrem vorigen Leben ein behindertes Kind gewesen und später Strauchdieb. »Sie hat damals Dutzende von Menschen getötet, was die alles gutzumachen hat, sie muß vieles im Leben noch einmal tun, deshalb will sie mir auch helfen. Sie ist mir eine Riesenstütze.« Die andere hatte im Bus einen Hindustani getroffen, den sie aus einem früheren Leben wiedererkannte. »Jetzt kommt er jede Woche zum Tee zu ihr. Ein sehr interessanter Kerl, er kann materialisieren. Er ist ein Bote, einfach so im Bus hat sie ihn getroffen, wie findest du das?«

»Ada muß in Frieden weggehen können«, sagte meine Mutter, »wir müssen ihr so viel wie möglich beistehen, nichts ist so schlimm wie eine ruhelose Seele.« Noch am Nachmittag nach der Einäscherung trug sie mir auf, alle offiziellen Papiere zu ordnen. »Ada wird uns in diesem Chaos den Weg zeigen«, sagte sie. Ich mußte mich beherrschen, sie nicht zu fragen, ob ihre herumgeisternden Männer nicht ein bißchen helfen könnten. Der KNIL, dein Freund und Helfer.

Die Trauer hatte den letzten Rest Nüchternheit bei meiner Mutter weggespült, ohne Hirngespinste schaffte sie es nicht. Seit ihr Saskia beim Einäscherungskuchenessen erzählt hatte, daß sie Ada am Abend vor ihrem Tod zwei Schlaftabletten gegeben habe – hinter dem Rücken des Arztes, feingestampft in etwas Pudding und Tropfen für Tropfen zwischen den Zähnen eingeflößt –, behauptete sie, daß ihre Tochter an einer Überdosis gestorben sei.

»Es kam durch die Tabletten, nicht wahr, Saskia?« fragte sie wohl fünfmal hintereinander auf der Heimfahrt im Auto.

»Es gab ihr die Kraft zu sterben«, sagte Saskia, »sie konnte nicht mehr schlafen vor Schmerzen, sie war zu müde, um zu sterben.«

»Ja, aber die Tabletten, die Tabletten haben sie letztendlich umgebracht.«

»Krrrebs, es war Krebs«, fauchte ich hinter ihrem Rücken. Meine Worte zerplatzten in ihrem Nacken, und ihr speziell für diese Gelegenheit angeschaffter lila Hut tauchte nach vorn.

Meine Mutter drehte sich erschrocken um. »Warum so laut, du machst mit deinen Worten alles kaputt.«

Sollte sie haben, was sie wollte. Ich würde sie fühlen lassen, wie laut ich schweigen konnte. Bei mir zu Hause angekommen, zog ich den Stecker aus dem Telefon und ließ nichts mehr von mir hören.

Nur Aram brachte mich aus dem Konzept. Ich wollte ihn aus diesem Sterbehaus holen, ihn verwöhnen, ihm neue Kleider kaufen, seine Stinksocken in die Tonne für den Ostblock stopfen, ihn mit Materiellem überladen. Vielleicht sollte er bei mir wohnen. Ich versuchte mir ein Leben vorzustellen, wo ich immer rechtzeitig zu Hause wäre, Tee um vier nach der Schule und unregelmäßige Verben abhören. Aber es würde nicht gehen, ich konnte ihn schwerlich aus seiner alten Schule nehmen und zu seinem Vater sagen: Frau tot, jetzt gib den Jungen auch noch her, und dich stecken wir in ein Heim. Ich veränderte mein Testament – alles für Aram – und maß den Dachboden aus, um zu sehen, ob sich nicht ein zusätzliches Zimmer einbauen ließe.

Und während ich in meinem Kopf Raum für meinen Neffen schaffte, sah ich ihn durch die kahlen Flure seiner Schule laufen, noch Schlaf in den Augen, mit stacheligen Haaren, niemand, der aufpaßte, daß er das Haus auch ordentlich verließ. War er niedergeschlagen oder stolz? Ein Todesfall machte sich früher gut in der Schule: Klassenkameraden, die hinter dem Rücken flüsterten, ein Gruß von dem Mädchen, das einen bisher immer übersehen hatte. Und gab es eine bessere Entschuldigung für Schwänzen und schlechte Noten? Doch wie lange hielt er das durch? Seine Haltung, sein eckiges Benehmen, alles erinnerte mich an mein eigenes Trauern als Junge.

Da stand ich auf dem Schulhof, einen Kreis Jungen um mich herum, und erzählte vom tapferen Sterben meines Vaters. Ja, er litt an einer sehr gelehrten Krankheit, in *De Duinbode* stand sogar ein Artikel über ihn, nicht mit Namen, sondern als Fall. Er war der erste aus der Gegend, an dem eine Commissurotomie vorgenommen wurde. Eine was? Genau, das ist Latein. Ein Professor hatte seine Herzklappe aufgebohrt, er ging einfach mit den Fingern rein. Ein Messer quer durch sein Herz! Und ich zog mein Hemd hoch und zeigte den Schnitt, den der Professor in seine Brust gesägt hatte, ganz rund, bis auf ein paar Zentimeter. Ich spielte meinen Vater, der auch bei passender und unpassender Gelegenheit seinen Körper entblößt hatte, um seine Narbe zu zeigen. Endlich eine Wunde, die er zu zeigen wagte, besser als das wilde Fleisch auf seinem Rükken, dies war eine stolze Wunde, fast eine Auszeichnung, wichtiger als seine Medaillen. Sie rissen mir den Zeitungsausschnitt aus der Hand. O Mann, für eine Herzoperation mußte man in Eis, sonst würde das Blut nicht gerinnen, acht Stunden in Narkose, und das Ding klopft einfach weiter. Mein Vater war ein medizinisches Wunder!

Die Krankenschwestern wachten Tag und Nacht, aber die Klappe riß ab. Auch Pflaster halfen nichts. Mein Vater wurde wieder blau, und kein Professor konnte ihn retten.

Ich war der Held des Schulhofs, ein durchgebohrtes Herz, dem hatte selbst der größte Angeber nichts entgegenzusetzen. Mein Vater hatte arbeitslos zu Hause gesessen, es gab wenig Grund, stolz auf ihn zu sein, mit dem Toten konnte ich endlich angeben.

Nur daß ich nicht die ganze Wahrheit sagte, er war schon ein Jahr zuvor operiert worden, sein Herz klopfte wieder prima. Er hatte sich erkältet, eine stinknormale holländische Erkältung. Mein Vater starb an der A-Grippe.

Sogar während der alltäglichen Rituale stiegen in mir Erinnerungen an meine Kinderjahre hoch. Beim Rasieren sah ich mich, wie ich meinem Vater zuschaute (ich habe sein Kinn) – das erwartete mich später also auch, ein gefährliches Messer, kochendes Wasser, Pinsel und Grimassen. Aber als mein Bart anfing zu wachsen, wußte ich nicht mehr, wie ich das Messer in die Hand nehmen sollte. Es war das erste Mal, daß ich meinen Vater vermißte, etwa sechs Jahre nach seinem Tod. Es gab keinen Mann im Haus, um mich Männersachen zu lehren. Noch immer weiß ich nicht genau, in welche Richtung man eine Birne oder eine Schraube herausdreht, die Bedienungsanleitungen elektrischer Geräte treiben mich zur Verzweiflung. Von wem sollte Aram sich diese Dinge nun abschauen? Sein

Tölpelvater war kein Vorbild, herumstolpern und alles vergessen konnte jeder.

Ich begriff, daß ich nicht um Ada trauerte, sondern um meinen Vater. Ich dachte, ich hätte ihn gut bezwungen, festgestampft unter Rasenstücke aus Zynismus, und nun meldete er sich plötzlich aus seinem Grab. Jahrelang war mir mein Haß ein Halt gewesen, alles, was ich tat oder unterließ, resultierte aus meinem Widerstand gegen meinen Vater. Er Berufssoldat, ich lackierte mir die Nägel, um dem Militärdienst zu entkommen. Er extrem pünktlich, ich nicht, wenn irgend möglich zu spät. Kraft, Muskeln, Schweiß, wie schwach er selbst auch war, er kannte die Sportseiten in- und auswendig; ich mußte schon kotzen, wenn ich einen Fußballschuh nur sah. Mein Haß war eine Quelle der Energie.

Nuancen gestand ich mir nicht zu, ich weigerte mich, weiter über ihn nachzudenken, aber mit den Jahren merkte ich, daß ich mehr Eigenschaften von ihm hatte, als es mir gefiel, und wenn ich es nicht selbst merkte, wies mich meine Familie darauf hin. Auch ich konnte nicht mit Geld umgehen, auch in mir wüteten Zorn und Wollust, ich hatte seinen Charme, seine Redelust und seine Neigung zu übertreiben. Und so widerwärtig mir diese Eigenschaften auch waren, es gelang mir nicht, sie alle abzuwehren. Schon beim Rasieren sah ich, daß ich ihm immer ähnlicher wurde. Langsam wurde mir klar, daß ich meinen Vater nicht gut kannte.

Seit Adas Tod reifte zum ersten Mal ein vages Verständnis in mir, und gerade das machte mich so wütend, ich wollte den Mann, der mich elf Jahre erniedrigt hatte, nicht verstehen.

Ich verließ meine Wohnung nicht mehr und tauchte in die Vergangenheit, ich lag nur da und dachte vor mich hin und vertrödelte meine Zeit. Mein Vater jammerte in meinem Kopf, er begann, über früher zu sprechen. Es gelang mir nicht, ihn mit Alkohol zu vertreiben, letztlich ertränkte ich seine Stimme in bitterem Selbstmitleid.

Eine Woche später war ich so dumm, den Stecker wieder in die Steckdose zu stecken. Ich fühlte mich wieder stark genug für die Außenwelt. Und Saskia roch es. Sie rief als Erste an. »Ja, ich wollte dir nur schnell etwas sagen, du mußt wissen, ich muß es loswerden, aber rede mit niemandem darüber, sage vor allem nichts zu Mammie ...«

Sie machte eine dramatische Pause, ihre Stimme war heiser von Tränen, und ich merkte, wie angespannt ich den Hörer umklammerte. »Ja«, sagte ich kühl, »nun sag es schon.«

»Ich gehe zu ›Fünfundvierzig‹.«

»Zu was?«

»Zu ›Fünfundvierzig‹, das ›Zentrum '45‹. Ich bin in Behandlung, dreimal die Woche, immer nur weinen ...« Sie weinte mit langen Schluchzern, nach Luft schnappend. Ich sagte nichts und wartete am anderen Ende der Leitung, zu lange. Saskia warf den Hörer auf.

Ich rief sofort zurück.

»Jaaa«, klang ihre ersterbende Stimme.

»Los, erzähl«, sagte ich. Wieder begann das Geheule. Diesmal erschrak sie über sich selbst und nahm sich zusammen.

»Wir sprechen auch«, sagte sie mit einem entschuldigenden kleinen Lachen, »es bricht so viel auf, oh, du kannst es dir nicht vorstellen, endlich, könnte Ada das doch auch erleben. Hast du gewußt, daß die meisten Ex-Lagerkinder früher sterben als der Durchschnitt? Wissenschaftlich bewiesen. Wir haben uns nach außen immer angepaßt, aber innen ging der Krieg einfach weiter.« Sie sagte es langsam, sie hatte es schon öfter gesagt.

»Bringt es dir was?« fragte ich. Es gelang mir kaum, genau hinzuhören, als sie antwortete, so sehr ärgerte ich mich über die Therapeutenklischees. »Unverarbeitetes Leid bloßlegen ... lang verdrängte Schreckensbilder, die nach oben kommen ... ostindische Identität wiederfinden ... so viele Jahre nach dem Krieg noch immer auf der Suche nach Befreiung.«

Kaum zwei Jahre alt, als sie ins Lager kam, aber sie konnte sich noch genau daran erinnern!

Was werden diese Leute sich über sie freuen, dachte ich. Probleme mit dem Krieg? Schütten Sie Ihr Herz ruhig aus, haben wir auch. Nun, da die wahren Opfer anfangen, senil zu werden, entstehen Löcher in unseren Terminkalendern. In unserem Beruf gibt es schon genug Arbeitslose. Wir helfen Ihnen, und Sie helfen uns. Nur her mit den Kunden.

»Jahrelang hat uns niemand zuhören wollen«, sagte Saskia.

»Komm, komm, man stolpert doch nur so über Therapeuten.«

»Weißt du noch, als die Molukker den Zug gekapert haben? Damals bin ich mindestens dreimal am Bahnhof kontrolliert worden, einmal mußte ich mich sogar flach auf den Boden legen. Wir sind Außenseiter, sie werden uns immer daran erinnern, daß wir anders sind, wir gehören nirgendwo dazu.«

...

»Warum sagst du nichts?« fragte Saskia.

»Was soll ich sagen? Du bringst zwei Sachen durcheinander.«

Saskia antwortete unter Tränen. »Wir haben viel zu lange geschwiegen«, sagte sie.

»Es ist gut, daß dir geholfen wird«, sagte ich. Ich hörte, daß sie sich eine Zigarette ansteckte, und nahm mir auch eine. Endlich wagten wir, uns zu entspannen.

»Ich möchte Mammie so viel fragen, aber sobald ich mit dem Lager anfange, fängt sie mit ihren eigenen Wehwehchen an. Sie sagt, daß ich übertreibe.«

»Ja?«

»Es gibt noch so viele blinde Flecken ...«

»Blinde Flecken.«

»Wir haben doch das Recht darauf, zu wissen, was passiert ist ...«

»Ja.«

»Sie weigert sich, darüber zu sprechen. Sie sagt, sie hat es vergessen ...«

Sag ja, wiederhole die letzten Worte, und sie reden einfach weiter, ein simpler Psychiatertrick. Inzwischen kann der Geist spazierengehen ... Saskias Vorwürfe kamen mir bekannt vor. Ihre Mutter wollte ihr nicht zuhören und stellte sich jetzt so taub, wie sie es selbst es von den Niederländern nach der Repatriierung erfahren hatte. Eine Klage über das Lager, und die Leute begannen, über ihre eigenen Sorgen zu sprechen. Was hatte sie damals nicht alles schlucken müssen. »Ach, ihr in den Kolonien, euch ist es nicht so schlecht ergangen, unangenehm, ja, ein paar Jahre ohne Kindermädchen, dafür aber immer schönes Wetter, und an jedem Baum wuchs eine Banane. Vergleich das doch mal mit unserem Hungerwinter, wir haben Tulpenzwiebeln fressen müssen.« Das Leid meiner Mutter war ein Leid aus zweiter Hand, sie hatte sich müde gekämpft.

Gut ein Jahr nach dem Krieg erfuhr sie offiziell, daß ihr Mann gestorben war, danach mußte sie jahrelang mit dem Ministerium um den rückständigen Sold und eine Pension kämpfen. »Ein ostindischer Junge, der sich im Krieg auf die Seite der Holländer schlug, also bitte. Haben nicht alle gebildeten Indos mit den Japanern und den indonesischen Nationalisten kollaboriert?«

»Aber er hatte die niederländische Staatsbürgerschaft«,

sagte meine Mutter, »er kämpfte für Königin und Vaterland, er ging in den Widerstand.«

»Widerstand gegen die Japaner? Aber, junge Frau, den hat es nicht gegeben! Die Niederländer wurden interniert, die konnten sich gar nicht widersetzen.«

Sie mußte fünf Jahre auf ihre Pension warten. Nach langem Bemühen gelang es Notar Groeneweg, Zeugen aufzutreiben, die beweisen konnten, daß ihr Mann auf der richtigen Seite gekämpft hatte. Mehr noch, er wurde plötzlich zum Kriegshelden erhoben, in der Zeitung erschien eine Rehabilitierung, und Justin van Capellen erhielt postum den höchsten militärischen Orden.

»Zu spät«, schrieb meine Mutter an den Minister, »definitiv zu spät. Erst habe ich mich jahrelang für meinen Mann schämen müssen, und jetzt darf ich sein Heldentum kaufen.« Für sechsunddreißig Gulden und zwanzig Cents konnte sie das Ehrenzeichen des »Militaire Willems-Ordens« zugeschickt bekommen. »Heften Sie es sich ruhig an Ihre eigene Brust.«

Meine Mutter schwieg hinfort, der fünfzehnte August, der Tag, an dem die Japaner kapituliert hatten, bekam ein Kreuzchen auf dem Kalender in der Toilette. Im zweiten Frühling in den Niederlanden kaufte mein Vater seine erste niederländische Fahne: am vierten Mai Halbmast, am fünften Mai geflaggt. Sonst hängten wir keine Fahnen auf, nie, auch später nicht am dreißigsten April, dem Tag der Ankunft in den Niederlanden, dem neuen »*koniginnedag*«. Wir flaggten nicht für die Niederlande, aber der Krieg war auch unser Krieg gewesen.

Unsere Mutter klagte nie. »Positiv denken«, sagte sie, über das Lager sprach sie daher selten. Und wenn ich danach fragte: »Gott, Kind, wir hatten immer Hunger, und das ist ein sehr unangenehmes Gefühl, aber ansonsten haben wir auch viel gelacht.«

Und jetzt war die Tochter dabei, sich den Schmerz der Mutter zu eigen zu machen.

»Ja, ja«, sagte ich, und Saskia weinte.

Zwischen den Schluchzern begriff ich, daß sie nicht die einzige war, die zum Psychiater ging, sie traf dort einen ganzen Club Gleichaltriger. Gemeinsamer Erfahrungsaustausch und sich gemeinsam unverstanden fühlen. Die meisten waren in japanischen Internierungslagern gewesen, aber es gab auch welche, die nach dem Krieg geboren waren. »Wir haben alle schweigende Eltern, das gilt für alle Kinder.«

»Kinder?«

»Alle, die damals Kinder waren«, sagte Saskia, »und du solltest auch hingehen.«

»Ich habe keine Probleme.«

»Aber daheim, am Meer, mit deinem Vater – bei uns hat der Krieg doch nie aufgehört ...«

Jetzt war ich sofort wieder dabei. Hände weg, dachte ich, mein Vater gehört mir. »Liegt es an Ada, daß du dich jetzt so mit dem Lager beschäftigst?«

»Nein, ich mußte schon lange immer wieder heulen, wegen der blödesten Dinge. Wenn ich beim Lebensmittelhändler an Babynahrung oder Windeln vorbeigehe, geht's los, die lachenden Frätzchen auf den Etiketten, ich weiß nicht, was es ist. Wir sind nie Kinder gewesen, vielleicht ist das der Grund.«

Seit einer Woche oder so hielt sie es nicht mehr aus, die Weinkrämpfe kamen immer häufiger. Ihr Mann schob es auf die Wechseljahre. »Ich träume immer, daß ich ein Kind bin, niemand um mich herum, allein hinter Stacheldraht. Jede Nacht wache ich schreiend auf. Ich schwitze schrecklich, ich kann mich nicht konzentrieren, und ohne Schlafmittel mache ich kein Auge zu. Hast du das nicht, kennst du dieses Gefühl nicht?«

»Ich habe den Krieg nicht miterlebt.«

Sie seufzte, ich seufzte. Eine falsche Chemie, von Kind an hatten wir einander geärgert.

»Vor ungefähr einem Monat ging ich mit Ada in eine Ausstellung über den ostindischen Widerstand«, fuhr sie mit ihrem neugewonnenen Mut fort. »Eine Vitrine war auch Pa van Capellens Gruppe gewidmet. Sie hatten ein Foto von ihm, in Gefangenschaft, so mager, ich habe ihn mit seinem nackten Oberkörper nicht erkannt, ein lebendes Skelett, zusammen mit drei anderen. Daneben hing ein Foto derselben Gruppe, vermutlich aufgenommen, um die Widerstandsbewegung abzuschrecken, diesmal kniend, in Uniform ... Ohne Kopf. Sein Kopf lag vor seinen Knien auf dem Boden. Ich konnte seine Augen sehen, sie schauten direkt in die Kamera, zwei schwarze Flecken schwimmend im Weiß der Augen, sehr überrascht. Den Kragen hatte er noch ordentlich um den Hals, und man sah seine Muskeln, weiße Nerven in einer klaffenden Kehle. Über seine Jacke lief ein Blutstrahl.«

Am anderen Ende der Leitung wurde es still, und ich sah plötzlich ihren Vater eingerahmt auf dem Kabinenkoffer vor mir, ein Foto in Galauniform, mit besticktem Kragen, Helm und Federbusch.

»Verdammt, das habe ich nicht gewußt.«

»Wir auch nicht, Mammie hat es uns nie erzählt. Der Henker stand lachend daneben, so ein dreckiger, falscher Scheißjaps. Das Blut tropfte von seinem Schwert.«

»Aber warum gehst du zu so etwas hin?«

»Ich mußte es sehen. Ich habe ein Recht darauf, zu wissen, wer mein Vater war. Standrechtlich erschossen, hat Mammie gesagt, so stand es im Buch der Kriegsgräberstiftung. Wir wissen nichts über ihn. In der Ausstellung habe ich gelesen, daß er zwei Jahre lang bei den Guerillakämpfern war, sie haben Radiostationen in die Luft gejagt, Weichen falsch gestellt, Züge entgleisen lassen. Phantastisch. Und weißt du, was in japanischen Schriftzeichen unter dem Bild stand? ›Verräter bekommen ihre gerechte Strafe.‹ Unverschämt. Was erlaubten die sich? Mein Vater war ein Held.«

Ein Blödian, dachte ich, hat für die falsche Partei gekämpft, hat die Seite gewählt, die ihm sein Land gestohlen hatte, und Widerstand gegen die Nationalisten geleistet. Die Geschichte hat ihm nicht recht gegeben. Um sie zu trösten, sagte ich: »Ein Vater, auf den man stolz sein kann.«

»Wir durften nicht mal stolz auf ihn sein. Mammie hat ihn immer totgeschwiegen.«

Ich war zu verblüfft, es gelang mir nicht, noch etwas Nettes zu sagen.

»Ich finde es so schlimm, daß wir uns nicht mehr sehen, bald sind wir allein übrig, du bist doch mein einziger Bruder.« Ada hatte uns zusammengebracht, fand sie, und um sie zu ehren, müßten wir den Kontakt wieder aufleben lassen. Ihr Therapeut war auch dieser Meinung. »Er sagt, daß wir reden müssen, gemeinsam den Trauerprozeß verarbeiten. Wir werden eine autonom funktionierende Person aus mir machen.«

Mir tat Saskia wirklich leid, trotz ihres Geheuls und des gekünstelten Tons.

»Können wir uns nicht treffen?« sagte sie. »Ich muß dir noch was über deinen Vater erzählen, eine Stimme aus der Vergangenheit ist aufgetaucht.«

O Gott, bestimmt war Sheila, die Astronautin, mal wieder am Werk. Der Telefonhörer pappte in meiner Hand. »Komm zu mir«, sagte ich so freundlich wie möglich, »dann siehst du auch mal, wie ich wohne.«

»Nein«, sagte sie entschieden, »ich will deine Wohnung nicht sehen. Du hast uns noch nie eingeladen.«

»Dann hole ich dich ab und wir fahren ans Meer, an unserem früheren Haus vorbei, und wir machen eine Strandwanderung?«

»Nein, da will ich nie mehr hin. Ich will das Dorf in meinem Kopf behalten, wie es war, ich traue mich nicht zu sehen, was sich alles verändert hat.«

»Es hat sich nichts verändert, es ist noch genauso öde dort und häßlich wie immer.«

»Der Wald unserem Haus gegenüber ist weg, habe ich gehört. Und ich möchte in einen Wald.«

Wir entschieden uns für den Wald hinter den Dünen. Am nächsten Tag würden wir hingehen. Reden und Pfannkuchen. Ich mag Spaziergänge mit einem festen Ziel.

Lagen Saskias Probleme nicht eher an der Oberfläche? Ihre mißglückte künstlerische Karriere, ihre schlechte Ehe? Sie redete schon seit Jahren von Scheidung und nahm sich immer wieder vor, zu malen, so wie früher, als sie im Sommer ihre Aquarelle auf der Promenade angeboten hatte. Das halbe Dorf rühmte ihr Talent, und der Zeichenlehrer konnte ihr nichts mehr beibringen. Saskia war die Künstlerin in der Familie, sie wollte nur eine Sache: von der Schule abgehen und zur Kunstakademie.

Mein Vater hatte sich immer gegen ihre künstlerischen Ambitionen gewehrt. Ein Mädchen sollte lieber Krankenschwester werden. Erst ein Beruf, auf den man zurückgreifen konnte, am besten mit Pensionsberechtigung, darum ging es im Leben. Er sprach aus eigener Erfahrung. Saskia rebellierte, sie malte ihre Schulbücher voll, zog einen engen Pullover an, machte die Hosenbeine ihrer Jeans enger und toupierte sich eine Brigitte-Bardot-Frisur. Mein Vater war damals schon zu krank, um sich darüber zu ärgern, das tat ich an seiner Stelle. Sie schwänzte die Schule, und Mutter steckte ihr heimlich Geld für den Malunterricht bei einem echten Künstler zu. Ihre Leinwände versteckte sie bei den Nachbarn, und bei Tisch durfte kein Farbspritzer an ihren Fingern sein. Ohne daß mein Vater es wußte, machte sie die Aufnahmeprüfung an der Kunstgewerbeschule. Er war noch nicht tot, da suchte sie bereits ihre Pinsel zusammen und zog weg. Auf einen Schlag von zwei Quälgeistern erlöst.

Sie fand einen Dachboden, fing an zu malen und machte Plakate gegen Atombomben (die unsere Mutter zu Hause zerriß, denn die Bombe auf Hiroshima hatte ihr das Leben gerettet). Saskia blühte auf in ihrem Widerstand und bekam eine eigene Ausstellung. Nichts wurde verkauft. Von einem Tag auf den anderen fing sie mit der Krankenpflege an. Aus Enttäuschung heiratete sie, bekam eine Tochter und zog in einen Bungalow auf dem Land, in der Provinz Utrecht. Ihr Mann, ein gutmütiger Kerl und vor allem reich, hatte seinen eigenen Geschmack, er liebte es ländlich antik. Ihr erster Wohnzimmertisch war ein Wagenrad.

Staffelei und Pinsel wanderten auf den Dachboden. Schon nach ein paar Jahren wollte sie von ihrem Mann fort. Aber sie traute sich nicht, wollte ihrem Kind nicht den Vater wegnehmen, wenigstens sagte das meine Mutter, denn mit Saskia selbst sprach ich nie darüber. Doch sie hatte auch viel zuviel Angst, allein zu sein, und war zu abhängig von seinem Geld und dem Luxus, mit dem er sie überlud. Seither versuchte sie, die vornehme Dorflady zu spielen – zu gärtnern, Bridge zu spielen und Spenden für alles, was leidet, zu sammeln. Jeden Sommer lief sie davon, um sich bei ihrer Mutter auszuweinen – Nerventee, I-Ging und eine Séance bei den Freundinnen. Nach einer Woche holte ihr Mann sie wieder ab, und sie fügte sich aufs neue in ihr Schicksal. So ging es schon seit Jahren. An allem war der Krieg schuld.

Der Wind zerriß den Dunst über dem Meer, und wir sahen unser altes Haus schon von weitem zwischen dem Grau auftauchen, ein breites rotes Dach vor der Dünenreihe. Saskia wollte nicht, daß ich daran vorbeifuhr, aber es gab keine andere Straße zum Wald. Als ich zum First deutete: »Schau, wie grün der kupferne Glockenturm geworden ist«, schaute sie zur anderen Seite, zu der kahlen Ebene, wo eine Baumkrankheit vor Jahren die Kiefern gefällt hatte, die zerstörte Aussicht, die sie gerade nicht hatte sehen wollen.

Der Vorgarten war völlig versandet, ohne Schutz hatte der Wind freies Spiel. Vor dem Krieg war das Haus ein deutsches Kinderheim gewesen, daher die Glocke oben auf dem Dach; nach dem Krieg wurde es beschlagnahmt und vier Repatriantenfamilien zugewiesen. (Alle braun, bis auf meine Mutter und mich. Jeden Sommer ließ mich die Sonne meinen Mangel spüren: sieben Töne von Rosa bis Rot, dann geschälte Haut, eine Sommersprossennase zwischen Kolonialniederländern, keine goldene Haut wie sie.)

»Es ist gepflegter als früher«, sagte ich, »frisch gestrichen.« Ich konnte es nicht lassen, ich mußte mal eben vor unserem Haus halten. Je größer das Chaos um mich herum, um so mehr hänge ich am Unversehrten.

Saskia drehte sich vorsichtig um, die Tränen rollten über ihre Wangen, ihre Augen weigerten sich, richtig hinzusehen. »Kommst du oft her?«

»Für mich gibt es nur einen Strand, und das ist hier. Ich liebe diese Landschaft, den braungrünen Helm hinter den Dünen, die Büschel Helmgras, die blauen Disteln, die gelben Nachtkerzen, das Silber der Pappeln, das Schwarz der Kiefern. Wenn ich nicht schlafen kann, denke ich an die Farben hier, beim Zahnarzt konzentriere ich mich auf diese Landschaft.«

»Und du hast immer gesagt, du wärest hier unglücklich gewesen ...«

»Nicht in den Dünen. Bis zu den Knien durch den Flugsand waten, einen Stock in der Hand, und herumstreifen. Hier fand man einen Horizont ohne Menschen.«

»Wir waren auch noch da.«

»Ihr wolltet nichts sehen, ihr wart blind. Schau mal, dort an der Ecke bin ich mal bewußtlos geschlagen worden.« Ich mußte das beschlagene Seitenfenster abwischen, der kühle Seewind ließ unseren Atem dampfen.

»Wir haben deinen Vater geliebt. Wir haben ihn selbst für Mammie ausgesucht.«

»Wie kommst du denn darauf? Unsere Väter kannten sich von der Armee. Mein Vater sollte deiner Mutter helfen, deinen Vater zu finden, aber er hat an der falschen Stelle gesucht, und so ich wurde geboren. Mach es nicht schöner, als es war, er hat einfach die Frau seines Vorgesetzten verführt und geschwängert.«

Saskia wischte sich einen eingebildeten Fusel von ihrem Hermes-Schal, wieder kamen ihr die Tränen. Und dabei hatte ich mir doch vorgenommen, sanft und vorsichtig zu sein. »Wir haben ihn Anfang '46 zum ersten Mal getroffen, als wir auf unsere Repatriierung nach Holland gewartet haben, in einem großen Haus irgendwo im europäischen Viertel von Palembang. Es war rappelvoll, zehn Familien, nur Frauen und Kinder, alles, was man anfaßte, war klebrig. Niemand durfte das Gelände verlassen, kochen taten wir im Garten, wir zogen unsere eigenen *ubis* und spielten hinter einer Wand aus *atap*.«

»*Atap*?«

»... die Älteren hatten heimlich Gucklöcher hineingeschnitten, um etwas von der Straße zu sehen. Wir waren dort nicht wegzukriegen, wollten Männer beobachten, ich hatte noch nie einen Mann in Zivil gesehen, und wenn eine Gruppe vorbeikam und wir zu laut kreischten, schoben uns die Erwachsenen weg, um selbst hinauszuschauen.

Mammie war ganz durchgedreht, sie machte sich Sorgen, wovon wir in Holland leben sollten, sie hatte keinen Pfennig Geld, alles verkauft, bis auf ihren letzten Ring. Die Armee weigerte sich, sie auszubezahlen, solange nichts über das Schicksal unseres Vaters bekannt war. Die Leute im Büro vom Roten Kreuz konnten ihr auch nicht helfen. Wir hörten alle möglichen widersprüchlichen Geschichten, der eine hatte ihn in Nord-Sumatra gesehen, ein anderer auf einem Schiff von Borneo nach Java. Alles war möglich, ein paar Soldaten seines Regiments waren in Ost-Java in Kriegsgefangenschaft geraten, später stellte sich heraus, daß das Holländer waren. Wir hatten verstanden, daß Pa van Capellen vielleicht gar nicht interniert war; wenn sich die Japse an die Regeln hielten, durfte ein Halbblut außerhalb des Kawat bleiben. Wer fünfundzwanzig oder mehr Prozent indonesisches Blut hatte, wurde nicht als Niederländer betrachtet.«

»Du bist gut informiert.«

Saskia schaute mich gekränkt an. »In der Therapie höre ich viele solcher Geschichten.«

»Und du lernst da auch Malaiisch.«

»Ich besuche einen Kurs, das ist Teil meiner Identität, ich wähle jetzt diesen Weg.«

Sie nahm ihre Handtasche vom Rücksitz und holte einen luxuriösen Schreibblock heraus, teures Leder mit einem vergoldeten Kugelschreiber in einer Schlaufe, ein Firlefanz für die Frau, die alles hat, und schrieb drei malaiische Wörter für mich auf: *ubi* – Süßkartoffel; *atap* – Rohrmatte; *kawat* – Zaun. Lektion eins für Anfänger, als wäre ich ein bißchen blöd. Ihre manikürten Nägel streichelten das Papier, und die Worte waren wie Flüche, Erinnerungen an Armut, von einer reichen Hand geschrieben, einer Hand, die schon jahrelang keine Kartoffel mehr geschält hatte. Und auch ihre Ringe fluchten, Smaragd in Gold gefaßt, Tropenfarben. Grün gegen Braun; wenn es jemals wieder nötig sein sollte, könnte sie sich monatelang davon ernähren.

»Als der Krieg ausbrach, waren wir viel brauner als jetzt«, sagte Saskia, »aber uns bewahrte das nicht vor dem Lager. Wir lebten zwischen den niederländischen Militärs und bekamen sofort Hausarrest. Ich beneidete die Eingeborenen, die frei herumlaufen konnten, ich wollte nicht zu den Käseköpfen gehören, ich gehörte zu den braunen Leuten, und trotzdem mußte ich hinter den Zaun. Ich konnte das einfach nicht verstehen.«

Hol dich der Kuckuck, dachte ich, du warst kaum aus den Windeln raus. Aber ich würde sanft sein und schweigen.

»Verrückt, wenn ich jetzt daran zurückdenke, begreife ich, daß ich mir damals vielleicht zum ersten Mal meiner braunen Haut bewußt wurde.« Sie tippte sich auf die Brust, ich hatte sie noch nie so offensichtlich stolz über ihre Herkunft sprechen hören. »Fünfundzwanzig Prozent. In der Sonntagsschule im Lager sangen wir: ›Ich sehe ein Tor weit offenstehen‹, und dann sah ich nur braune Kinder in einen freien Himmel laufen. Ich träumte davon, zwischen den Beinen und Röcken der Holzsammlerinnen hinauszuhuschen, zusammen mit den eingeborenen Schmugglern, die sich auf der anderen Seite des Zauns herumtrieben. Erst später verstand ich, daß es dort kaum sicherer war.«

Es wurde klamm und feucht im Auto, und Saskias Parfüm ging mir auf die Nerven. Ich drehte ein Fenster auf, mußte es aber sofort wieder zumachen. Sie sei in Gedanken in Indonesien, sagte sie, die kalte Meeresluft lenke sie ab.

»Als der Krieg begann, war Pa van Capellen in geheimer Mission nach Borneo unterwegs. Mammie beruhigte uns und sagte, er sei irgendwo untergetaucht. Aber wo? Und warum hatte er sich dann noch immer nicht gemeldet? Suchen half nichts, die Post arbeitete nicht richtig, es war der Anfang des Unabhängigkeitskampfes, der großen Säuberung. Viele indonesische Nationalisten standen den Holländern feindlich gegenüber. Sumatra war unsicher, überall wurde gekämpft, Frauen und Kinder sollten so schnell wie möglich repatriiert werden. Wenn es etwas Neues gäbe, würden wir das schon in Holland erfahren.

Ein Regierungsbeamter erzählte Mammie, daß Pa van Capellen mit ein paar anderen Indo-Männern in den Widerstand gegangen sei. Mammie hielt diese Gerüchte nicht aus, einige Holländer behaupteten dagegen, daß er ein Verräter sei. Wie sollte sie das Gegenteil beweisen? Mammie wußte nichts, sie besaß kein einziges offizielles Papier.

Wir hatten keine Kleider und keine Wäsche mehr zum Tauschen. Die Engländer gaben uns Japsenuniformen, ekelhaft, aber es mußte sein, Mammie nähte schlammgelbe Kleider davon. Sie selbst lief in einer Uniformhose herum, die wie ein Ballon um ihren Hintern hing, gehalten von einem weißen Gürtel mit Rostflecken um die Löcher. Daran erinnere ich mich noch genau. Wir hatten nur keine Schuhe, es gab keine Kinderschuhe in dem Paket vom Roten Kreuz, wir trugen Holzklappern mit breiten Lederriemen.

Unser Viertel wurde von den Japanern bewacht, diesmal, um uns gegen fanatische Aufständische zu verteidigen, der alte Feind als Beschützer. Wir brauchten uns zum Glück nicht mehr zu verbeugen, aber ich hatte damals noch mehr Angst als im Lager. Nachts hörte man Schüsse, und man roch, daß es in der Stadt brannte. Nach einiger Zeit übernahmen die Briten die Bewachung. Schräg gegenüber wohnte eine Gruppe Männer in einer alten Missionsstation. Sie spielten im Vorgarten Fußball, vor allem abends machten sie viel Lärm, Musik bis tief in die Nacht.

Alle Mütter schimpften darüber, doch wenn wir im Bett lagen, sangen sie im Garten leise die Lieder mit.

Uns Mädchen wurde zu verstehen gegeben, daß wir uns diesem Haus fernzuhalten hätten. Die Frauen, die dort verkehrten, waren schlecht. Als uns etwas mehr Bewegungsfreiheit erlaubt wurde, gingen wir tagsüber vorsichtig vorbei, schlechte Menschen betrachten. Aber es war nichts Spannendes zu entdecken, viele alte Männer, einige verwundet, auf Liegen unter dem Blechdach der Veranda, andere liefen auf Krücken. Vagabunden waren es, grau, in Lumpen, nicht die Traummänner, über die unsere Mütter abends sprachen und mit denen sie vor dem Krieg so gut Rumba tanzen konnten. Sie sahen aus wie Schlottergespenster, krumm, mit eingefallenen Bäuchen.

Ein Mann ragte aus den anderen hervor, er trug eine blendend weiße Hose mit Bügelfalte und funkelnagelneue schwarze Schuhe. Das muß ein Tänzer sein, dachten wir, man hörte die Eisenbeschläge unter seinen Schuhen tikken. Ich hatte noch nie solche glänzenden Schuhe gesehen, wir kannten nur Leinenschuhe mit einem Loch für den großen Zeh, Klappern und Stiefel. Der Tänzer grüßte uns und sprach Jana an, freundlich, ohne das Augenzwinkern und die dreckigen Bemerkungen der alliierten Soldaten. Er schlenderte oft in der Nähe des Platzes herum, am Straßenende, wo er durch den Zaun mit den Einheimischen feilschte. Wir bewunderten seine Schuhe, und ich durfte mit meinen bloßen Füßen auf seinen Zehen stehen, und dann tanzten wir eine Runde. Er verwöhnte uns mit Leckereien, die er den Eingeborenen abbettelte. Ich erinnerte mich kaum noch an meinen eigenen Vater, ich fand es wunderbar, einem Mann so nahe zu sein. Viele Kinder in unserem Haus bekamen in jener Zeit einen Vater zurück, es wurden ganze Lastwagen voller Väter ausgeteilt, ich dachte, daß wir uns auch einen aussuchen dürften. Daß er

Justin hieß, machte es nur leichter, ihn zu akzeptieren. Ja, wir waren damals alle drei verliebt in ihn. Der Mann wurde später also dein Vater.«

Saskia blickte mich abwartend an. Was wollte sie? Sollte ich mich in ihre Arme stürzen und mich schluchzend bei ihr bedanken, daß sie meinen Erzeuger ausgesucht hatte?

»Als er unseren Nachnamen hörte, sagte er, daß er unseren Vater noch von seiner Ausbildung her kenne. Wir liefen sofort zu Mammie und erzählten es ihr, aber sie hatte nicht die Kraft, zu ihm zu gehen. Jedesmal, wenn wir Justin sahen, horchten wir ihn aus. Er war Boxchampion gewesen und konnte wunderbar zeichnen. Wir haben für ihn posiert und das Bild Mammie gegeben. Natürlich nie wiedergesehen, weggeworfen, wie alles von früher. Wir fanden, daß sie mitmüsse und sich bei ihm bedanken, aber sie schämte sich wegen ihrer Japsenhose. Jana zwang sie fast, sie war der Postillion, sie nannte Just einfach beim Vornamen. Der Altersunterschied war nicht so groß. Sie bettelte bei den Nonnen um ein Kleid, und als sie keines bekam, hat sie ein Laken von ihrer Wäscheleine gestohlen, das hat sie mir später gebeichtet. Mammie machte ein Trägerkleid daraus.

Sie trafen sich am Platz, Jana hatte das so inszeniert. Mammie auf der Bank, dein Vater am Zaun, und hinter dem Stacheldraht zwei Händler. Und wir hielten die Hände auf: Kondensmilch, ein Stück Stoff, eine Dose Kakao, alles auf Mutters Schoß. Er gab ihr auch eine Blume und einen Brief, und sie nahm alles an, aber mit ihm ausgehen, zum Tanzen, das wollte sie nicht. Das fand sie unpassend. Sie wartete auf ihren Mann, sie wußte noch nicht, daß sie Witwe war, und deinen Vater hielt sie für einen grünen Jungen.«

»Du hast ein gutes Gedächtnis«, sagte ich. »Trägerkleid, schwarze Schuhe, Rostflecken auf einem Gürtel ...«

»Gerade so kleine Dinge bleiben hängen.«

»Du warst selbst noch klein.«

»Fünf, fast sechs.«

»Und dann schon diese politische Einsicht.« Ich mißtraute der ganzen Geschichte. Ich legte brüsk den ersten Gang ein und fuhr zum Waldweg, ein paar hundert Meter hinter unserem ehemaligen Haus. Am Ende der Sackgasse war ein Parkplatz, aber ich hielt nicht, ich brauste mit Vollgas auf den Waldweg. Ich machte mir hier meine eigenen Gesetze. Der Sand stob gegen das Seitenfenster, der Motor heulte. Als Kind hatte ich hier oft Deutschen geholfen, ihr Auto aus dem lockeren Sand zu schieben, diesmal fuhr ich mich selbst fest. Wir schauten einander böse an. Was mich betraf, waren wir fertig mit Reden, und dabei hatte der Spaziergang noch gar nicht angefangen.

»Ada hat mir diese Geschichte erzählt«, sagte Saskia entschuldigend, »aber du weißt ja, wie das geht, man hört es und erlebt es neu. Es ist auch meine Geschichte.«

Um meinen kühlen Fragen zu entgehen, holte sie plötzlich einen Umschlag aus der Tasche und legte ihn auf meinen Schoß. »Die Stimme aus der Vergangenheit«, sagte sie, »hier, ein Brief für dich.«

Mein alter Nachname stand auf dem Umschlag, der Familienname meines Vaters. Solange er lebte, hieß ich auch so, und auch später noch, in der Schule, doch als ich anfing zu studieren, wählte ich den Mädchennamen meiner Mutter. Ich wollte nicht mehr an diesen Mann erinnert werden, und weil er nie mit ihr verheiratet gewesen war, hatte ich auch alles Recht dazu. Ich dachte, ich hätte ihn damit endgültig aus meinem Leben gestrichen. Außerdem war die Familie meiner Mutter viel älter. Ich bin nicht nur ein Bastard, sondern auch ein Snob.

»Er ist aufgerissen«, sagte ich.

»Er ist an Adas Adresse geschickt worden und war unter den Kondolenzbriefen, Maarten hat es nicht kapiert.«

»Von wem ist er?«

»Lies, lies vor. Mit ostindischem Akzent, das kannst du doch so gut.«

Ich tat es.

»Geehrter Herr,

es kostet mich Mühe, Sie mit Herr anzusprechen, weil ich Sie als Baby auf meinem Schoß gehalten habe, aber ich nehme an, daß sie gehörig gewachsen sind, und ich hoffe für Sie, daß Sie auch ein Anrecht auf das Wort ›Herr‹ geltend machen können. Zuallererst möchte ich Ihnen mein Beileid zum Tod ihrer Halbschwester aussprechen. Ich erinnere mich an Ada viel besser, als ich mich an Sie erinnere. Ada war ein eigensinniges Mädchen. Sie haben sie bestimmt sehr liebgehabt. Das Band zwischen Halbbrüdern und Halbschwestern kann sehr fest sein, das weiß ich aus eigener Erfahrung.

Es muß auch ein Schock für Ihre Mutter gewesen sein, bitte übermitteln Sie ihr meine herzliche Anteilnahme. Der Grund, weshalb ich Ihnen schreibe, ist folgender: Warum haben Sie die Todesanzeige Ihrer Schwester nicht mit Ihrem eigenen Namen unterzeichnet? Warum bedienen Sie sich des Mädchennamens Ihrer Mutter? Auch wenn Ihr Vater kriegsbedingt Ihre Mutter nicht heiraten konnte, er hat Sie gesetzlich anerkannt. Er war besonders stolz, als Sie geboren wurden. Ich erinnere mich noch sehr gut daran, denn ich bin eine Halbschwester Ihres Vaters.

Sie verleugnen Ihre Herkunft. Aus Kreisen um Ihre Mutter habe ich erfahren, daß Sie sich regelmäßig herablassend über Ihren Vater äußern. Ich verstehe, daß Sie nicht darauf aus sind, Kontakt mit der Familie Ihres Vaters zu haben, Sie suggerieren immer wieder, wir hätten indonesisches Blut.

Ihr Vater war ein hochstehender Mann und ein tapferer Soldat. Ein altes Geschlecht, liiert mit dem berühmten Leidener Tuchhaus, schon seit 1827 in Batavia, und rein arisch bis ins fernste Glied.

Ihre Großmutter Odile Didier, meine Mutter, war eine Französin aus adligem Geschlecht. Wir sind absolut nicht indonesisch. Das mußte ich endlich loswerden. Hochachtungsvoll

Frau E. Taylor-van Bennekom

P. S. Setzen Sie sich unbedingt mit mir in Verbindung.«

»Wer ist dieses Ekel?« fragte ich.

»Ich denke, es ist Tante Edmee.«

»Edmee? Noch nie gehört.«

»Sie lebte auf Zypern und war mit einem britischen Offizier verheiratet, Onkel Jeremy, ein steifer Mann mit Schnurrbart und Pfeife. Sie waren einmal bei uns am Meer. Daß du das nicht mehr weißt! Ich werde sie nie vergessen, denn sie trug einen Hut mit einem Schleier vor den Augen, sehr schick. Sie war eine mondäne Frau.«

»Und auch noch rein arisch.«

»Du warst vier oder fünf. Komisch, na ja, nicht jeder kann sich an Dinge aus diesem Alter erinnern. Vielleicht hast du es verdrängt.« Sie konnte ein bitteres Lachen nicht unterdrücken.

Wir ließen das Auto im Sand stehen, meine Wut hatte nachgelassen, aber damit auch die Kraft, den Wagen freizuschieben.

Während des Spaziergangs fragte Saskia, ob ich den Arm um sie legen wolle. Ich tat es, auch wenn ich mich zusammennehmen mußte, um sie nicht von mir wegzuschieben.

Sie war zu teuer angezogen für die Natur, zu sehr geschminkt, der Reichtum klebte fest an ihren Hüften. Und dann dieser Faltenrock um ihren Hintern. Ein Brötchen in einem Lampenschirm. Ich wählte schon bald die kleinen Seitenwege, wo der Sand locker war, so daß wir uns loslassen mußten.

Der Herbst war schon in das Schilf gekrochen, Grün und Gelb wechselten im Wind, ein trockener Sommer hatte die Sträucher rot gefärbt, der Sanddorn bog sich unter den orangefarbenen Beeren. Vorboten eines strengen Winters, meinte Saskia, wir fragten uns, wie kalt es wohl in Kanada war und ob Jana im Winter oder im Spätsommer sterben würde. Ich gönnte ihr einen Tod in warmer Zeit. Saskia hoffte, daß sie den Schnee noch erleben dürfe.

Es war uns nie gelungen, über irgend etwas einer Meinung zu sein. Als Kinder haben wir uns immer gestritten: Sie sah mich vor einem vollen Teller maulen, verwöhnt, in Wohlstand aufgezogen. Ich fühlte mich ausgeschlossen und hatte keinen Teil an der ostindischen Vergangenheit. Sie war neidisch auf meinen Frieden, ich war neidisch auf ihren Krieg.

Aber es war komplizierter, das verstand ich in jenem Teehaus, in dem wir unterwegs ausruhten. Der Nebel war unter unsere Jacken gekrochen, und wir bestellten heißen Kakao und Pfannkuchen. (In Fritierfett gebacken. Ich ließ die Hälfte stehen, sie aß ihn auf. »Ich kann kein Essen wegwerfen«, sagte Saskia. »Ich schon, ich werfe jeden Tag Essen weg. Das ist meine Opfergabe an den Wohlstand.«)

Wir wählten einen Tisch neben dem offenen Kamin – das erste Feuer der Saison –, und ich fragte sie, ob sie und ihre Schwestern gut daran getan hatten, meinen Vater auszusuchen.

»Wieso? Er hat gut für uns gesorgt«, sagte Saskia.

»Er hat dich gedemütigt.«

»Manchmal, wenn ich etwas angestellt hatte.«

»Dreißig Sekunden zu spät bei Tisch, sechzig Sekunden zu spät von der Schule.«

»Er hatte es mit der Uhr.«

»Er schlug wie eine Uhr.«

»Mich nicht.«

»Gut, er drohte dir und du hast ihm geschmeichelt, um seiner Wut zu entgehen. Du hast seinen Nacken mit Tigerbalsam massiert, seine Hosen gebügelt. Du hast um seine Liebe gebettelt.«

»Du warst eifersüchtig.«

»Ja«, sagte ich mit vollem Mund, »mein Vater gehörte mir, egal, wie gemein er war. Ihr habt ihn gegen mich ausgespielt. Entweder hast du gemeinsame Sache mit ihm gemacht, wenn er seine Wut mal wieder an mir ausließ, und dann fühlte ich mich im Stich gelassen, oder ihr habt euch hinter seinem Rücken über ihn lustig gemacht, und dann schämte ich mich. Wer auf ihn hinabschaute, schaute auch auf mich hinab. Und mein Vater genoß dieses Spiel, wir krümmten uns in seiner Hand.«

»Aber er hatte auch Angst vor uns. Wenn man ihn anfaßte, zuckte er zusammen. Wir liebten ihn, und er konnte es nicht ertragen.« Saskia schaute mich verzweifelt an, die Schultern ängstlich hochgezogen, die Hände ausgestreckt, ihre ganze Haltung flehte um Verständnis. Uns war klar, daß wir Konkurrenten in der Liebe waren, deshalb gönnten wir einander nicht mal das Schwarze unter den Fingernägeln. Ich rieb mit meinem Daumen über ihren linken Daumen, über die Narbe, die ihr mein Vater zugefügt hatte. Zuviel mit der Gabel gefuchtelt, und patsch, ein Schlag mit dem Geflügelmesser. Ein kleines Mißgeschick, ein schnelles Ausholen, mehr nicht, er wußte nicht, daß der Scherenschleifer da gewesen war. Es passierte vor meiner Tischzeit, ich lag noch in der Wiege.

Über eines waren wir einig, zum ersten Mal: Vielleicht kämpften wir immer noch um unsere Mutter. Unsere ewig versöhnende Mutter, sehend blind und sich taub stellend. Es gelang ihr immer, sich dem Streit zu entziehen, sie schwieg oder sie dämpfte den Streit und redete jedem nach dem Mund, egal, wer recht hatte, sie suchte für alles eine Entschuldigung.

»Sie hatte noch am meisten Angst vor ihm«, sagte ich.

»Sie hat sich nicht getraut, Partei zu ergreifen«, sagte Saskia.

»Wenn es darauf ankam, dann schon. Sie ließ Jana hinter seinem Rücken auswandern und half dir beim Malunterricht.«

»Als er schon im Sterben lag, ja, und es war nicht mal ihre eigene Entscheidung, sie hat ein Medium um Rat gefragt.« Eine Erinnerung entspannte ihr Gesicht: »Ich vergesse nie, wie sie eines Abends von einer Séance zurückkam und mir vor dem Einschlafen die befreienden Worte zuflüsterte: Du mußt zur Kunstakademie, *mußt*. So lautete wörtlich die Botschaft.«

»Warum hast du die Schule eigentlich nicht fertiggemacht?«

»Ich habe mich nie getraut, das zu Hause zu erzählen«, sagte sie. »In meinem zweiten Jahr bekam ich eine Ausstellung in der Galerie einer Freundin. Ich wollte allen zeigen, was ich machte. Sepia war meine Farbe, ich arbeitete noch abstrakt, monochrome Bilder auf einer großen, weißen Fläche. Dem lag keine Idee zugrunde, so fühlte ich die Dinge damals, alle anderen Farben mußten raus.

Meine Freundin hatte eine meiner Kompositionen auf die Einladung gedruckt. Kurz darauf rief ein Bekannter bei ihr an. Er hatte den Druck einem japanischen Freund gezeigt, der ihn prachtvoll fand, er war gerade in die Niederlande gekommen und wollte sich etwas Westliches an die Wand hängen. Meine Freundin rief mich sofort an: Was ich davon halte, ob der Japaner auch kommen dürfe? Prima, sagte ich. Sollen meine alten Feinde ruhig blechen. Ich fand das sehr spannend. Aber als ich den Mann am Tag der Vernissage vorgebeugt meine Arbeiten betrachten sah, bekam ich auf der Stelle einen Angstanfall. Blitzschnell verstand ich, was meine Bilder auszudrücken versuchten: Angst, Eingeschlossensein, Schilfwände, die geschlossenen Tore. Ich bin weggerannt und habe diese Bilder nie wieder sehen wollen. Danach traute ich mich jahrelang nicht mehr zu malen, und als ich vorsichtig wieder damit anfing, malte ich lieber eine sichere Landschaft als etwas, was zu dicht bei meinem Gefühl lag.«

»Daher der Pflegedienst.«

»Sauber und weiß.«

»Und gehorsam gegenüber meinem Vater.«

»Ja und nein. Als Mammie in eine Pflegewohnung zog, fand ich beim Umzug einen Umschlag hinten im Schrank. Es war nichts drin, aber es stand etwas darauf geschrieben: Saskia muß auf die Kunstakademie. Was ist das? fragte ich. Ach, jetzt kann ich es dir ja erzählen, sagte sie, stell dir vor, wie ich damals bei der Séance erschrokken bin. Das Medium bekam eine schriftliche Botschaft, ihre Hand und ihr Stift wurden von einer höheren Kraft geführt. Das ist die Handschrift deines Vaters.

Ich weiß, daß du das nicht glaubst, aber ich denke, daß mein Vater mich die Bilder malen ließ, er wollte, daß ich meine Angst ausdrückte, doch ich habe damals aufgegeben. Ich wollte zwei Vätern gehorchen, deinem und meinem.«

Zurück nahmen wir die breiteren Wege. Ich hatte den Arm um Saskia gelegt. Unterwegs fand ich eine orangefarbene Schaufel, die an einem Pfosten hing und zur Brandbekämpfung gedacht war. Damit grub ich eine Schneise unter meine

Hinterräder, »ja, jetzt geht's los«, auch das noch und wir schoben zusammen das Auto aus dem Sand. Vier Hände auf dem Kofferraum, rosa neben braun, und doch eins mit meiner schwierigen Schwester.

»Und, hast du noch eine Nachricht aus dem Jenseits bekommen?« fragte ich meine Mutter, als ich sie von zu Hause aus anrief.

»Nein, nichts Besonderes.«

»Die Geister werden dich doch nicht im Stich lassen?«

»Wir bekommen keinen Kontakt.«

»Und der Hindu von deiner Séancefreundin, das war doch ein Bote, kann der keine Leitung legen?«

»Das war ein Betrüger, er ist mit ihrem Tafelsilber durchgegangen. Nein, Ada ist jetzt zu müde.«

»Müde? Meinst du, daß sie ihre leibliche Hülle mitgenommen hat?«

»Natürlich nicht, ihr Geist ist müde. Vergiß nicht, sie hat eine schwere Zeit hinter sich, und dann die Schlaftabletten.«

»Sag mal, wer ist Edmee?«

»Welche Edmee?«

»Ich habe hier einen Brief von einer Frau, die sich als Halbschwester meines Vaters bezeichnet.«

»Ach, kennst du sie nicht? Sie ist die Jüngste von dem Haufen. Edmee ist aus der zweiten Ehe von Oma Didier, die hat doch dann wieder geheiratet, einen Rechtsanwalt. Einen van Bennekom, Advokat für anrüchige Fälle aus Batavia, er hatte es schrecklich dick hinter den Ohren. Ach, diese Edmee, also die ist auch wieder aufgetaucht.«

Der Brief, Edmees Vorwürfe, für meine Mutter war das alles keine Überraschung. »Du kannst ihnen die kalte Schulter zeigen, wie du willst, letztlich sucht sich die Familie doch wieder zusammen«, sagte sie, »es ist ein mystisches Band, ein Myzelfaden, der dich mit deinem Ursprung verbindet.«

Durchhacken und umgraben, reiß dich los von diesen Verrückten, spüle dein Gedächtnis mit ungelöschtem Kalk und vergiß deine Familie, vergiß sie endgültig ... es lag mir auf der Zunge, aber ich wollte ein guter Sohn sein und sagte: »Wie toll, eine Tante dazuzubekommen.«

»Laß sie bloß da, wo sie ist. Ich brauche sie nicht mehr zu sehen.«

»Wann hast du das letzte Mal mit ihr gesprochen?«

»Ach, vor einer Ewigkeit, bei der Beerdigung deines Vaters.«

»Woher weiß sie dann, was ich von meinem Vater halte?«

»Komm, komm, darüber jammerst du doch schon dein ganzes Leben. Du läßt keine Gelegenheit aus, das herumzuposaunen, keine Lagerfreundin, die das nicht weiß. Und es gibt Leute, die ziehen von einem Treffen zum nächsten. Und jeder weiß doch, daß es nicht klappt zwischen der Familie deines Vaters und unserer.«

»Jeder außer mir.«

»Sie fanden die Mädchen zu ambonesisch. Wahnsinn. Justin van Capellen war doch der Sohn einer Menadonesin.«

»Was haben sie gegen Ambonesen?«

»Ambonesen sind familienkrank, richtige Kletten. Die Holländer haben auf sie herabgeschaut, weil sie hier freiwillig zusammen in Lagern gewohnt haben oder zu vierzig in einem Haus. Ach, du kennst ja die Brüder und Schwestern von deinem Vater, sie sind stolz auf ihre Hautfarbe, fühlen sich allen überlegen. Nach seinem Tod wollten sie nichts mehr mit uns zu tun haben.«

Wie kam sie darauf? Teer wirft Pech vor, daß es schwarz ist. Eine saubere Familie. Und das erfuhr ich jetzt erst.

»Die Familie deines Vaters hat sich für uns geniert«, sagte sie heiter. »Du warst ein uneheliches Kind, und für

Katholiken ist das eine Todsünde. Darum betrachteten sie dich ja auch nicht als einen von ihnen.«

Ich wußte nicht, was ich davon glauben sollte. Meine Mutter hatte die Neigung, die Familiengeschichte immer wieder umzuschreiben, wenn wieder einmal ein verschwiegenes Detail an die Oberfläche kam. Und es begann heftig zu gären. Je älter und zerstreuter sie wurde, um so häufiger widersprach sie sich selbst. Wer lügt und dabei nicht ertappt werden will, braucht ein gutes Gedächtnis.

Mein Vater kam aus einer großen katholischen Familie, das hat er selbst gesagt, also glauben wir es mal: sechs Kinder, und dabei habe ich Tante Edmee nicht mitgezählt. Er war der Älteste und gerade zehn, als er seinen Vater verlor. Es war von Selbstmord die Rede, aber so genau wurde es mir natürlich nie erzählt, ich nahm mir vor, meine Mutter darüber auszuhorchen. Außer meinem Vater repatriierten noch ein Bruder und zwei Schwestern in die Niederlande, die anderen blieben bei ihrer wiederverheirateten Mutter und einem Stiefvater in dem nach Unabhängigkeit strebenden Indonesien. Erst in den fünfziger Jahren, als ihre Umgebung dort zu feindselig wurde, emigrierten sie über Neu-Guinea nach Australien.

Weil mein Vater schon in jungen Jahren aus dem Haus geschickt worden war, unterhielt er kaum Kontakt mit seiner Familie. Es erstaunte mich also nicht, daß sein in Holland wohnender Bruder und die Schwestern nach seinem Tod nichts mehr von sich hatten hören lassen. Familie, das war etwas, was kam und ging, ich vermißte sie nicht, aber später, so nach dem ersten Rasieren, wurde ich doch neugierig. Wo waren sie, und was konnten sie mir über meinen Vater erzählen? »Emigriert«, sagte meine Mutter damals, »hinter dem Rest her, der ganze Clan sitzt jetzt in Australien.« Es klang glaubhaft, und ich beließ es dabei.

Mit meinem Vater starb auch Indonesien bei uns zu Hause. Meine Mutter wollte nicht mehr daran erinnert werden, und das lag nicht nur am Lager, sondern vor allem an den Scherereien mit der Familie und an dem Umstand, daß alle leicht eingeschnappt waren. In ihrer ersten Ehe hatte sie schon erfahren, wie schwer es war, in eine braune Familie einzuheiraten, sie hatte sich nie ganz akzeptiert gefühlt. Wie sehr sie sich als junges holländisches Mädchen auch bemühte, Malaiisch zu lernen und sich die neue Kultur anzueignen, die Familie ihres Mannes sah sie doch als Bedrohung und hörte nicht auf, sie auf diskrete Art auszuschließen. Es war vorbei. Indonesien lag hinter ihr.

Also weg mit meinen exotischen Onkel und Tanten mit ihrem rollenden R und den goldgelben Ringen und der Betonung auf der zweiten Silbe von Motor. Der Kris, der Batikstoff und all die nostalgischen Geschichten wurden wieder in den Kabinenkoffer gepackt. Fortan dampfte kein Reis mehr auf dem Tisch, sondern verkochte Kartoffeln.

Mein Vater war immer der Koch im Haus gewesen. Er war zu arm, um viel in den Hausstand einzubringen, aber der *wadjang* und der Dampftopf waren von ihm, das konnte er bei Streitereien nicht oft genug wiederholen: selbst aus Indonesien mitgebracht. Sonntags war Reistafeltag, und jede Schüssel klang wie eine Insel: Bami, Lombok, Sajur, Serundeng, Atjar, Ketimun. Die Küche war sein Archipel. Außer Haus arbeiten konnte er nicht – »meine Klappe hat ein Loch, ja« –, und manchmal bekam er so wenig Luft, daß er mitten am Tag keuchend auf dem Diwan lag, aber egal wie schwach er war, er kochte. Mit einer Schürze vorgebunden war er wenigstens noch ein bißchen so was wie ein Kerl.

Er unterhielt ein kompliziertes Netzwerk mit indonesischen *tokos*, kleinen Läden, die ihn mit Bambus und Bananenblättern versorgten, die er brauchte, um Reis einzuwickeln. Meine Mutter durfte höchstens Gemüsebratlinge backen, eingeweichtes Brot mit Resten. Nach seinem Tod schmeckten wir, warum: Sie konnte absolut nicht kochen. Erst als Student in Untermiete entdeckte ich, daß ein gekochtes Ei innen nicht unbedingt blau sein mußte.

Meine Mutter sehnte sich nach Übersichtlichkeit. Sie radierte meinen toten Vater aus, und hinfort gehörte ich ganz ihr und ihrer Familie: zähe Bauern, Waldenser seit dem sechzehnten Jahrhundert. Aber wenn die Holländer blöde Bemerkungen über die Hautfarbe meiner Schwestern machten, dann gehörte ich wieder zu Indonesien.

So war es und so blieb es. Bis die Lügenwelt meiner Mutter vor gut einem Jahr einzustürzen drohte. Sie hatte eine Geschwulst und mußte in die Klinik. Voller Angst, sie könnte sterben, gab sie mir am Abend vor der Operation einen länglichen, versiegelten Umschlag mit. »Darauf hast du ein Recht«, sagte sie mit einer ganz schwachen Stimme, »du darfst ihn aber erst aufmachen, wenn ich nicht mehr bin. Versprichst du mir das?« Ich versprach es ihr, aber mein Fingernagel kratzte schon am Lack. »Nein, schau mich an, du mußt es mir feierlich versprechen.«

Ich zog die Tür hinter mir zu und riß den Umschlag auf. Ein offizielles Dokument war darin, mit einem orangefarbenen Steuersiegel und einem Stempel von Notar Groeneweg, der schon seit Jahren tot war. Hatte unser Wohltäter auch etwas mit mir zu tun? Ich hörte silberne Anhänger klingeln und Autouhren ticken. Vielleicht eine Erbschaft von einer Million?

»Erklärung« stand über dem Dokument, getippt, und handgeschrieben darunter: »Abschrift einer notariellen Akte. Aufgesetzt in Den Haag, 10. August 1957.« Einen

Monat vor dem Tod meines Vaters. Eine Nachricht vom Rand des Grabes.

»Der Mandant erklärte: ›Am 30. Januar 1942 trat ich ohne eheliche Bedingungen und somit in allgemeiner Gütergemeinschaft in die Ehe mit Frau Sophia Munting, soweit bekannt in Indonesien wohnhaft, Adresse unbekannt, ebenfalls unbekannt ist, ob sie noch lebt; am 2. März 1942 bin ich als Kriegsteilnehmer fortgezogen und habe danach meine genannte Ehefrau nicht mehr gesehen; am 27. November desselben Jahres, während meiner Abwesenheit, hat meine genannte Ehefrau Zwillinge geboren, deren Gesetzlichkeit ich leugne, welche Leugnung aber nicht gültig erklärt werden konnte, da Frau Munting die Zustimmung verweigerte. Es ist mir nicht bekannt, ob Frau Munting noch weitere Kinder geboren hat...« Und so weiter, und so weiter.

Dunkle Sätze, warum hatte sich der Mandant nicht deutlicher ausdrücken können? Als ich mir die hölzerne Sprache ein zweites Mal zu Gemüte führte – mitten im Flur der Chirurgischen Abteilung –, merkte ich, daß dieses Dokument noch eine weitere Überraschung enthielt. Auf der Rückseite war ein handgeschriebener Zettel angeklebt: »Vaterschaftsanfechtung, 19. August 1951« hatte jemand an den Rand geschrieben. Vermutlich die Handschrift des Notars, denn die Unterschrift unter dem Stempel stimmte in Tinte und Form mit den übrigen Sätzen überein.

In dieser Erklärung bestritt mein Vater, der Erzeuger der Zwillinge zu sein. Trotz der Vermittlung eines Advokaten in Batavia war es ihm nicht gelungen, Sophia Munting umzustimmen: »Ein Dutzend Briefe wurde geschickt, doch Frau Munting hat sich nicht die Mühe gemacht, sie zu beantworten.« Das gleiche Lied mit anderen Worten, doch nun bekamen die Zwillinge auch Namen: Ruliana und Rudiono.

Zirkus KNIL präsentiert.

Schon als mein Vater noch lebte, wußte ich, daß er vor dem Krieg in Indonesien geheiratet hatte. Nach dem Krieg war seine Frau unauffindbar, und eben deshalb hatte er meine Mutter nicht heiraten können. Auch daß seine Frau Kinder hatte, war mir bekannt, aber die waren lange nach seiner Abreise geboren. Soweit die Familienversion.

Aber was war dann der Grund dafür, diesen Umschlag so lange zurückzuhalten? Glaubte meine Mutter etwa, daß diese Kinder doch von ihm waren? Ich studierte die Erklärung noch einmal: März '42 als Kriegsteilnehmer fortgezogen ... im November 1942 wurden Ruliana und Rudiono geboren, knapp neun Monate später. Meine Mutter konnte auch rechnen. Ich war verblüfft.

Gerne wäre ich auf der Stelle umgedreht und hätte die Wahrheit aus ihr herausgefragt. Was machte es schon aus, daß ich mein gerade gegebenes Versprechen gebrochen hatte, sie war ja auch nicht an ihren Lügen erstickt. Doch ich war nicht nur wütend, ich fühlte mich vor allem klein und erniedrigt: Sie nahm mich noch immer nicht für voll. Wie war es möglich, daß ich nun, da sie ihr den Bauch aufschnitten, die Kinder meines Vaters in den Schoß geworfen bekam? Zwillinge ... Waren es Schwestern? Brüder? Bruder und Schwester? Der Bruder, den ich mir früher immer gewünscht hatte? Ein Junge, mit dem ich unter der Decke meine Träume teilen konnte, der mich beim Klettern stützte und mich rettete, wenn ich zu dicht am Treibsand lief. An diesem Abend bekam ich ihn mit nachträglicher Post.

Vielleicht handelte mein Vater aus gutem Glauben heraus und war die Unschuld in Person – wer weiß, was für ein schändliches Leben Sophia Munting in den Wirren der ersten Kriegstage geführt hatte –, aber warum tat meine Mutter so geheimnisvoll, und warum ließ sie dieses Dokument so lange liegen? Wenn ich den Umschlag nicht aufgemacht hätte, würde ich noch immer nichts davon wissen.

Meine Mutter ging gern auf Abstand, unangenehme Nachrichten ließ sie eine Weile liegen, so wie wir auch einen vom Dorfwilderer geschossenen Hasen abhängen ließen, bevor er ins Bratrohr wanderte. Diesmal hatte sie allerdings sehr lange gewartet. Also Nase zu und weg.

Als ich im Lift die Papiere wieder in den Umschlag schob, sah ich, daß außen etwas mit Bleistift geschrieben stand: »Für meinen Sohn, damit er es später verstehen kann.« Die Handschrift meines Vaters. In diesem Moment sah ich alles ganz klar.

Ich rannte zum Parkplatz des Krankenhauses, voller Energie, um am selben Abend noch nach Indonesien zu fahren – ich war sogar so verrückt, an einer Tankstelle nach einer Straßenkarte des Landes zu fragen –, ich wollte Sophia Munting aufspüren, die Zwillinge umarmen. Noch nie hatte ich mich getraut, hinzufahren, aus Angst vor falschen Gefühlen, aus Angst, sogar im Rauschen der Palmblätter die Schläge meines Vaters zu hören, aus Angst, zu scharf zu essen und meine Rotztränen echt zu nennen. Würde meine Mutter nur bei der Operation sterben, dann könnte ich mir von ihrem Geld leicht ein Ticket kaufen.

Sie starb nicht. Waldenser werden hundert. Das Geschwür stellte sich als gutartig heraus, und nach einem Monat lief sie wieder wie ein Wiesel herum. Mit ihren Schmerzen verschwand auch mein Zorn, ich ließ die Sache schleifen. Indonesien lief mir nicht weg. Und genaugenommen war es mir doch zu sehr das Land meines Vaters, nicht meines. Familie, ein neuer Bruder und eine neue Schwester? Es blieb eine halbe Sache, wie man es auch betrachtete. Und je weniger ich sie sah, um so besser ging es mir.

Kein Wort über den Umschlag natürlich. Ein Siegel auf unseren Lippen. Eine Familieneigenheit. Mein Name ist Hase. Abstand. Adliger Abstand.

Ich ließ jedoch von einem Juristen prüfen, welche Rechtsgültigkeit die Dokumente nun genau hatten. Null. Notar Groeneweg hat der guten Sache wegen seinen Namen unter ein Papier gesetzt, ein Stempel und einen Klacks Siegellack, um die verletzte Ehre meines Vaters zu retten. Meiner Meinung nach waren die Papiere eher für meine Mutter bestimmt, Trostbriefe, um ihr noch einmal schwarz auf weiß mitzuteilen, daß seine gesetzliche Frau Sophia Munting ihm überall Steine in den Weg gelegt hatte. Eine Scheidung war absolut unmöglich gewesen. Zu seinem Leidwesen konnte er auch nicht verhindern, daß seine erste Frau auch seine Erbin blieb.

Es war nicht nur die Scham darüber, daß sie nicht verheiratet waren, die meine Mutter daran hinderte, eine Todesanzeige in die Zeitung zu setzen. Wir durften auch keine schlafenden Hunde wecken, vielleicht lag Sophia Munting irgendwo auf der Lauer. Sie hatte das Recht auf ihren Anteil.

Ein wertloser Anteil, denn was er hinterließ, stammte aus dem Portemonnaie meiner Mutter: ein Fotoapparat, eine Uhr, dreißig Jacketts und Hosen, ein Bündel Krawatten und zwanzig Paar Schuhe (mein Vater zeigte gern seinen guten Geschmack, und sie fügte sich, für sie selbst waren die abgelegten Schuhe ihrer anthroposophischen Freundinnen gut genug). Die Jacketts gingen an die Waldenser. Seinen Schuhen entwuchs ich zuerst, die Hosen konnte man jeweils umschlagen, und während meiner ganzen Pubertät lief ich mit Falten in den Hosen herum.

Die ersten Wochen nach seinem Tod wagte ich mich kaum hinaus aus Angst vor der bösen Hexe, die hinter meinen dreißig Hosen her war. Jana, zu alt für solche Geschichten, erzählte uns, daß Sophia Munting auch Kinder hatte, das hatte sie schon in Palembang gewußt, doch das Gerücht wurde von meiner Mutter auf der Stelle entkräftet: Die erste Frau sei mit einem anderen Mann durchgebrannt. Sie habe sich im Kali-Fluß gewaschen, und das bedeute in Indonesien so etwas wie Scheidung vor dem mohammedanischen Gesetz. Niemand wußte Genaueres darüber, nur daß solche Sitten vor dem Ministerium für die überseeischen Gebiete nicht galten, dafür war unser Land zu christlich und zu anständig. Eines stand jedoch fest: Vom Kaliwasser bekam man Kinder, und die waren nicht von meinem Vater.

Nach dem Brief meiner vornehmen Tante brach meine Entrüstung über Ruliana und Rudiono erneut in aller Heftigkeit aus. Ich hatte ihre Existenz während der ganzen Zeit als komische Nummer abgetan, doch nun war die Zeit reif, mit offenen Karten zu spielen. Zu viele neue Tatsachen lagen auf dem Tisch. Ich war neugierig, wie meine Mutter sich rausreden würde. Erst mal anrufen, vielleicht gelang es uns ehrlicher zu sein, wenn wir einander nicht in die Augen schauten.

Ich fragte: »Sag mal, diese Ruliana und dieser Rudiono, muß ich die eigentlich auch zu meiner Familie zählen?«

»Wen?«

»Die Kinder, die mein Vater mit seiner gesetzlichen Ehefrau gezeugt hat.«

Sie fand mich zu grob, ich sagte die Dinge wieder zu hart, und was meinte ich eigentlich, von welchen Leuten sprach ich? Sie tat, als verstünde sie kein Wort. Briefumschlag, Krankenhaus, Notar... »Ja, ja«, sagte sie vage. Sie konnte auch nicht böse darüber werden, daß ich den Umschlag geöffnet hatte. Lügner untereinander pfeifen auf Versprechungen.

»Ich habe nie gewußt, was in dem Umschlag war«, sagte sie, »er ist so vom Notar gekommen und sofort in der Schublade verschwunden.«

»Ja, ja«, sagte ich vage.

»Schau mich mal an«, sagte ich zu meiner Mutter ein paar Tage später, als ich sie in ihrem Apartment besuchte, »du hast es doch gewußt, oder?«

»Nein, wirklich, ich habe noch nie von diesem Rudi und dieser Ruli gehört.« Und auch sie zählte die Monate auf den Knöcheln ihrer Hand. Neun. »Und noch dazu an einem siebenundzwanzigsten geboren, sieben und zwei ist neun, Mars«, sagte sie lachend, »es ist sehr wohl eine Zahl, die zu unserer Familie gehört.«

Manchmal liebte ich meine Mutter wirklich.

Familie. Du wirst gezeugt, aus Liebe, aus Geilheit oder aus Langeweile. Du frißt dich an deiner Mutter fett, du willst raus, der Kuchen ist alle, der Brotbeutel platzt. Du reißt dich los, und du läßt sie bluten vor Schmerzen. Das erste Lager hast du hinter dir.

Und dann die Ohrfeige, ob du lebst. Du pinkelst. Kopf unter den Wasserhahn, ein Handtuch und ein warmer Atem, der dir die Haare trocken bläst. In die Arme deiner Mutter, ein Tritt, Warze in den Mund und saugen. Deine Mutter weint. Das heißt Glück.

Dein Vater ist stolz, er hebt dich hoch, die Welt ist zu hell, flimmerndes Licht. Deine Schwestern kommen der Reihe nach und zwicken dich. Verdammt, er ist echt, der geht nicht mehr weg. Du hörst es nicht, Worte sagen nichts, ebensowenig Gebärden und Grimassen. Aber fühlen kannst du, die Liebe, die Erwartung und die Angst, eine glühendheiße Wärmflasche an den Füßen, eine Gummiunterlage und Stecknadeln in den Windeln.

Sie wiegen dich, acht Pfund zweihundert Gramm, gefangen in einem Netz, es werden Bezugsscheine auf dich ausgestellt. Du bist etwas wert. Wieder geht's nach oben, balancierend auf deines Vaters ausgestreckter Hand, dies wird dein erstes Foto. Du weinst auf dem Bild, du bist kein Held.

Du magst die Brüste deiner Mutter nicht. Du spuckst, bekommst Grind um den Mund. Deine Mutter fühlt sich schuldig, sie war zu schwach, als sie dich gebar, das bringt kränkliche Kinder. Dein Vater ist enttäuscht. Du läßt ihn nicht schlafen, hast Angst im Dunkeln und vor Schatten, der sich bewegt. Es ist Winter, und deine Schwestern waschen dich mit Schnee. So wirst du abgehärtet.

Eine böse Welt strömt durch deine Fontanelle nach innen. Du siehst die Augen deines Vaters, schwarz, sie zwingen dich, zu stehen und zu fallen. Deine erste Beule wird mit einer kalten Münze zurückgedrückt. Du kannst es, eine Hand am Laufstall, die andere nach oben gestreckt: Mussolini grüßt seine Landsleute. Das wird dein zweites Foto. Mutter tröstet dich, eiapopeia, eiapopeia, und die Buttermilch ist sauer.

Du wächst zu schnell, deine Schultern werden krumm. Dein Vater dehnt deine Muskeln, du bekommst die erste Ohrfeige von ihm, lernst seinen Stock kennen. Deine Mutter näht aus seiner Soldatenjoppe eine stachelige kurze Hose. Sie setzen dir sein Käppi auf, du marschierst um den Tisch, zum Ticken seines Lineals. Deine Schwestern klatschen den Rhythmus mit, deine Mutter schaut gerührt zu. Du bist schon fast ein Mann, du bist schon fast so wie er.

Familie, sie machen dich kaputt.

3
Verdüstertes Auge

Kanada rief. Saskia hörte wieder Stimmen: Janas Ende war nahe. Sheila, die Astronautin, gab wieder eine Neun durch. Es konnte im Oktober oder November sein, meine Mutter tippte auf Oktober. Auch wenn Janas erstes Enkelkind noch Wochen auf sich warten ließ, meine Mutter hatte ihre Koffer schon gepackt, sie wollte nicht zweimal trauern müssen, lieber alle Beerdigungen hintereinander, so blieb sie in der Stimmung.

Ich lehnte dankend ab, ohne mich würde das Sterben und Gebären wohl auch klappen. Meine älteste Schwester mochte meine zweite Mutter gewesen sein und mich in den ersten Lebensjahren gewindelt und geschrubbt haben, aber sie war eine Fremde für mich geworden, und ihr zukünftiger Tod berührte mich nicht sehr, wie tragisch ich es auch für meine Mutter fand. Ich war neun gewesen, als sie überhastet heiratete und nach Kanada zog. Seither hatte ich sie nur zweimal gesehen – zur Beerdigung meines Vaters und am Krankenlager meiner Mutter –, und beide Male war sie nur widerwillig gekommen. Ich schrieb ihr nie, ihre Kinder kannte ich nicht, und das Wiedersehen mit ihrem Mann Errol hatte mich auch nicht besonders erbaut. Was sollte ich dort? In ihrem jährlichen Weihnachtsbrief stand lauter dummes Zeug, die beigelegten Fotos taten meinen Augen weh. Fette Kinder und ein besorgter Ehegatte in einem Interieur aus rotgeflammter kanadischer Eiche, mit Reisetrophäen an der Wand.

Errol war jahrelang zur See gefahren, er kam auch aus Indonesien, ein Sahnebonbonlulatsch aus einem anderen ehemaligen Ferienheim auf der anderen Seite der Promenade. Unser Dorf wimmelte von Menschen, die durch den Krieg vertrieben waren, das Reich hatte alle leeren Sommerhäuser für sie requiriert, und wo im Winter Decken vor den Erkerfenstern hingen, wohnten Repatrianten. Je mehr Decken, um so indonesischer. Bei Errol blieb kein Fenster unbedeckt. »Aber wir sind ganz holländisch«, wiederholte seine Mutter unermüdlich bei Geburtstagsfesten. Resultat: Jana bekam in Kanada zwei chinesisch aussehende Kinder, gelb, mit vom Wind weggewehten Näschen und geheimnisvollen Falten um die Augen. Die aus den Kolonien machten, was ihnen gerade einfiel.

Jana mochte Holland nicht, wurde zu Hause erzählt, sie und mein Vater vermißten das Land ihrer Geburt am meisten: ein Obstgarten mit Mango- und Djambubäumen, Erde, die, wenn man einen abgelutschten Kern hineinsteckte, reichlich Ernte zurückgab. Dampfende Erde, Blätter und Fäulnis, der braune Geruch der Inseln. Sie konnten sich nicht an den holländischen grauen Himmel gewöhnen, an die rauhen Winter am Meer, die dicken Kleider und die dunklen Häuser, nicht »schön weiß gekalkt«, wie mein Vater immer sagte. Wenn wir im Sommer nach vier Uhr im Garten Tee tranken und die Dünen hinter uns glühten, erinnerten sie sich an laue Sonnenuntergänge. Das *lingsir kulon*, das schönste Licht in Indonesien, die Stunde, bevor die Sonne geschlachtet wurde und rosarote Schatten aus den Sträuchern krochen. Was für ein Jammer, in unserem Regen konnte man nicht tanzen, und morgens dampften nicht ums Haus herum die Bäume. Ach ja, und in Indonesien war der Himmel morgens grün.

»Die beiden hatten immer Heimweh«, sagte meine Mutter, »sie konnten zusammen schluchzen, wenn sie ein altes Foto betrachteten. Jana ist ein Urwaldkind, sie ist weit weg von der Stadt aufgewachsen, wir zogen damals von einem Außenposten zum anderen. Sie war kein Puppenmädchen, ihr kleines Schwein, das schleppte sie immer mit.«

Im Sommer nach ihrem Abitur lud mein Vater Jana zu einer Mofatour durch die Niederlande ein. Sie wollten alles sehen, was sie in Indonesien in der Schule auswendig lernen mußten: durch das grüne-grüne-Knollen-Knollen-Land von Roodeschool nach Roosendaal; und die Militärakademie in Breda, ein Schloß mit einem Schloßgraben und flanierenden Kadetten, ja, auch dort mußten sie unbedingt hin; und die Twenter Berge, der Holterberg, der Galgenberg, der Tankenberg, denn sie sehnten sich so sehr nach dünner Luft und Fernsicht. Wir saßen alle über eine Karte gebeugt, und mein Vater zog eine Pirouettenspur aus roten Linien, das war ihr neues Vaterland, viel kleiner als Sumatra, sie würden jeden entlegenen Winkel entdecken.

Und wie enttäuscht kamen sie zurück, eine Woche Regen und Gegenwind, zu wenig Horizont und zu viele Zäune, und dann die Erhebungen in der Landschaft, daß Leute so etwas Berge nennen konnten! Mein Vater klebte die Reise ins Familienalbum. Jana zitterte auf allen Fotos vor Kälte.

Nach ein paar verregneten Wochen und verdächtig häufigen Besuchen Errols hatte Jana ihren Entschluß gefaßt: heiraten und auswandern. Und wer tat das nicht in jenen Tagen? Der Milchknecht zog mit seinem Verhältnis nach Amerika, die jüdische Familie entschied sich für Südafrika, Klassenkameraden forderten Auswanderungsprospekte an, der Informationsbus fuhr mit einem Filmprojektor durch die Dörfer. Zehn Millionen Holländer auf einem Haufen – für alle, die jung waren und Platz suchten, lagen die Chancen in Übersee.

Jana erhielt große Umschläge mit der Post, und die

reichsten Länder schickten auch Kalender. Ich hängte ein Bild mit drei roten Bergen über mein Bett – The Three Sisters. Jana füllte zusammen mit meiner Mutter alle Formulare aus und übte insgeheim ihr Englisch am Radio der Nachbarn. Nur Kanada nahm sie auf, dort achtete man nicht auf die Hautfarbe. Mein Vater wollte bei Tisch kein Wort mehr davon hören. »Das ist schlecht für sein Herz«, sagte meine Mutter.

Einen Sommer später posierte Jana in einem weißen Kleid vor unserem Kinderheim. Notar Groeneweg fuhr das Brautpaar in seinem schwarzen Auto. Ein anderes Hochzeitsfoto fand ich nicht im Familienalbum. Kein großes Festessen, keine Onkel und Tanten, beide Familien wollten es schlicht. Mein Vater war zu krank für ein Fest. Der Arzt gab ihm jede Woche Spritzen. »Er hatte sich damit abgefunden«, erzählte mir meine Mutter später, »die Medikamente halfen gut.«

Ein Lastwagen brachte eine große Kiste für die Überfahrt, und Errol zimmerte einen Deckel im Gemeinschaftsflur. Meine Mutter strickte dicke Pullover, und Jana unternahm einen Raubzug durch die Schränke: Waldenser Silber und Sonntagsteller mit Goldrand, Bettwäsche, die Töpfe vom Roten Kreuz – unser ganzer Reichtum verschwand in der Kiste. Els Groeneweg brachte ein Sparschwein, man sah die Reichstaler durch den Schlitz. Jana mußte versprechen, daß sie es zerschlagen würde, Scherben bringen Glück. Unser Großvater gab ihr zwei Alben mit alten Fotos mit, alle mit Jana darauf. Auch die Nachbarn ließen sich nicht lumpen, jeder trug etwas bei. Ich stieg jeden Tag auf den Küchenhocker, um zu sehen, wie die Schatzkiste voller und voller wurde.

Mein Vater lag auf dem Diwan, verbittert, weil sein Augapfel ihn verlassen würde. Seine Lippen zitterten blau. Errol war doch keine Partie für Jana, ein Junge aus einem

Haus mit Decken vor den Fenstern! Wie weichlich und unmanierlich, wir dagegen trotzten der holländischen Zugluft. Und was konnte dieser Junge schon groß, was wollte er mit seiner Seefahrtsschule in Kanada? Er murmelte seine Wut heraus, und bei Tisch verkündete er neue Regeln: kein Hämmern und Sägen mehr im Haus, absolute Stille auf dem Flur. Doch der Umzug ließ sich nicht verhindern, die Schiffsreise war schon gebucht.

Errol stieg auf die Kiste, band einen Waschlappen um den Hammer und schlug Planke um Planke den Deckel fest. Ich reichte ihm die Nägel, und Jana stopfte die Holzwolle zurück. Die Hammerschläge hallten im Flur. Ich zuckte bei jedem Schlag zusammen und bewunderte Errol für seinen Mut. Jana kicherte nervös.

Wir hörten ihn nicht, aber plötzlich stand er hinter uns, unrasiert und schwankend vom langen Liegen. Zwei Fäuste ballten sich in den Taschen seines Morgenrocks, seine schwarzen Augen glühten. Ohne ein Wort zu sagen, ging er auf Errol zu. »Komm von der Kiste runter«, befahl er. Errol legte den Hammer hin und sprang herunter. Mein Vater packte ihn am Kragen, holte aus und gab ihm zwei Ohrfeigen, auf jede Wange eine, mit der flachen Hand, wie er es immer tat. Seine Finger glühten weiß auf Errols Wangen. Ich schämte mich, war aber auch erleichtert, sogar große Jungen ließen sich von ihm schlagen.

Es wurde ein peinlicher Abschied, mein Vater schloß sich im Schlafzimmer ein, und Jana wollte nichts mehr von ihm wissen. Wir aßen tagelang Gemüsebratlinge. Errols Eltern grüßten uns nicht mehr, mein Pa sei *mata gelap*, sagten sie. So lernte ich mein Hausmalaiisch: *mata gelap*, verdüstertes Auge, eine blinde Wut, bei der es einem schwarz vor den Augen wird.

Trotzdem muß mein Vater ein Foto von ihrer Abreise gemacht haben. Meine Mutter hat es noch, versteckt hinten im Album. Das junge Paar mit Koffern und der Kiste vor einem Lastwagen. Errol schaut zur Seite, Jana direkt in die Linse. Unsicher, aber schön. Wenn ich mich so an sie erinnere, berührt sie mich mehr, als ich zugeben möchte. Sie war schön, die schönste Frau im Haus, das schon.

Am Morgen, als meine Mutter mit Saskia nach Kanada abreisen wollte, schrak sie aus einem seltsamen Traum hoch. Sie weckte mich deshalb schon früh mit ihrem Anruf: »Es stürmte, und dein Vater spannte zwei Pferde vom Rettungsdienst ein, du hast in deinem Ölzeug zugeschaut. Du bist mit Mühe in das Boot geklettert, so klein warst du. Dein Vater hat die Riemen genommen, und die Pferde haben euch durch die Brandung gezogen. Die Wellen spritzten über dich, und als das Meer ruhiger wurde und die Pferde zurückschwammen, sah ich, daß du der Ältere warst und Aram das Kind. Ihr seid zusammen weggerudert. Seltsam, als hätten dich die Wellen zu einem erwachsenen Mann gewaschen. Dein Haar war grau vom Schaum.«

Gott sei Dank war ich nicht kahl, dachte ich.

»Glaubst du, daß das irgend etwas bedeutet?« fragte sie.

»Daß ich unter keinen Umständen nach Kanada fahre, sondern hierbleibe, um auf Aram aufzupassen. Ich will wie ein zweiter Vater für ihn sein, ein Fels in der Brandung.«

Beruhigt reiste sie nach Kanada ab.

Ich fuhr an einem Sonntag mit Aram zum Strand, seit der Beerdigung hatte ich nichts mehr von mir hören lassen.

»Weißt du, was ich so verrückt finde?« sagte Aram im Auto. »Daß ich Ada überhaupt nicht vermisse.« Seine Segeljacke knarrte, und die Taschenlampe lag auf dem Schoß. Wir wollten zu den alten Bunkern gehen.

»Vielleicht kommt das noch. Ich habe meinen Vater erst vermißt, als ich nicht wußte, wie ich mich rasieren soll.«

»Was sollte ich denn vermissen?« Seine rechte Hand strich kurz über seine Wangen, ich sah es aus den Augenwinkeln, so wie ich die Flecken auf seiner Hose sah, die ungeputzten Schuhe und seine schmutzigen Fingernägel.

»Musik, ihr habt doch schön zusammen gespielt, oder?«

»Ich habe mein Horn schon seit Wochen nicht mehr angerührt. Wenn ich übe, muß ich an sie denken, und das will ich nicht. Ist das schlimm?«

»Wie meinst du das?«

»Ich finde es manchmal ein bißchen schön, daß sie nicht mehr da ist.« Aram stieß mich an, zog den Reißverschluß seiner Jacke auf und zeigte mir sein T-Shirt: ein Ritter im Harnisch, aus seinem Visier kroch eine blutige Schlange. Es kostete mich Mühe, meine Augen nicht abzuwenden, ich mußte sie einfach mal berühren. Die Schlange klebte. »*Evil Sabbath*, von meinem Taschengeld gekauft.«

»Hätte Ada das wirklich schlimm gefunden?«

»Sie hatte Angst, daß ich von dieser Musik taub werde. Sie haßte Heavy metal, sie fand die Musik ordinär, faschistisches Geschrei. Blöd, eine Meinung haben, aber nicht zuhören. Ich durfte ihr nie vorspielen, was sie nun wirklich singen. Pieter und ich haben die CDs nach oben geschmuggelt und sie ganz leise gespielt. Bei ihm zu Hause darf er es laut hören. Wir sind gerade gegen Gewalt, wir wollen die Welt zeigen, wie sie ist. Das mit *hell* und *devil* ist nur zur Abschreckung.« Aram blickte still aus dem Fenster. Es blies ein starker Wind, er drückte das junge Helmgras platt an die Dünen, aber es war ein klarer Tag, und die Sonne blitzte auf der Motorhaube. »Die letzten Jahre waren nicht so schön, meine Mutter machte sich um alles Sorgen.«

»Auch um dich?«

»Um meinen Vater und um mich. Sie fand mich frech. Aber Maarten kann nichts, und ich darf nichts. Ich muß bei ihm sitzen, meine Hausaufgaben machen und daheim bleiben. Ich spreche zu laut, ich laufe zu schnell, ich esse zu schnell, ich darf abends keine Musik machen, er kann nichts vertragen. Mein Vater ist ein sehr alter Mann.«

»Wir sind gleich alt, glaube ich.«

»Aber er ist krank, er traut sich nicht mal den Strand entlangzulaufen.«

Ich parkte mein Auto vor dem Gatter am Moffenweg, ein Schotterpfad zu den Bunkern hinter der äußeren Dünenreihe. Heute verbotenes Terrain, vom Wasserwerk in Besitz genommen. Uns kümmerte das nicht, wir hoben den Stacheldraht hoch und krochen darunter durch. Diese Dünen gehörten mir, ich kannte diesen Boden, den Treibsand neben dem sumpfigen Gras, die unterirdischen Kolke, die nach einem Sturm manchmal zur Oberfläche kamen, nicht ungefährlich, aber gerade darum, diese Leere war für immer in eine Landkarte in meinem Kopf eingezeichnet. Wenn wir angehalten würden, würde ich den Dünenwächter auf meine Grundrechte hinweisen.

Aram lief vor mir her, nach links, nach rechts, wie ein Hund vor dem Jäger. Er war froh, einen Tag lang von seinem Vater erlöst zu sein. An Adas Krankenbett hatte er versprechen müssen, gut für ihn zu sorgen, er brachte jede Woche die Wäsche zum Waschsalon, eine große Tasche voll, denn Maarten pinkelte manchmal in die Hose, und abends mußte er seinen Vater füttern. Nur die letzten Bissen, wenn Maarten der Löffel zu schwer wurde. Wir wußten alle, daß es so nicht weitergehen konnte. Aber Maarten wollte von einer Veränderung nichts hören. Und das von mir mitgebrachte federleichte Wegwerfbesteck warf er in den Mülleimer. Lieber tot als Plastik. Alles blieb beim alten. Saskia kam zwischen ihren Therapien vorbei, um zu helfen, meine Mutter legte mit ihren Freundinnen die Karten und las daraus, daß dieser Zustand vorläufig doch der beste sei.

Wir liefen über die Fundamente der Bunker, viel mehr

war nicht von ihnen übrig. Halb im Sand lag noch ein verrußtes Stück Beton. Hier hatten wir immer Feuer gemacht, ich und die Sommerwaisen aus der Stadt, und das Feuer mit Litern von Pisse gelöscht und unsere Pimmel verglichen. Ich konnte die Pisse noch riechen. »Ich wäre gerne Soldat im Krieg gewesen«, sagte Aram, »Bunker bombardieren.«

»Mit Menschen darin?«

»Nun, das nicht unbedingt, Blut ist mir unheimlich. Aber schießen ist schön, bumm, alles zu Schutt.« Er rannte um den Betonbrocken herum und ließ zwei volle Hände Sand im Wind aufwirbeln. Wo er niederfiel, glänzte etwas in der Sonne. Ich bückte mich und hob eine kupferne Hülse hoch.

»Aus dem Krieg?« fragte Aram.

»Oder von einem Wilderer.«

»Ich glaube, es ist eine deutsche Patrone. Darf ich sie haben?«

Ich blies die Hülse sauber und zeigte ihm, wie man darauf flöten konnte, wenn man über ihren Rand blies. Ein eisiger Ton klang über den Dünen, ich hatte es noch nicht verlernt.

»Ein Wunderhorn«, sagte Aram. Er steckte die Hülse in seine Hosentasche. »Ada findet das bestimmt nicht gut, sie mochte keinen Krieg.« Er schaute mich ernst an. »Manchmal habe ich Angst, daß sie mich sieht und daß ich ihr weh tue.«

»Tot ist tot. Tote können nichts sehen, und je älter man wird, um so mehr verwischen sich ihre Gesichter.«

Ich sagte es so entschieden, wie ich konnte, dort in meinen fahlen Dünen, wo der Sand und der Wind meine Augen tränen ließen. Ich liebte diese Leere, die mich immer wieder anzog und wo unter der Erde Gefahren und Kolke lauerten, hier war ich meinem Vater am nächsten.

Wir stürmten die Düne hinauf, Arams sandige Hand in meiner, wir fielen hin und krochen zum Kamm, hinter uns, gegen den Kiefernsaum, lag die Wildnis, und vor uns eine schäumende Brandung.

Ein schwarzer Drachen tauchte über dem Strand auf und ab, zwei Jungen tanzten unten an der Schnur. Wir setzten uns hin, Schulter an Schulter, und der Sand klebte an seiner Segeljacke. Bei solchem Wind hatte ich Zettel an meine Drachenschnur gebunden, Himmelsbriefe an meinen toten Vater. Ich keuchte und bekam einen Hustenanfall, seit Adas Tod rauchte ich wieder kräftig drauflos. Es war mir egal, ich hatte gesehen, wohin ein gesundes Leben führen konnte. Ich mußte fast kotzen vor Atemnot, Gott, was fühlte ich mich alt, und trotzdem machte ich mir keine Sorgen. Ich war ja so froh, daß ich kein Kind mehr war.

Nachdem ich Aram vor seinem düsteren Haus abgesetzt hatte, fragte ich mich zum soundsovielten Mal, ob ich nicht doch für ihn sorgen müßte. Schon ebenso oft hatte ich die Idee verworfen. Meine Freundin würde sich sehr wundern, ich lief ihr schon acht Jahre nach, aber sie floh um die halbe Welt. Sie war Literaturagentin, ewig lesen und ein Küßchen zwischen den Zeilen. Einen weiteren Sohn brauchte sie nicht. Außerdem mochte sie keine Probleme, seit Adas Tod hatte sie sich kaum sehen lassen. Sie schickte jeden Tag ein Fax (ihr am häufigsten verwendetes Wort war »bald«). Ich taugte nicht für Regelmäßigkeit und Kinder; übrigens war auch meine Wohnung zu klein. Ein netter Onkel aus der Ferne, mehr brachte ich nicht zustande.

Und dennoch, was wäre es für eine schöne Rache an der Vergangenheit, ein Kind aufzuziehen und es niemals zu schlagen. Aber Heavy metal in meinem Haus, Graffiti an den Wänden? Wäre ich in der Lage, ihn seinen Geschmack frei entfalten zu lassen? Ich würde das Schlimme von ihm fernhalten wollen und ihn dadurch in seiner Freiheit behindern. Es fehlte mir an Geduld, ihn seine eigenen Fehler machen zu lassen. Meine Freundlichkeit war eine Pose, ich kannte den Zwang hinter meiner Stimme, die verschwiegene Flüche, das Schwarze in meinen Augen und meine zurückgehaltene Wut. Ich konnte nicht mal für einen Hund sorgen.

Wie sehr war ich doch über mich selbst erschrocken gewesen, als ich vor ein paar Jahren einen jungen Hund ins Haus nahm, ein Wanderfreund für die Dünen, ein haariges Kind, das Regelmäßigkeit in meine Tage brachte. Er hatte zwei Wirbel auf dem Hintern, wie zwei Augen, so behielt er mich immer im Blick, und doch schaute er sich bei jeder Anhöhe oder Kurve noch brav um, ob ich ihm folgte. Ich nannte ihn Janus, weil er zwei Gesichter hatte.

Mit Janus wollte ich besser zurechtkommen als mit meinem ersten Hund, einem verspielten Bastard, der nie einen wirklichen Namen bekommen hatte. Wir wohnten noch am Meer, und ich fand ihn zwischen den Dünen bei der Wasserleitung, wo der Wind den Treibsand mit einer Rippelschicht bedeckt hatte. Ich habe keine Ahnung, wie er dort hingeraten war, ich hörte ihn jaulen, lang und hoch, schon von weitem rief er mich um Hilfe, und als ich angerannt kam, hatte er sich schon bis zum Bauch festgegraben, er drohte in seiner selbstgescharrten Grube zu versinken. Es war gefährlich dort, ein Schritt, und der Boden saugte an den Schuhen, nur entlang des angepflanzten Helmgrases war es sicher, wo der Sand sich genügend gesetzt hatte. Dort liefen auch die Wilderer.

Der Hund versank bis zu den Vorderpfoten im Treibsand, ich hielt mich mit einer Hand am Helmgras fest und versuchte, ihm so nah wie möglich zu kommen. Ich hing über dem Rippelsand, und mit der freien Hand hielt ich ihm einen kleinen Ast vor das Maul. Das Tier biß sich fest, aber der Stock flutschte ihm immer wieder aus den Zähnen. Er prustete die Fetzen aus und versank noch tiefer, endlich gab ihm mein erträumter Bruder einen Schubs, und ich zog ihn mit einem Ruck zu mir her. Sein Lecken roch nach Fisch, und dankbar lief er mir nach.

Weiter als zum Flur kam er nicht, ein Stinktier kam uns nicht ins Haus! Er ließ sich nicht verjagen und wartete brav unter unserem Küchenfenster. Wir gaben ihm zu essen, auch meine Mutter und meine Schwestern fanden ihn lieb. Nach zwei Tagen schlug mein Vater Kernseife in einer Waschbütte, wir wuschen ihn und er durfte bleiben. Ein Hund, ein Hund, wir hatten einen Hund, der Kaninchen fing und die angespülten Fische fraß. Ein Freund, mit dem ich fliehen konnte, zusammen gingen wir in die geheimen Bunkergänge.

Aber im Haus hielt er sich nicht an Regeln und Manieren, mein Hund war ein Alleszerkauer. Ein Pyjamahosen- und Pantoffelfresser mit einer Vorliebe für die teuren Schuhe meines Vaters, er war ein echter Strandräuber, er schlug seine Zähne in alles, was er fand. Als er nach Drohen und Schlagen nicht damit aufhörte, gab mein Vater ihn dem Strandvogt mit, damit er ihn zu den Fischern im nächsten Dorf brachte. Ich hatte es eingesehen, einen Dünenhund konnte man nicht einsperren, bei den Fischern vom Nordstrand würde er bestimmt ein besseres Leben haben.

Ein paar Tage später traf ich ihn wieder in den Dünen, allein und stinkend. Er erkannte mich und lief schwanzwedelnd hinter mir her. Doch diesmal blieb mein Vater unerbittlich: kein Wasser, keine Schüssel Reis, nicht einmal eine Kiste für die Nacht, kein Mitleid, sosehr ich auch bettelte. Noch am selben Abend brachte er ihn zurück zum Strandvogt, und der hat ihn hinten in der Scheune in einem Jutesack ertränkt.

Mein neuer Hund durfte Schuhe zerkauen, soviel er wollte, und er wurde sogar gestreichelt, als er sich am Strand mit dem Rücken in einem Kadaver wälzte. Janus war ein Hundehund, er liebte mich zwar, aber noch mehr liebte er Hunde. Er wollte immer mit ihnen spielen, und wenn er zu Hause in meinem Arbeitszimmer lag, lauschte er mit gespitzten Ohren jedem fernen Bellen. Mein Innenleben war ihm viel zu langweilig, er seufzte unter meinem Schreibtisch, riß das Maul auf, gähnte, ließ stinkende Fürze und schaute mich flehend an, bis ich mit ihm hinausging, zur Hundekötelwiese, wo er schnuppern und um die Spuren seiner Freunde herumtanzen konnte. Janus kam aus einem Zwinger, er war gewöhnt an viel Gebell und an das Gedränge um die Futterschüssel. Je mehr Hunde um ihn herum waren, um so glücklicher sah er aus.

Die Stille zu Hause wirkte beklemmend auf ihn, und er weigerte sich zu fressen. Die delikateste Dose, das mürbste Beefsteak, Janus lehnte sie ab. Ich machte mir Sorgen, und mein Hund fühlte es: Sobald ich zur Küche ging, ergriff er die Flucht. Er wurde sichtbar magerer.

Der Tierarzt riet zur Zwangsernährung, und da saß ich, auf den Knien, eine Tube Fleischmatsch in der Hand. Janus biß die Zähne zusammen, Streicheln, liebe Worte halfen nicht. Meine Hände zitterten, ich schob die Tube hinter seine Eckzähne, erst vorsichtig, dann langsam fester. Ich kniff ihn seitlich in den Unterkiefer, er verkrampfte seine Lefzen, und ich schlug ihn. Schimpfend, schreiend, links und rechts auf Kopf und Kiefer, ich schlug ihn mit der flachen Hand.

Die Küche war voll von dem schmierigen Zeug, und Janus jaulte hinter dem Herd. Sosehr ich mich auch wie ein Narr immer wieder bei ihm entschuldigte, er kam nicht mehr zum Vorschein. Nach Stunden kroch er zu Tode verängstigt hervor, ich tröstete ihn, versuchte nochmals, ihn zu füttern, streichelte und streichelte, und dann schlug ich wieder zu. Ich haßte meine Hände, ich haßte meine Wut. Ich wollte ihn groß und fett schlagen.

»Überlade ihn mit Liebe«, sagte ein Hundekenner, den ich um Rat fragte, »einmal wird er essen, kein Hund hungert sich zu Tode.« Ich versuchte es wieder, lieber Hund, guter Hund, aber es klappte nicht. Bis ich entdeckte, daß Janus, wenn andere Hunde dabei waren, wohl fraß. Ich nahm sein Futter mit zur Hundewiese, und langsam kam er auf den Geschmack. Erst nach Wochen fraß er auch allein.

Zu Hause nahm er niemals einen Happen, wenn ich dabei war, und wenn ich zuschaute, selbst durch den Türspalt, verschwand er schuldbewußt hinter dem Herd. Das Vertrauen war für immer beschädigt. Wenn ich ihn anschaute, drehte er den Kopf weg. Er hatte Angst vor dem Schwarzen in meinen Augen, und wenn ich das merkte, bekam ich Angst vor mir selber. Ich liebte ihn, zumindest dachte ich das, aber zwei Sommer später schenkte ich ihn einer hundereichen Familie.

Das Haus von Els Groeneweg lag auch an einer Düne, aber es war eine der versteinerten Dünen von Südholland, wo aus Geldgier jede Sandkuhle verkauft und vollgebaut worden war. Dort wohnten nun alle Reichen gleich häßlich.

Ihr Haus roch nach einem altmodischen Sonntagnachmittag, der *sajur curry* wallte durch den Flur, und der Speckkuchen stand auf dem Tisch. »Nur auf eine Tasse Tee«, hatte ich am Telefon zu ihr gesagt, aber einmal im Haus, mußte ich zum Essen bleiben, ihr Mann war auf Geschäftsreise, und sie wollte mich verwöhnen. Sie wußte, daß es in Kanada zu Ende ging und daß es an mir nagte, nicht mitgefahren zu sein. »Ich habe in Gedanken auch für Jana gekocht«, sagte sie, »wir werden ihr ganz nahe sein.«

Els lief von der Küche zum Tisch, setzte sich, legte ein Bein über das andere, stand wieder auf, rannte zum Flur, und im Vorbeigehen zeichnete ihr Kleid die Konturen ihrer Hüften nach. »Ich werde alt«, sagte sie, denn sie hatte die Löffel und die tiefen Teller vergessen.

Ich seufzte beim Anblick ihrer tanzenden blonden Haare, ihrer Lachfältchen und der Haselnußaugen. Die untergehende Sonne drang durch das große Fenster herein, es schien, als befänden wir uns zusammen auf einem alten Foto. So träge zog der Schatten über die weißen Wände, und die kleine Palme in einem Korb wuchs in diesem späten Licht. Ihr Zimmer war ein Tropenzimmer.

Ich wog den Löffel in der Hand und war still verliebt. Schlimmer noch, ich wollte sehr klein bei ihr sein, nackt auf ihren Hüften liegen, meinen Atem zwischen ihre Brüste blasen und ihre Beine unter meinen Schenkeln fühlen. Sie schwebte um den Tisch und nahm eine eingerahmte Zeichnung von der Wand.

»Kennst du das?« fragte sie.

»Das bist du.«

»Fällt dir nichts auf?«

Die Bleistiftstriche waren scharf und dünn, und ich mußte die Zeichnung schräg gegen das Licht halten, um die Konturen genau zu erkennen. Ich fand das Bild nur mäßig gut, auch wenn Mund und Augen gut getroffen waren.

»Das hat dein Vater gemacht«, sagte sie, »seine Signatur ist unter dem Passepartout.«

Wie geschickt seine Hand auch gewesen war, es war ihm nicht gelungen, Els' quecksilbrige Art einzufangen; sie saß gezähmt unter dem Glas.

»Er konnte gut zeichnen«, sagte sie.

»Nachzeichnen.«

»Hast du nichts von ihm?«

»Nein, bei uns zu Hause haben wir seine Sachen nie an die Wand gehängt.« Ich fühlte mich ertappt, seltsam, daß jemand bewundernd über seine Zeichnungen sprach, während wir immer auf sie herabgeschaut hatten. Sogar seine netten Dinge ließen wir verschwinden.

»Mach doch nicht so ein strenges Gesicht«, sagte sie, »ich habe gedacht, es würde dir gefallen.«

Nach dem *sajur* führte sie mich in eine Ecke des Zimmers, wo eine Vitrine voller Fotos stand, ihr Leben in Silberrahmen. Wir bewunderten ihren Vater vor seinem schwarzen Rover, Els in ihrem MG, die Mutter neben Bruder Joost in Luftwaffenuniform, eine vom Alter gebeugte Großmutter in *sarong* und *kabaja*, die Hunde und die Katzen, drei Fächer ausgestellten Glücks. Sie nahm ein kleines Foto in die Hand: Els und Jana in Sommerkleidern, zwischen ihnen Janas Schweinchen an einem Seil.

»Fort de Kock, kurz vor dem Krieg«, sagte sie.

»Ich wußte nicht, daß du Jana schon so lange kennst.«

»Wir waren in derselben Klasse. Unsere Mütter haben zusammen Tennis gespielt. Wir waren unzertrennlich, wir haben die Japse in ihren gelben Schlotteruniformen einmarschieren sehen und zusammen das ganze Getue mitgemacht: Fenster mit Verdunklungspapier bekleben und zur Schule mit einem *wadjang*-Topf auf dem Kopf und einem Radiergummi zwischen den Zähnen, wegen der Bomben.«

Els öffnete eine Schublade im unteren Teil der Vitrine und zog ein vergilbtes Baumwollband aus einer Schachtel mit losen Fotos und Papieren, schnupperte daran und versuchte, es über ihr rechtes Handgelenk zu schieben. »Mein Ausweis«, sagte sie, »das mußten wir auf Befehl der Japaner tragen, meine Mutter hat es an ein Stoffband genäht, so daß ich es um den Arm tragen konnte.«

»Eliza Groeneweg« stand in Druckbuchstaben unter einem aufgenähten roten Kreis mit einem weißen Stern in der Mitte. Die Nummer und die japanischen Schriftzeichen waren fast verblichen. Sie schob das Band weiter hoch. »Ich bin doch ein bißchen dicker geworden«, sagte sie, als es an ihrem Ellenbogen steckenblieb. »Ich habe noch alles aus jener Zeit. Bevor wir ins Lager kamen, hat mein Vater einen Koffer voller Akten und Papiere bei einem seiner Kanzleiangestellten hinterlassen. Nach dem Krieg hat er alles wieder zurückbekommen, ein Glücksfall.« Sie zog die Schublade aus dem Schrank und stellte sie auf den Tisch. »Schau doch, Janas Schmuggelbriefchen.« Sie hielt eine Handvoll Zettel hoch.

Es ging ums Essen, wie ich auf die Schnelle erkennen konnte, Klagen über vergammeltes Gemüse, Stinkfleisch, von allem zu wenig, nie mehr *kenjang* – »genug«, übersetzte Els, als mein Zeigefinger bei diesem Wort innehielt.

»Du bist ein richtiger *totok*, du weißt nichts. Hier, es sind ein paar sehr amüsante dabei, ein Briefchen über den Unterschied zwischen Läusen und Wanzen, es war ihre Aufgabe, die Dinger totzudrücken. Irgendwo schreibt sie, daß sie nach Bittermandel riechen.«

»Und später?« fragte ich ungeduldig. Ich wollte nur wissen, warum Jana aus den Niederlanden geflohen war.

»Ach, das hier ist ein sehr trauriges Briefchen.« Sie las weiter, ohne aufzuschauen. »Da schreibt sie, daß sie mich vermißt.« Sie rieb sich die Gänsehaut von den Armen. Mich gab es nicht mehr. »... ruhig, Janachen, ganz ruhig, ich komme ...«

»Aber ihr wart doch zusammen im Lager, oder?« fragte ich vorsichtig.

»Erst später. Sie ging viel eher als wir. Die meisten Europäer waren schon geschnappt und in ein paar großen Häusern untergebracht, deine Mutter und deine Schwestern auch. Wirre Zeiten. Männer wurden aufgegriffen, aber es gab auch Familien, die sich heimlich einen Keller unter ihren Rasen gruben, um unter der Erde auf die Briten zu warten, sie würden uns jeden Moment befreien, so ging das Gerücht. Wir blieben damals einfach in unserem eigenen Haus.«

»Und wie war es möglich, daß ihr Briefchen schmuggeln konntet?«

»Unsere Familie brauchte nicht interniert zu werden. Wir hatten auf beiden Seiten eine javanische Großmutter und waren also offiziell Indo-Belandas, Pseudo-Niederländer, Mischlinge. Die Japsen auf Sumatra ließen das nicht so ohne weiteres gelten, aber mein Vater konnte kraft seiner Autorität auch alles beweisen. Dokumente, Siegel, Stempel, danach waren die Japsen verrückt. Vor dem Krieg hat jeder seine einheimische Großmutter unterm Teppich versteckt, aber unter den Japanern konnte man sie nicht schnell genug wieder hervorzaubern. Ich durfte zweimal die Woche Essen zu deiner Mutter bringen. Schau, hier bedankt sich Jana für die Süßkartoffeln mit geraspelter Kokosnuß.« Sie schwenkte einen Zettel, bevor er blitzschnell unter einem neuen Stapel verschwand.

»War das nicht gefährlich?«

»Es war natürlich verboten, aber ich hatte außer Haus weniger Schwierigkeiten als meine Mutter, die sah zu holländisch aus und wurde dauernd angehalten. Aber ich hüpfte zwischen allen durch. Bei den meisten japanischen Soldaten hatte ich einen Stein im Brett, wenn ich mich nur ordentlich vor ihnen verbeugte und mein Bändchen trug. Ich war der *rambut djangung* in unserer Familie, maisblond, und so mochten es die Japaper: jung und blond.

Ich brachte die Töpfe mit Essen zu einem chinesischen Laden, der wiederum der offizielle Lieferant für das Haus war, in dem deine Mutter und deine Schwestern während der ersten Wochen interniert waren. Der Chinese gab mir Nachrichten für meinen Vater mit, denn unser Radio war versiegelt, und ich schrieb sie wiederum für Jana auf, Nachrichten über die Alliierten, die Deutschland bombardierten, auch über Ereignisse, die ich selbst gesehen hatte, zum Beispiel wie die Japse unsere Schulbücher verbrannt haben.

Es dauerte nicht lange, da wurde ich geschnappt, und mein Vater mußte stundenlang verhandeln, um mich freizubekommen. Meine Brüder hatten weniger Scherereien, die waren dunkler! Die Japsen plünderten unser Haus, es kam kein Geld mehr herein, und wir gerieten in immer größere Isolation. Jana war inzwischen schon woanders. Kein Eingeborener wagte es noch, uns auf dem Basar etwas zu verkaufen, sie hatten Angst, ja. Mein Vater hatte einmal gesehen, wie eine Gruppe Holländer aus einem Notlager mit Lastwagen weggebracht wurde, es waren Verwaltungsbeamte, ehemalige Kollegen, und als sie ihn erkannten, beschimpften sie ihn als Landesverräter. Das hat ihn sehr getroffen. Vor allem die jungen Indonesier waren sehr feindselig, jeder ließ uns im Stich, und meine Eltern fühlten sich gegenüber den Leuten, die ins Lager mußten, schuldig. Wir wußten nicht mehr, wohin wir gehörten.

Eines Tages wurde ein Bekannter von einer Gruppe Japaner auf der Straße angehalten. Er hatte sich nicht tief genug verbeugt, und um ihm eine Lehre zu geben, schlugen sie ihm mit ihren Gewehrkolben die Zähne aus dem Mund. Noch am selben Abend hat uns mein Vater bei den Behörden angemeldet. Wir sind buchstäblich ins Lager geflüchtet, über einen Umweg landete ich mit meiner Mutter in Bankinang. Alle Anspannung fiel von uns ab, endlich fühlten wir uns sicher. Jana und ich waren sehr froh, daß wir uns wiedersahen.

Meine Brüder kamen mit meinem Vater in ein Männerlager, aber ihnen bereitete man dort einen ganz anderen Empfang, Pa wurde als Verräter beschimpft. Wer so spät erst ins Lager kam, wurde von den Holländern in den ersten Wochen schlecht behandelt. Deshalb hat er sich nach dem Krieg so sehr für deine Mutter eingesetzt. Wenn jemand wußte, wie leicht Menschen mit ihrem Urteil bei der Hand sind, dann war es mein Vater.« Sie nahm die Schublade und schob sie zurück in die Vitrine. »So, Schrank wieder zu.«

»Und die Briefe aus Kanada?«

»Die machen dich auch nicht fröhlicher. Jana hatte recht, daß sie wegging, meine Brüder hielten es hier auch nicht aus, sie sind sofort nach ihrem Militärdienst ausgewandert.« Sie schnitt ein Stück Speckkuchen ab und nahm ein Mäusehäppchen. »Etwas zu süß«, sagte sie, »hätte ich nur gewußt, wann deine Mutter nach Kanada fliegt, dann hätte ich ihr noch einen Speckkuchen für Jana mitgegeben. Die Ärmste, so krank und schreibt mir kein Wort darüber.«

»Habt ihr den Kontakt verloren?«

»So halb und halb. In den letzten Jahren kriegte ich nur noch einen Weihnachtsbrief. Ach, du weißt ja, wie das geht. Wir erinnerten uns gegenseitig an zu viele Dinge, die wir lieber vergessen wollten.«

»Das Lager.«

»Holland, vor allem Holland, glaube ich. Nach dem Krieg hatte sie es hier sehr schwer. Vergiß nicht, Jana und ich waren älter, als es unseren Jahren entsprach, als wir aus Ostindien kamen. Wir hatten gearbeitet, hatten kleine Kinder und Kranke versorgt. Wir waren eigentlich erwachsen. Meine Mutter behandelte mich im Lager als ihresgleichen, sie war meine Freundin, sie ließ mich an all ihren Problemen teilhaben.

In Holland mußten wir wieder parieren. In der Schule zählte unsere Erfahrung nicht, wir wurden wie Dummköpfe behandelt und waren schrecklich im Rückstand. Ich war die Älteste der Klasse, aber auch die Kleinste, nach zweieinhalb Jahren Lager noch genauso klein wie vorher, keinen einzigen Zentimeter gewachsen.

Und wie frech die holländischen Kinder waren! Wir Kolonialkinder waren daran gewöhnt, zu Lehrern respektvoll aufzuschauen. Und was hatten meine Klassenkameraden schon groß erlebt? Den Mund gegen die Moffen aufgerissen, sonst nichts. Ich hatte gesehen, wie Menschen andere Menschen quälten und wie gemein Lagergenossen untereinander sein konnten. Lügen, Stehlen und Betrügen, und nach dem Krieg, in Palembang, sah ich Leichen, zu Tode gesteinigt ... am Fluß, reihenweise. Kein Wort darüber in der Klasse, natürlich nicht, da nahm man sich in acht. Einige Lehrer waren sehr rot, und die hatten die Kinder aus Indonesien gewaltig auf dem Kieker, sie reizten uns mit Geschichten über faule Kolonialherren, für sie waren wir Unterdrücker, Ausbeuter. Und man konnte ja leicht sehen, daß wir aus den Tropen kamen, mit unserer gelben Haut und den hohlen Augen. Auf dem Schulhof wurden wir als ›doppelte Essensmarkenfresser‹ beschimpft. Ich schämte mich zu Tode.«

Els stand auf und ging zur Heizung vor dem Fenster. »Kalt«, sagte sie. Sie lief aus dem Zimmer und kam mit einer grünen Strickjacke zurück.

»Wollte Jana deshalb weg?« fragte ich, als sie sich wieder neben mir auf das Sofa fallen ließ.

»Wir hatten die gleichen Erfahrungen, sie war auch die Älteste ihrer Klasse, und wir beide waren ziemlich frühreif, denke ich. Darüber schrieben wir einander auch. Im Jahr nach der Befreiung hatten wir auf diesem Gebiet so ziemlich alles gesehen. Die Jungens liefen uns in Schwärmen hinterher. Mein Bruder Joost war verknallt in Jana und sie in ihn, aber dein Vater war absolut dagegen. Wenn wir zu euch zu Besuch kamen, durften die beiden nicht mal zusammen zum Strand. Er machte ihre Post auf, sie hatte wirklich kein Leben bei ihm.«

»Aber sie war doch sein Liebling?«

»Ja, buchstäblich.« Els sprang auf und lief in die Küche, aufgeregt und gereizt. »Sorry, sorry, sprechen wir über etwas anderes.« Sie schlug die Tür mit einem Knall hinter sich zu und hantierte lautstark mit den Töpfen.

Töpfe ... unsere Küche, mein Vater in einer Schürze und Jana auf dem Küchenhocker, eine braune Reiskruste in der Hand, immer das Unterste aus dem Topf, für sie der größte Leckerbissen. Jana, die Auserkorene, die einzige mit neuen Kleidern, die mit den meisten Fotos im Familienalbum, die allein mit in Urlaub durfte, Jana im Keukenhof, in Schiphol, vor der Zugbrücke der KMA.

»Was ist dann passiert?« fragte ich, als ich nach einem schüchternen Anklopfen ihre weiße Küche betrat.

»Genau was ich sage«, schnaubte sie, »ach, weißt du, sie waren nicht so verschieden. Jana suchte eine Vaterfigur. Vielleicht hat sie es selbst herausgefordert. Sie wollte auf jeden Fall so schnell wie möglich aus dem Haus, und da hat sie den dummen Errol genommen. Wenn du mich fragst, hat sie ihn noch nicht mal geliebt, aber er wollte auch weg, und ein Junge aus dem Dorf erweckte keinen Argwohn. Sie konnten ihre Flucht hinter dem Rücken deines Vaters planen.« Els verschob einen Topf auf der weißen Kochplatte. Ein roter Kreis glühte auf.

»Dein Vater war ein autoritärer Mann«, sagte sie. »Aber auch anziehend. Und wir waren daran gewöhnt, mit der Gefahr zu flirten.«

»So wie mit den Japsen.«

»Nein, vor den Japsen machten wir uns klein und unsichtbar, beim Appell versteckte ich mich immer irgendwo hinten in der Reihe.«

»Sie waren nett zu Kindern.«

»So ähnlich«, sagte sie rauh, »aber sie waren sehr diszipliniert. Wenn ein Soldat etwas gegen die Regeln tat, wurde er dafür schwer bestraft. Sie respektierten uns, sie schauten nie zu, wenn wir uns wuschen, sehr korrekt. Die Australier und die Briten haben sich nach dem Krieg viel schlimmer aufgeführt.«

»Ada hatte andere Erfahrungen.«

»Das kam vor, ja, es gab immer irgendeinen Idioten dazwischen.«

»War mein Vater so ein Idiot?«

»Er konnte sehr nett sein, sehr charmant, außer wenn er seine Selbstbeherrschung verlor, dann …«

»… konnte er seine Hände nicht bei sich behalten …«

»So ähnlich, ja.«

»Also ein Schuft«, sagte ich laut, »einfach ein Schuft, der seine Grenzen nicht kannte.«

Els flatterte verzweifelt mit den Armen und begann, nervös in einer Schublade herumzusuchen. Ich stellte mich vor sie. »Ein dreckiger Schweinehund, sag's ruhig, schau mich an, mich beleidigst du nicht damit.« Es fehlte nicht viel, und ich hätte meine Faust auf ihre weiße Kochplatte geknallt und die japanische Flagge, die da glühte, in tausend Stücke zerbrochen. Doch zugleich glühte auch Scham in mir auf.

So bin ich also auch, dachte ich, seine Natur steckt in mir. Ich habe seinen Mund und die gleichen düsteren Augen. Ich fühlte mich zu schmuddelig und zu widerwärtig, um noch länger in ihrer Nähe zu bleiben. Weg mußte ich, sofort weg aus diesem weißgekalkten Haus, kein *sajur*, kein Kuß, nur eine höflich erhobene Hand zum Gruß. Meine stille Liebe sollte nicht vor meiner Wollust erschrecken.

4
In Reih und Glied

Ich laufe mit meinem Vater von unserem Haus zum Bahnhof. Wir nehmen den Weg durch den Wald, einen Schlängelpfad an geraden Baumstämmen vorbei. Die Sonne ist schon aufgegangen, aber der Schatten kämpft noch mit dem Licht, die Kiefern stecken ihre Köpfe zusammen, und die See rauscht durch ihre Nadeln. In der Ferne zischt die Lokomotive, mein Vater schaut auf seine Uhr, es ist ein Werktag, er ist 2448 Tage fort aus Indonesien. Er zählt die Tage, sein Kopf ist voll mit Zahlen. Meine Schwestern sind mit dem Fahrrad zur Schule, sieben Kilometer hin und zurück, sie fahren nicht mit der Straßenbahn, denn sie sind tüchtiger als die anderen ostindischen Kinder des Dorfes. Wohl tragen sie lange Strümpfe und dicke Wollmützen, denn ihre Ohren sind zu dünn. Tikketikketik, meine Mutter sitzt schon seit Wochen mit dem Strickzeug am Fenster – sie strickt ein Futter für den Handschutz an ihren Lenkern, es gibt Grenzen für die Kälte, die sie aushalten können. Ich bin der Mann: null Grad und trotzdem eine kurze Hose. Wenn ich es bis Neujahr aushalte, bekomme ich ein *Mekka*-Rad.

Wir kommen zu dem offenen Fleck, wo im Sommer die Rettungspferde grasen. Ein Schleier liegt über dem Gras, der kalte Wind hat die Sträucher weiß bestäubt. Mein Vater macht Gymnastik, ich mache mit, strecken, bücken, einatmen, ausatmen, wir blasen weiße Wölkchen in die kalte Luft. So bekommt sein Herz mehr Platz. Das viele Liegen auf dem Diwan, vor dem Fenster, macht ihn steif, er muß sich mehr bewegen, der Winter ist eine schwere Zeit für ihn. Wir laufen eine Runde um die Wiese, mein Vater schnalzt mit der Zunge. Hü, ich bin ein Rettungspferd.

An den Gleisen knirscht der Kies unter unseren Schuhen, es riecht nach Dampf und verbrannten Kohlen, die Kleinbahn ist gerade weg, der Deich liegt verlassen. Mein Vater sucht einen Stock, er ist müde, sein Mund zittert vor Schmerz.

Der Gas- und Stromableser radelt den Weg unten am Deich entlang, der Lauf seines Gewehrs ragt aus seiner Fahrradtasche. Wir winken, der Mann steigt ab und fragt, ob etwas ist. Mein Vater erzählt ihm, was wir unterwegs gesehen haben: einen Bussard, fett wie eine Gans, ein krankes Kaninchen, das seine gelähmten Hinterläufe durch den Sand zog. Der Gas- und Strommann grinst, er ist der Wilderer des Dorfes, seine Tasche riecht nach Blut, und abends, nach dem Essen, knallen seine Schüsse um unser Haus.

»Ja, die Kaninchenpest hat zugeschlagen«, sagt er, »und der Bussard, wo genau haben Sie den gesehen?«

Mein Vater deutet zum Wald. »Hinten am Wiesenrand.« Der Schmerz verschwindet von seinem Gesicht. Er redet gern mit den Männern des Dorfes, auch wenn sie stur sind, gewöhnt an stille Winter ohne Menschen.

Es hat lange gedauert, bis sie uns grüßten. Sie finden die Repatrianten merkwürdig, sie mögen Fremde nicht, auch wenn sie alle von ihnen leben müssen. »Ich habe zwei Moffen in einem DKW gesehen, sie haben nach den Bunkern herumgesucht«, sagt mein Vater.

»Sie kommen immer zurück, wie Mörder zum Tatort«, sagt der Gas- und Strommann. Er steigt wieder auf, sein rechtes Bein schwingt über das Gewehr. Wir gehen weiter.

»Ich habe sie in die falsche Richtung geschickt«, sagt mein Vater.

»Prima«, ruft der Gas- und Strommann über seine Schulter, er blinzelt mir zu, und ich bin stolz.

Wir gehen auf demselben Weg zurück. Als wir an der

Weide ankommen, frage ich vorsichtig, wo der Bussard saß. »Dort«, sagt er, sein Finger deutet irgendwohin. Nichts zu sehen, auch kein lahmes Kaninchen oder Moffen in einem Auto.

»Wann denn?«

»Gestern.«

»Gestern sind wir niemandem begegnet.«

»Dann war es ein anderer Tag.«

Mein Vater sagt, daß ich nie lügen darf, er lügt jeden Tag.

Die Erinnerungen nagten an meinem Schlaf. Mitten in der Nacht schoß ich hoch, steif vor Haß, oder im Gegenteil schlaff, gelähmt vor Raserei. Und jeden Morgen erschrak ich über meinen verrückten Kopf.

Tagsüber versuchte ich, ruhig und beherrscht zu leben. Kein Alkohol, ein Glas Wein zum Essen, und die Unruhe kam schon hoch. Ich hörte auch auf zu rauchen, zum hundertsten Mal, ich war wieder bei zwei Päckchen am Tag, vielleicht war das die Ursache für meinen schlechten Schlaf. Ich tat meine Arbeit, faxte meiner Freundin und erledigte meine Familienpflichten: Adas Papiere sortieren, regelmäßig in Kanada anrufen und Geld für Janas Arztrechnung überweisen.

Die Gespräche mit meiner Mutter hoben meine Stimmung auch nicht. Sie war nicht in der Lage, am Telefon normal zu sprechen, sie stotterte, wollte immer wieder aufhängen – »Was das kostet, ich höre nach jedem zweiten Wort ein Ticken«. Sie gehörte noch zu der Generation, die sich nicht daran gewöhnen konnte, daß man wegen Kinkerlitzchen über den Ozean telefonierte. Ihre Kontakte mit der Geisterwelt knüpfte sie mit links, aber beim Telofonieren machte sie sich in die Hose.

In jenen Tagen irritierte mich alles: Ich schimpfte auf die Tagesschau, schmiß die Zeitungen in die Ecke. Krieg, Unrecht, Krankheit, ich konnte es nicht länger ertragen, Schwäche kam einfach nicht in Frage, und um mich dagegen zu verteidigen, streute ich Salz in unsere Familienwunden. Spott und Vitriol über das Grab meines Vaters, warum? Meine Wut kriegte ich dadurch nicht in den Griff. Im Gegenteil, ich wehrte mich gegen die Erniedrigungen, die meine Eltern hatten ertragen müssen, und dennoch wollte ich sie strafen, ja, ich verlangte selbst nach Strafe. Ich verstand meine Wut nicht.

Wenn ich es nicht mehr aushielt, nahm ich das Auto und fuhr ans Meer, Vollgas, hundertvierzig Stundenkilometer, wenn's ging, gierig nach einem Strafzettel. Um meine Lungen zu reinigen, lief ich gegen den Wind die Wasserlinie entlang und weigerte mich, der aufsteigenden Flut zu weichen. Ich ruinierte mir die Schuhe und ließ den Sand Blasen auf meine Fersen reiben. Schmerz gab Klarheit, und nasse Füße brachten meinem Kopf Ruhe.

Immer wieder in die Vergangenheit, ich tauschte die eine Versklavung mit der anderen und sehnte mich nach neuen Extremen, nach Nackt-Schwimmen im Oktober zum Beispiel. Auch wieder so eine schöne Erinnerung: der Biß der kalten See und der prickelnde Trost hinterher.

An einem windigen Tag zog ich meine Kleider aus und lief ins Wasser hinein. Mein Fett spannte sich wie ein Panzer um mich, mein Skrotum zog sich in der Kälte zusammen und wurde wieder jung und fest. Die Wellen nahmen mich auf, und meine Füße tanzten über den Boden, ich schwamm. Die Haut um meine Finger schrumpelte, und ich verlor das Gefühl in Armen und Beinen, aber ich schwamm weiter und tauchte in die Wellen. Es war mir egal, ob ein Krampf oder eine Unterströmung mich hinunterzogen.

Und vor mir schwamm mein Vater, nackt, niemand

konnte uns sehen, unsere Kleidungsstücke lagen unter einem Handtuch am Strand. Hinterher würden wir uns gegenseitig trockenreiben. Der Wechsel von Wärme und Kälte war gut für sein Herz. Ich fühlte seine Arme an meinen Beinen streifen, die Härchen bewegten sich in der Strömung. Der Wellenschlag trieb uns auseinander und schob uns wieder zusammen. Sanft war mein Vater im Meer, wo uns Wasser umgab, konnte er mich nicht schlagen.

Ich schwamm in die Vergangenheit und sah die alten Bilder aufsteigen. Es war Winter, und es stürmte. Mein Vater und ich liefen zu dem großen Bunker. Früher hatte er auf der Düne gestanden, ein Lastwagen aus Beton, mit der viereckigen Nase zur See und darüber eine meterbreite Sichtluke, doch ein Wintersturm hatte den Sand unter ihm weggefegt, und seither lag er in zwei Teile gebrochen auf dem Strand. Bei Flut wurde die Nase zu einer Insel in den Wellen.

Die Flut kam auf, mein Vater zog seine Schuhe aus und rollte seine Hosenbeine hoch, ich brauchte nur die Schuhe auszuziehen, es war noch nicht Neujahr, und ich trainierte auf Soldatenbeine. Wir liefen zum vorderen Teil des Bunkers, das Wasser färbte meine Knie lila, die Haut meines Vaters blieb tropengelb. Wir stiegen auf die Nase und warteten, bis das höchste Seegras naß wurde. Wie Haare. Plötzlich ließ sich mein Vater wieder ins Wasser sacken und watete zurück zum Trockenen. Seine Hose wurde bis an die Oberschenkel naß gespritzt, er winkte mir zu, aber ich wagte nicht, ihm nachzuspringen. Er lachte mich aus. Wenn ich nicht sprang, mußte ich sechs Stunden warten. »Bist du ein Breibaby oder ein Kämpfer?« rief er. Ich entschied mich für den Kämpfer und ließ mich hinuntergleiten. Die Wellen berührten meinen Gürtel, mein Vögelchen kroch in der Kälte zusammen, und ich lief bibbernd zum Ufer. Mein Vater gab mir eine Hand und ziepte kräftig an meinen Locken. Ich war ein Kämpfer. Nach Hause, den Wind im Rücken. Die Beine meiner kurzen Hosen scheuerten aneinander, sie sangen ein Soldatenlied.

Regression. Ob ich nun steif aus dem Bett kam oder steif aus dem Meer, mein Geist sprang ohne Hindernis durch die Zeit.

Nach meiner Schwimmpartie schlüpfte ich noch naß in meine Kleider, ich war blaugefroren und fluchte mich zufrieden warm. Bewegen mußte ich mich, rennen, den Wind unter meine nassen Kleider wehen lassen. Ich band meine Schnürsenkel zusammen, hängte mir die Schuhe um den Hals und lief nach Norden, zu den Resten des großen Bunkers. Moffen ärgern, Betonscherben wie Kiesel über das Wasser hüpfen lassen, meinen Vater in den Fluten ertränken, wir würden sehen, was die Vergangenheit noch an Trümmern zu bieten hatte.

Mein Vater war verrückter nach dem Krieg anderer Leute als nach seinem eigenen. Er las Bücher über die deutsche Besatzung, er las die ersten Augenzeugenberichte von Überlebenden der Nazilager, er konnte die Strände des *D-day* aufzählen, genauso wie die niederländischen Bahnhöfe, und in jedem deutschen Badegast sah er einen Lagerbüttel. »Schau, da ist wieder einer«, sagte er, wenn wir im Sommer am Strand trainierten, und deutete auf einen Fettsack, der sich in aller Frühe eine Kuhle grub, oder auf einen Mann mit Holzkrücken und einem hochgesteckten Hosenbein, das im Wind baumelte. Das Wort »Kinderheim«, das in die Schwelle unseres Hauses gemeißelt war, schmierte er mit Zement zu. Die Nachbarn bat er, von deutschen Gästen abzusehen: keine Moffen auf unserem

Gemeinschaftsflur. Und als ich mit meinen Kinderbriefmarken von Haus zu Haus ging, sagte er mir, wo ich auf keinen Fall klingeln durfte, ehemalige Anhänger des NSB, die mit den Nazis kollaboriert hatten, wurden nicht bedient.

Sein Moffenhaß kam aus seinem Bedürfnis nach Anerkennung. Und aus einem tiefen Gefühl der Scham. Verständnis für seinen eigenen Krieg fand er nicht, also teilte er die Empörung über den anderen. Er wollte ebenfalls als guter Patriot durchs Leben gehen. Die ersten Schiffe mit Repatrianten waren noch mit Girlanden und Ansprachen empfangen worden, aber zu der Zeit, als er ankam, stand keine Ehrenwache mehr am Kai. Die Niederlande hatten alle Hände voll zu tun mit dem Wiederaufbau, man wollte von fernen Helden nichts wissen, noch weniger vom drohenden Grollen in Indonesien. Es reichte, man hatte genug Söhne geopfert. Wer dort gekämpft hatte, hatte verloren und sollte lieber den Mund halten.

In seinem zweiten Jahr in den Niederlanden nahm er meine drei Schwestern mit in die Stadt, zum Jahrmarkt. Wir hatten es nicht dick, mein Vater lief noch mit seiner Militärjoppe herum, mit einem orangefarbenen Löwen auf dem Revers und dem KNIL-Abzeichen. Es war der erste niederländische Jahrmarkt in ihrem Leben, meine Schwestern trugen ihre orangefarbenen Schleifen, und die großen Jungen riefen ihnen »Blaue« nach. Sie lachten darüber, denn sie fühlten sich so Oranje und glaubten, daß sei ein anderes Wort für Adel. Doch sie mußten nicht lachen, als die Jungen meinen Vater Ploppermörder schalten, dieses Wort kannten sie alle vier: *pelopor*, ein Eingeborener, der sich gegen die niederländische Obrigkeit widersetzt.

Es tat meinem Vater weh, daß er keinen Status besaß, keinen Job, keine stolze Vergangenheit, nur einen Bastardsohn und eine Frau mit drei braunen Kindern, vom

Reichsrepatriantendienst in ein requiriertes ehemaliges Kinderheim am Meer abgeschoben.

Mein Vater war so naiv gewesen, sich nicht für dienstuntauglich erklären zu lassen. Kurz nach dem Lager reichte er seinen Abschied ein. Wie sehr das Vaterland auch Leute brauchte, um sie gegen die nationalistischen Aufständischen einzusetzen, er brachte es nicht mehr fertig, sich zu melden. Aber auf diese Weise wahrte er seine Würde. Als Dank für vierzehn Jahre treue Dienste zog ein Vorgesetzter die Kosten der im Krieg verlorengegangenen Reichskleidung von seiner Zulage ab: 1 Uniformmütze, 1 Joppe, 2 Oberhemden, 1 Hose, 1 Anzug, 1 Paar Schuhe, 2 Paar Socken, Hosenträger, Pullover, Seesack, 3 Taschentücher.

Das war wirklich der Gipfel, sagte er, und wenn meine Mutter davon anfing, trat ihr der Schaum auf die Lippen. Aber mein Vater beklagte sich nicht, dafür fühlte er sich zu schuldig. Wohl hat er diese Liste lange aufbewahrt und manchmal bei Familienessen vorgelesen: die Quittung für einen Feldwebel, der mit einem Lendentuch aus dem Lager kam und nach dreieinhalb Jahren Internierung keine Kraft mehr hatte, *pelopors* zu ermorden. Auch das tat weh. Der Charmeur, der jeden mit ein paar Worten um den Finger wickeln konnte, der so ungeheuer gut feilschen konnte, hatte mit seiner Gesundheit bezahlt und kaum etwas dafür zurückbekommen. Ja, einen Mantel für die Überfahrt, eine silberne Ehrenmünze und ein paar kupferne Medaillen und eine schäbige Pension.

Ihm fehlte die Anerkennung, und wenn er schon nicht die Ehre teilen konnte, so doch den Haß gegen einen Feind, der ihm nichts getan hatte.

Die Scham saß tiefer, doch das konnte ich erst später verstehen, nachdem ich Berichte von Menschen gelesen hatte, die aus Vernichtungslagern zurückgekommen waren oder große Katastrophen überlebt hatten. Warum sind die anderen tot und ich nicht? lautete ihre Frage. Auch mein Vater schämte sich dafür, daß er Glück gehabt hatte und noch lebte.

Am Strand, auf dem Weg zum Bunker, mit meinen auf der Brust tanzenden Schuhen und dem weißen Flugsand in den Haaren, dachte ich an eines der vielen Theaterstücke, die ich als Kind nach der sonntäglichen Reistafel aufführte. Selbstgemachte Sketche, oft nichts anderes als ausgearbeitete Witze, die ich irgendwo gehört oder gelesen oder selbst gemacht hatte. Scham kannte ich nicht; wenn ich meine Rolle spielte und ein anderer war, fühlte ich mich sicher. Es war die einzige Methode, Erwachsene zum Zuhören zu zwingen. Ein Klacks mütterliche Creme, und ich bekam die weißen Wangen eines Clowns, Puder in den Locken, und ich sah aus wie eine alte grauhaarige Frau, ein Augenbrauenstift verhalf mir zu Schnurrbart und Bart. Die schönste Rolle: meines Vaters Militärjoppe angezogen, das Gesicht mit Kaffeesatz gebräunt, die Medaillen aus dem Nähkörbchen – »niemals das Band allein, sondern immer zugleich auch das Ehrenzeichen sichtbar«, stand auf der dazugehörigen Urkunde –, und ich war ein Kämpfer wie auf den vergilbten Fotos: ein tapferer KNIL-Soldat.

Ich marschierte mit Riesenschritten über die Schwellen einer eingebildeten Bahnstrecke, bohrte Löcher mit einem Spiralbohrer und schlug die Bolzen mit einem Hammer ins Holz. So schuftete ein Kriegsgefangener beim Bau der Japsenbahnlinie. Dann zog ich meine Jacke aus, steckte die Beine in die Armlöcher, stopfte mir die Rockschöße in die Hose und marschierte als fanatischer Japs durch das Coupé. Ich verkaufte jedem eine Fahrkarte für ein *kwartje*, setzte mich auf den vordersten leeren Stuhl, pfiff wie eine Lokomotive und fiel mit Stuhl und allem um. Entgleist, das war der Witz: Jeder war sein *kwartje* los. Meine Version seines Kriegs.

Beim ersten Mal konnte mein Vater noch darüber lachen, denn er hatte die Geschichte selbst so bei Tisch erzählt. Was hatten sie dort im Inneren Sumatras nicht gelacht. Die Schwellen waren in der Regenzeit gelegt worden, achtzehnhundert Meter pro Tag, Tausende von Männern im Schlamm, und als das erste Mal ein Zug darüberfuhr, glitt die Lokomotive von der Böschung, so schlecht war das Fundament und so dumm waren die Japse. Diese *klojangs*, diese Trottel. Ha-ha-ha. Ein Grund, um noch einmal laut die Sambalnase zu schneuzen, kräftig zu rülpsen und sich vor Vergnügen auf den Bauch zu trommeln.

Als ich den Sketch in mein festes Repertoire aufnahm, bekam er Schwierigkeiten damit. Die Nachbarn hatten es auch schon gesehen. Ich zerknittere seine Joppe, sagte er. »Viele Soldaten haben große Dinge in ihrer Uniform geleistet, das darfst du nie vergessen.« Aus mit dem Spiel. Man durfte keinen Spott mit einer Uniformjacke treiben, außerdem hielt ich den Rücken nicht gerade, mit einer solchen Haltung konnte ich nie einen Soldaten darstellen.

Und die Medaillen? Sie kamen für immer hinter Schloß und Riegel, sie gehörten auf keine Brust, auch nicht am vierten Mai. Ebenso die Urkunden. Er hatte sie nicht wirklich verdient, sagte er, denn er blieb am Leben, aber seine Freunde – wahre Helden, phantastische Männer und ›großartige Kerle‹ –, seine Freunde waren tot. Nicht lange danach verarbeitete meine Mutter seine Militärjacke zu einer kurzen Jungenhose.

Es dunkelte schon früh an jenem Tag im Oktober, und ich konnte den Bunker nicht mehr finden, kein Fundament, nichts, keine Spur. Doch war ich mir ganz sicher, daß es hier war, denn ich erkannte die hölzernen Wellenbrecher wieder, die Küste war hier schwach, und die See brach oft durch. Ich stapfte in die Dünen hinein, suchte nach Kieselsteinen und Betonbrocken und sah unser altes Haus in der Ferne liegen.

Hintenherum war immer der schnellste Weg ins Dorf, im Windschatten, quer durch die Brutplätze, wo einem im Frühjahr die Möwen nach den Haaren pickten. Licht brannte, und das breite Dach war eine dunkle Bake.

Ich betrat unseren alten Hof, das Kinderheim lag noch immer frei im Sand, Disteln und Helmgras bildeten den einzigen Zaun, und ich konnte es mir nicht verkneifen, schnell an der Hintertür zu fühlen, ob der nie verwendete Briefschlitz noch da war, der ovale kupferne Mund, durch den der Wind heulte und den meine Mutter mit der Taschenklappe von der Militärjacke meines Vaters zugenagelt hatte. Weg war der Briefschlitz.

Ich hörte Stimmen in der Küche, und als ich am vorderen Fenster vorbeischlich, sah ich einen Jungen den Tisch decken. Ich weiß nicht, wie lange ich dort gestanden habe.

Zu Tisch. Links die Gabeln, Spitzen nach oben, rechts die Löffel, gewölbte Seite nach unten, nein, keine Messer, wir essen Reis, wohl aber die Kristallgläser der Waldenser, immer Wasser zum scharfen Essen, auch rechts, genau wie die Servietten, Obstmesser über dem Teller, alles gerade und mit dem Zentimetermaß nachgemessen. Ich rieche angebrannten Reis, und jetzt darf ich die Kruste mit Zucker haben. Mein Magen knurrt. Zu Tisch.

So wie ein Mof seinen alten Bunker sucht, so suchte ich an jenem Abend den vertrauten Geschmack. Indonesisches Essen in der Stadt, eine imaginäre Mahlzeit mit meinem Vater. Ich sehnte mich nach scharfem Essen, scharfem Furzen, nach einem brennenden Mund und Schweiß, der einem über die Schläfen läuft. Den innerlichen Brand mit süßer Kokosmilch gelöscht. Eine Küche der Extreme.

Wir bestellten die größte Reistafel auf der Speisekarte,

zweiundzwanzig Schälchen für zwei Mann und einen Esser, mit zusätzlichem »Sambal von Mama«, wie der Ober es nannte. Der Sand, den mir der Wind in die Haare geweht hatte, schabte auf der Tischdecke. Genau wie früher, wunderbar gemütlich. Ich schlug vor, über den Krieg zu sprechen, sein verschwiegenstes und doch am meisten geliebtes Tischthema.

»Hier, Pap, eine Nelkenzigarette, ein Glas Bier – ja, das hast du dir früher nicht geleistet, aber solcher Luxus ist jetzt normal. Ich habe gerade aufgehört, aber laß uns heute abend ruhig sündigen. Beherrschen dauert bei mir niemals lange, schon als Junge ist es mir nicht gelungen, meinen Schmerz oder meine Wut länger als sechzig Sekunden zu unterdrücken ... Zählen, weißt du noch, danach warst du verrückt. Acht Tage nicht rauchen und trinken, wieviel Sekunden sind das? Du warst immer härter mit dir selbst, obwohl ...

Nein, sei still, ich bin heute abend hier der Rechenmeister. An diesem Tisch spreche ich auch für dich.

Also der Krieg. Vorhang!

Das Bühnenbild. Dieses Messer ist Java, die Gabel Sumatra – so, ich lege sie schön schief –, und diese Sandkörner hier sind die Mentawai-Inseln. Das Schälchen *sajurcurry* ist der Indische Ozean. Wo bist du nun genau torpediert worden? Im *sajur*, vor der Westküste Sumatras oder südlicher, beim Sunda-Graben? Nun ja, über Längengrade streiten wir nicht. Wir werden eine spannende Geschichte daraus machen.

Krieg war für dich eine große Gebärde, nichts für Philister, Krieg war ein Lobgesang auf Kameradschaft und Heldenmut. Elend wischtest du einfach weg. Mißhandlung, Erniedrigung, nein ... alles, was die Japse taten, war ein großer Witz, sogar im Gefängnis habt ihr noch eure Späße getrieben, und was habt ihr gesungen. Du verschwiegst, daß es im Lager täglich Dutzende von Toten gab. Hunger? Neben deiner Portion Stärke, Reis und Kohlblätter konntest du dir selbst was kochen: gebackene Fledermäuse, Rattenfleisch, Python und Brot aus Kautschukmehl. *Adu,* ja, du hast Glück gehabt. Weißt du noch, wie du nach einem Wolkenbruch in eine überschwemmte Kochstelle getreten bist? Bis zum Kinn im Matsch. Deine Truppe platzte fast vor Lachen. Als der Regen aufhörte, liefen die Latrinen über, und ihr seid bis zur Taille in Scheiße gewatet. Und dann der Kerl, der durch den Gestank betäubt rückwärts in die Latrine fiel und fast in der Jauche ersoff.

Krieg war buchstäblich Scheiße, und das durfte bei Tisch gesagt werden. In Indonesien sprach jeder über Scheiße, auch daheim wuschst du dir den Hintern noch mit der linken Hand, wie weich das Klopapier auch sein mochte, die Reinigung mit der Wasserflasche fandest du hygienischer. Hast du mich deshalb immer nur mit der rechten Hand geschlagen? Du warst dabei sehr geschickt, hast deine Handfläche vor meinen Augen wie einen Schmetterling umdrehen können. Ich kann es kaum vormachen. Du hattest biegsame Handgelenke, und nach dem Schlagen recktest du die Finger hoch, als ob du einen knarrenden Handschuh auszögest.

Du hast Geschichten wie Märchen aus dem Ärmel geschüttelt, hast Leute nachgemacht, besonders ihre Stimmen, und mußtest selbst am lautesten darüber lachen. Ich war zu jung, um zu begreifen, wie bitter deine Witze waren. Und fragen durfte ich nicht. Du warst der Feldwebel bei Tisch, du hast das Wort geführt.

Komm her mit deinem Teller, soll ich dir etwas auftun? So, ein Batzen *lontong*, etwas *rendang*, ein Toter kann wohl etwas Herzhaftes brauchen. Wie wär's mit einem Stück Huhn, vielleicht das Schenkelchen? Schade, die Klaue ist weg, auch der Kopf, du kannst ihn dir nicht auf den Finger stecken. Doch selbst wenn du es tun würdest, kikeriki, der rohe Hühnerkopf, unter einer Falte der Tischdecke versteckt und unerwartet unter meine Nase geschoben, kikeriki, mir machst du keine Angst mehr.

Nein, halte deinen Schnabel, wir sprechen nicht mit vollem Mund, und wisch dir die Lippen ab, bevor du trinkst. Deine Gabel ist keine Fahnenstange. Was? Frech? So hast du mich nicht erzogen? Warte nur bis zum Ende, du wirst dich noch wundern, wieviel Anstand ich habe.

Ich werde dir eine Geschichte erzählen, so wie du es getan hast. Jetzt setze ich mich hin, wie du, auf die Stuhlkante, die Beine breit, Knopf auf, ich mache dein Gesicht – Kinn nach vorn –, ich lasse meine Augen blitzen und suche deine Stimme wie einen Sender auf einem alten Radioapparat. Noch eine Spur indischer als der Kellner, dachte ich, und jedes Wort deutlich artikuliert, vor allem die n's am Ende und ein doppelter Diphthong, wah, wah … nicht?

Da hab ich dich, ich packe dich an der Zunge. Hör mal! Du sprichst in mir, du wählst meine Worte, deine Stimme klingt laut aus dem Schalltrichter meiner Erinnerung.«

»Wußtest du, daß man vom Schwimmen seekrank werden kann? Ja, Kerl, durch die hohen Wellen. (Immer nanntest du mich Kerl, ich war schon in der Wiege ein Kerl.) Haushohe Wellen, nicht wie die lahme Brandung hier, wir tauchten auf und nieder, Kopf hoch, Kopf unter, nur ein Brett, an dem wir uns festhielten. Die Wellen waren wilde Pferde, die uns von ihrem Rücken werfen wollten.

Und Durst! Nur Wasser um uns herum, und doch Durst, ich wollte trinken, aber das Wasser war rot, Wolken roten Wassers um uns herum, und ich sah Haifischflossen um die Ertrinkenden kreisen, und das Wasser spritze hoch auf. Fontänen aus Blut. Und wieder schaute ich hin und sah, daß das Wasser heller wurde, von Rot nach Blaugrün, nach Glasweiß. Ich trank und kotzte es gleich wieder aus. Pfui, nicht zu trinken, so salzig.

Wir hingen zu dritt an einer Planke, ein Schotte, ein Holländer und ich, und die Planke war keinen Meter lang und vielleicht drei Hand breit, ein paar Daumen dick... Einen Abend, eine Nacht... Das rauhe Holz scheuerte einem die Haut auf, richtig festhalten ging nicht, das Meer war lauwarm, aber der Nachtwind in den Tropen kann kalt sein, Kerl. Unsere Arme waren steif und verkrampft, wir klemmten das Holz unter die Achseln und strampelten wie Verrückte im Wasser.

Wir mußten aufpassen, daß sich nicht noch jemand an unsere Planke hängte, einer mehr, und es wäre aus gewesen mit uns allen. Schlafen, wir durften auf keinen Fall schlafen, egal wie erschöpft wir waren. Auf dem Schiff hatte ich drei Nächte kein Auge zugetan, zu stickig und zu voll, man konnte nicht liegen, man klebte aneinander, und das Gehämmer der Schiffsmotoren und das Geheule der Javanesen war zum Verrücktwerden.

Als sich der Wind legte, wiegte uns das Wasser in den Schlaf, wir versuchten, uns wach zu halten durch Singen, Fluchen, lautes Beten, trotzdem dämmerten wir immer wieder weg, das einzige, was half, war kneifen oder schlagen. Ein kräftiger Klaps, ja, der hielt einen wach. Ich sah auch nicht mehr gut, tagsüber glitzerte die Sonne auf dem Wasser, man wurde geblendet davon, und das Salz brannte einem in den Augen.

Auch nach der zweiten Nacht hofften wir weiterhin auf Rettung, wir spähten über das Wasser und versuchten, die Aufmerksamkeit der Eskorteschiffe auf uns zu lenken. Sie holten die Japse aus dem Wasser, ganze Flöße und Schaluppen voller Japse, sie sahen uns wohl, aber wir drei waren den Aufwand sicher nicht wert, sie fuhren vorbei, sosehr wir auch winkten und schrien.

Am dritten Tag, oder am zweiten, ich weiß es nicht mehr, kam ein Sturm auf. Keine Rauchfahne, kein Schiff am Horizont. Wir versuchten, einen vorbeitreibenden Schiffsbalken an unserer Planke festzubinden, um mehr Treibvermögen zu bekommen, aber unsere Finger waren zu kaputt, um die Riemen von den umhertreibenden Tornistern loszumachen. Es begann zu regnen, Süßwasser, mit offenen Mündern ließen wir es über uns strömen. Ich leckte mein Gesicht wie eine Katze, der Wind ließ uns steif werden, es war ein eiskalter Regen. Stunden davor hatte uns die Sonne verbrannt und ausgetrocknet. Scottie drohte zwischen uns wegzurutschen, wir zogen ihn hoch, ich biß ihm ins Ohr und schimpfte ihn wach, so taumelten wir, bis ein Kanonenboot auf uns zufuhr.

Ich erinnere mich noch an einen Bootshaken in unserer Planke, eine Hand, eine Japsenhand, und ein dreckiges Grinsen. Ich wurde auf Deck geworfen und schrammte über einen Nagel oder einen Haken, etwas riß mir den Rücken auf, das weiß ich noch. Ein warmer Strahl lief über meine Lenden, ich bekam einen Tritt, und in diesem Moment ließ ich mich gehen. Ich war leer, das letzte bißchen Kraft tropfte aus mir heraus, meine Beine glitten wieder ins Wasser zurück, und ich wehrte mich nicht. Bis mich jemand an den Schultern hochzog. Ich hob den Kopf und sah eine weiße Erscheinung, strahlend in der glühenden Sonne. Das ist ein Engel, dachte ich, nun bin ich tot.

Und weißt du, was es war? Ein britischer Offizier in einer weißen Tropenuniform mit blankgeputzten Messingknöpfen und weißgekalkten Schuhen. Und weißt du, was er sagte: ›*Worse things happen at sea.*‹ Als wäre er Neptun selbst mit seiner steifen Oberlippe. Und dieser Kerl hielt mich aufrecht. Er schleppte während der ganzen Überfahrt ein kleines Köfferchen mit sich, und auch wenn die anderen schimpften, sein *barang* nehme zu viel Platz ein, er ließ es nicht los. In diesem Köfferchen trug er seinen Stolz. Ins Lager hinein, aus dem Lager heraus, von Flores und Ambon nach Java, schon seit zwei Jahren, er hungerte lieber, als daß er es verkauft hätte. Andere Gefangene versuchten es zu stehlen, manche nahmen an, er habe Geld oder Schmuck bei sich, aber in dem Köfferchen waren nur eine weiße Hose, eine weiße Jacke und ein paar Schuhe. Seine Reserveuniform. Er wollte sie aufheben, um seine Befreier korrekt gekleidet zu empfangen, aber als er dort halb nackt zwischen den Japsen stand, beschloß er, die Sachen für uns anzuziehen, für die Kerle, die es geschafft hatten.

Und dieser Mann wurde mein Freund, der Schutzengel, der mir half. Er trug mich an Land, laufen ging nicht mehr, er nahm mich halb auf den Rücken und schleppte mich bis zum Gefängnis. Dann holten ihn die Japse aus der Reihe, das war das letzte, was ich von ihm sah, ein weißer Fleck im Abendlicht.«

So war es doch, Pap? So hast du es uns doch an unserem langen Tisch immer wieder erzählt, mit einem Hauch mehr Malaiisch drin, tut mir leid, es ist wenig hängengeblieben. Du am Kopfende, verdeckt von dampfenden Schüsseln, den Löffel in der Hand zum Auftun, der Besuch bekam die leckersten Stücke. Nun, da du tot bist, wage ich es, dir lange in die Augen zu schauen, mit den Jahren sind sie weniger schwarz und streng geworden; wie auf deinem Foto hinter Glas: Die Sonne hat es ausgebleicht. Unsere Sonne ist stärker, als du gedacht hast.

Ich tu noch etwas auf, wenn es dir recht ist, ich färbe den Reis rot mit Sambal, Blut, und ich schnaufe vor Genuß.

Du hast in deinen Geschichten viel verändert, manchmal war es keine Planke, auf der du triebst, sondern ein Floß, mit Tornisterriemen zusammengehalten; auch lagst du schon mal länger im Wasser, oder das Wetter war anders. Vollmond und ein Meer, das auf wundersame Weise zur Ruhe kam, so daß das Lamentieren der *romushas*, der javanischen Lohnsklaven, bis weit über das Wasser klang. Aber deine Geschichte war immer spannend, du wolltest, daß wir darüber lachten, auch wenn wir uns eher gruselten.

Der javanische Junge, weißt du noch, plötzlich fällt er mir wieder ein. Er wurde an einem Bein hochgehievt, das andere war von einem Hai abgerissen worden. Ein Pfleger wollte den blutenden Stumpf mit einem Seil abbinden, aber die Japaner erlaubten es nicht: Ein liegender Schiffbrüchiger nahm den Platz von drei Stehenden, also über Bord mit ihm.

Wir aßen deswegen keinen Bissen weniger. Drohte ein Schluchzer oder fummelten Hände nervös an Servietten, zaubertest du einen Rotterdamer Heizer aus deiner Stimme hervor, einen Spaßvogel, der vor der Nase der Japaner mir nichts, dir nichts von Bord sprang. »Ich schwimme nach Hause«, rief er noch, er kam aber nur ein paar hundert Meter weit, da fischten ihn die Japaner wieder heraus und warfen ihn nach einer Tracht Prügel in den tiefsten Laderaum. Hat eigentlich der Heizer Rotterdam je wiedergesehen?

Auch wenn du im Winter meinen Schlitten nicht ziehen konntest und mit dem Drachen die Düne nicht hinaufkamst, bei Tisch warst du der tollste Vater des Dorfes.

Wir bestellen noch ein Glas Bier. Trink, Mann, wirf den anthroposophischen Unsinn über Bord, auch Gemüse vergärt zu Alkohol in deinen Därmen, kein Arzt, der dir hier etwas verbietet. Heute abend schreibe ich dich gesund, mein Füller und ich sind hier die Herren.

Ja, ich habe angefangen zu schreiben, das Alphabet, das du mir mit dem Lineal eingebläut hast, ist hängengeblieben, im nachhinein danke. Ich mache noch immer Rechtschreibfehler, aber meine Sätze sind flüssig. Du wolltest, daß ich mit vier schon lesen und schreiben konnte, es ist dir gelungen. Lange Wörter mußte ich ohne Stottern aussprechen, Rhythmus, darum ging es. Ich mußte die Sätze im Rhythmus deines Lineals lesen, jede zweite Zeile ... tick. *Robin, der Riese*, so hieß mein erstes Buch, und wir lasen es zu Ende. Wir haben es noch gefeiert, mit einem Kinobesuch, *Gullivers Reisen*, auch ein Riese, mit Kokosmakronen und hinterher Saft. (Die Makronen mit einer dicken Oblate drunter, du machtest noch Witze über die Hostien der Katholiken.) Ich konnte die erste Klasse überspringen. Robin ist noch immer mein Held, ein Riese, der die Menschen auf seiner Hand tanzen lassen konnte. Das kann ich auch, mach die Augen zu ...

... ich gebe dir ein Paar Schuhe – schwarz, *»a gentleman never wears brown«*, ich respektiere deinen Geschmack –, du bekommst einen neuen Anzug, laß deine Sargkleider ruhig auslüften. Ich bringe dich nach Palembang, ins europäische Viertel, in die Straße, in der meine zukünftige Mutter wohnt. Du hältst eine Blume in der Hand, gib sie ihr, kneif nicht in den Stengel, sei behutsam. Bitte sie um einen Tanz. Siehst du, was für ein Riese ich bin, ich kann dich tanzen lassen, auf der Straße, so richtig zwischen Hinz und Kunz, das war dir immer zuwider; ohne Jacke, das Hemd klebt dir auf dem Rücken, und pumpe nicht so mit den Armen, dreh dich, Mann, dreh dich zum Rhythmus meiner Sätze ...

Was? Zu müde? Du kannst nicht mehr, dein Herz – schon damals? Du darfst erst ausruhen, wenn ich es will, ich lasse dich tanzen, ich lasse dich sterben, aber das habe ich ja schon getan. Vorläufig stehst du mitten im Leben.

Ich habe mich auf die Suche nach der Vergangenheit gemacht, Pap, vieles ist anders, als ich gedacht habe. Ich fragte unsere Familie, aber ich höre widersprüchliche Geschichten. Unsere Mutter möchte so gerne vergessen, und sie hat Glück; so wie die schräg stehende Sonne dein Foto ausgebleicht hat, so wischen die Jahre ihre Erinnerungen fort. Ich mußte mich bei anderen erkundigen.

Vor ungefähr zehn Jahren schrieb ich eine Erzählung über meine Kinderjahre am Meer, ich hatte noch nie den Namen Pakan Baru gehört und ich hatte auch keine Ahnung, wann und wo du torpediert worden bist. Ich schrieb nur über dein Floß oder über die Planke, ich weiß nicht mehr, wie viele Tage ich dich damals umhertreiben ließ, einen, zwei oder drei? Ich lüge gerne gemeinsam mit dir, wenn ich dein Leben nacherzähle.

Ich erhielt den Brief eines Lesers, der die Geschichte deiner Torpedierung wiedererkannt hatte. Er schrieb: »Das Schiff, auf dem Ihr Vater war, hieß ›Junyo Maru‹ und war von Tandjung Priok, dem Hafen von Batavia, auf dem Weg nach Sumatra. Am Montag, dem 18. September 1944, wurde es torpediert. Von den 2300 Kriegsgefangenen, die in Priok an Bord gingen, standen am Ende noch 680 auf dem Appell, von den 4200 angeworbenen *romushas* haben 200 die Katastrophe überlebt. 5620 Tote insgesamt, 880 Überlebende, in der folgenden Woche sollten noch über dreißig an Erschöpfung sterben. Die Todesbahnlinie Pakan Baru, wo die Überlebenden schließlich mit Tausenden anderer Kriegsgefangener landeten, verlangte auch ihren Zoll: Die Sterberate unter den militärischen Gefangenen betrug 36,9 %, unter den *romushas* 83,3 %.«

Ein Pedant, dieser Mann, er hat eure Toten bis auf die Zahl hinter dem Komma genau auseinandersortiert. Ehre, wem Ehre gebührt. Und dabei hatte ich der Torpedierung nur knapp einen Abschnitt gewidmet. Der Name des Schiffes wurde bei uns am Tisch nie genannt, und daß es so viele Tote gegeben hatte, wußte ich nicht. Mutter konnte sich auch nicht mehr entsinnen, aber beim Klang »Junyo Maru« begann es ihr vage zu dämmern.

Ich habe jenem Mann erst ein Jahr später geantwortet und geschrieben, ich würde ihn gerne einmal aufsuchen. Natürlich habe ich das nie getan. Zu faul, Angst vor der Wahrheit? Keine Ahnung. Ich bin auch nie nach Indonesien gefahren, obwohl ich oft die Gelegenheit dazu gehabt hätte; die Familienlügen paßten mir eigentlich gut in den Kram, sie waren zu allem zu gebrauchen.

Nach Adas Tod habe ich weitergegraben. Ich las Bücher über Pakan Baru, ich begegnete deinem Namen auf den Listen derer, welche die Torpedierung überlebt hatten, und ich schrieb an Zeugen. Die wenigen, die sich an dich erinnerten, habe ich aufgesucht. Stramme Herren, die nachmittags beim Tee für mich erneut in den Indischen Ozean tauchen wollten. Aber es war doch zu lange her, sie brachten Namen und Fakten durcheinander und sannen am liebsten über ihre eigenen Heldentaten nach. (Wenn ich dann bei ihnen im Wohnzimmer saß und sah, wie sie mit geschlossenen Augen in ihrem Gedächtnis kramten, dann saßest du mir als alter Mann gegenüber. Und ich schämte mich, daß ich nie Militärdienst geleistet hatte und kein richtiger Kerl geworden war. Wie hast du das bloß geschafft?) Ihre Hände waren alt und sehnig, mit Sonnenflecken von den Tropenjahren, ich wagte nicht zu fragen, ob auch sie ihre Kinder schlugen. Einer wie der andere kamen sie mir wie freundliche Väter vor.

Schließlich landete ich bei einem Herrn in Limburg, der sagte, er sei dein Stubenkamerad bei der Infanterie in Batavia gewesen. Die Motten fraßen schon an seinem Gedächtnis, er wußte nicht viel über dich zu erzählen. Er hielt dich für einen »korrekten Kerl«. »Nachdem ich für den Transport bestimmt war, bekam ich einen schweren Malariaanfall, ich konnte kaum gehen, und es sah schlecht für mich aus. Ihr Vater hat damals einen japanischen Bewacher porträtiert, für ein bißchen Chinin. Er konnte die Japsen heldenhafter malen, als sie waren, das hatte er drauf, seine Zeichnungen fanden unter den Bewachern reißenden Absatz. Mit diesem Talent hat er, glaube ich, ziemlich viel erreicht.« Schön von dir. Beim Abschied sagte der Mann noch, daß ich dir ähnlich sähe. »Nur glaube ich, daß Ihr Vater viel kleiner war.« Und dafür sitzt man einen ganzen Tag im Auto.

Alles in allem konnte ich aus den verschiedenen Geschichten dennoch deinen Transport nach Sumatra rekonstruieren.

In Reih und Glied. Du trittst auf dem Kasernenhof des früheren Zehnten Infanteriebataillons in Batavia an.

Hunderte ausgemergelter Kriegsgefangener sind aus allen möglichen Lagern in Batavia zusammengebracht und für einen Transport mit unbekanntem Ziel ausgewählt worden. Appell. Zählen und nochmals Zählen, stundenlang ... *itch, ni, sang, shi, go*. Die Verwirrung ist groß, ohne Rechenbrett gelingt es nicht. Man wird verrückt von dem Gebrüll. Zivilisten und Militärs beieinander, Holländer, Briten, Amerikaner, einige Australier und eine Gruppe eingeborener KNIL-Soldaten, die, trotz falscher Versprechungen der Japaner, ihr Vertrauen zur niederländischen Obrigkeit mit Kriegsgefangenschaft krönen dürfen.

Du hast schon zweieinhalb Jahre Lager hinter dir. Irgendwo auf Java vermutlich, dort gingst du auf die Militärschule, dort wirst du wohl hängengeblieben sein; die Quellen lassen mich hier im Stich. Erstaunlich, daß du noch auf Java warst, die meisten jungen Männer waren schon abtransportiert worden, wie alt warst du, neunundzwanzig? Vielleicht haben sie dich übersehen.

Du marschierst durch die unbeleuchteten Straßen von Batavia, es ist früh, eine schweigende Menge bewegt sich

Richtung Bahnhof. Die Häuser werfen das Echo von Hunderten hölzerner Sandalen zurück. Deine Soldatenschuhe hast du schon vor langer Zeit hinter dir gelassen, die aus Autoreifen geschnittenen Gummiriemen schneiden dir in den Spann. Du atmest den Geruch des Marktes ein, Öllämpchen qualmen in den Verkaufsständen, das Marktvolk schaut schweigend zu.

Wie war es, so durch die eigene Stadt zu laufen? Hatte dein Vater dort nicht ein Beerdigungsunternehmen mit einem Gestüt? Autos und Kutschen mehr als genug, als Junge liefst du dir die Sohlen nicht ab, und wenn das Geschäft mit den Toten mal stockte, änderte dein Vater die Vorhänge und fuhr Brautleute. Jetzt hätten gute Zeiten für die Firma sein können, so viele starben sonst nie, aber nun saßen andere am Hebel. Du mußtest dich vor den Japanern verbeugen, das war erniedrigend für dich. Und doch, für sie ist es ein normaler Gruß. Wie oft hast du als Kind nicht zugelassen, daß ein Eingeborener vor dir in die Hocke ging?

Du kennst die Straßen aus deiner reichen Kinderzeit, du bist mit deines Vaters Pferden hier geritten, und die Knechte sind neben dir hergerannt. Sonntags mit einer vierspännigen Kutsche, hü, an den Kampongs vorbei, wie erhaben fühltest du dich da, hü, zu den Pflanzern in den Bergen, Sonne, Aussicht und hundert Blumendüfte in der Nase.

Sentimentale Erinnerungen helfen dir jetzt kein bißchen, du mußt laufen. Du bist für diesen Transport ausgesucht, und fertig. Vor ein paar Tagen bist du mit deiner Scheiße in der Hand an den Japsen vorbeigegangen. Ruhrparade, dein Stuhl auf einem Stück Zellophanpapier, um zu zeigen, ob du gesund genug bist für den Job. Du hast simuliert, wer tat das nicht? Eine dünne Hundewurst oder gemahlene Erdnüsse wirkten Wunder. Wer Ruhr hatte, konnte seine Ausscheidung gut verkaufen, dann brauchte man nicht mit, und wer keine Scheiße mit Blut erwischte, holte sich einen Klacks Rotz von einem erkälteten Kameraden, am besten mit Blutspuren darin. Doch als du vorbeigingst, schauten diese verdammten Schlitzaugenjapse nicht hin. Dich hat's erwischt. Hü, in den Waggon.

Die Lokomotive steht mit der Nase Richtung Norden, das wird ein Transport übers Meer, sagen die Kriegsgefangenen, die von anderen Inseln kommen. Sie erzählen Geschichten über bombardierte und torpedierte Schiffe. Fast niemand will ihnen glauben. Ihr habt alle ein *klambu* mitbekommen, ein Moskitonetz, und nun erwartet ihr, daß es in wärmere Landstriche geht. Nach einer Reise in einem Waggon mit verdunkelten Fenstern riechst du das Meer, trotz des Erbrochenen und des Durchfalls der Ruhrpatienten. Ihr marschiert zum Binnenhafen und wartet und wartet.

Da stolpern die *romushas* heran, ausgemergelte Javaner in Lumpen, einige sind mit stinkenden Wunden bedeckt. Sie haben für fünf Gulden ihr Leben verkauft, die meisten sind vom Dorfältesten aus ihren Hütten geholt und zum Transport bestimmt worden. Alte Männer, Kinder, das ist egal, sogar ein Junge von sieben ist dabei.

(Über solche Dinge sprachen deine alten Kameraden nicht mit mir, das holte ich mir aus Archiven und aus Büchern. Ein Mann sagte: »Mit den Jahren schiebt man viel weg aus der Erinnerung, man hat genug mit dem eigenen Elend zu tun, mit Mitleid kann man nicht überleben.« Hast du die Kinder gesehen? Oder schläfst du mit offenen Augen?)

Es ist heller Tag, aber du hast keine Ahnung, wo du bist. Für dich sind Binnenhäfen Territorium der Kulis. Die ›Junyo Maru‹, ein rostiges Wrack, schaukelt am Kai. Es dauert nicht lange, dann schlagen und stoßen die japanischen und koreanischen Bewacher euch in die Laderäume. Das Schiff legt ab und geht stundenlang in der grellen Sonne vor Anker; wer auf Deck ist, verbrennt sich an dem glühenden Eisen. Und dann endlich die hohe See, Regen und Sonne wechseln einander ab, nachts weht ein rauher Wind, und tagsüber ist es unerträglich heiß. Es ist zu voll an Bord, nicht jeder Kriegsgefangene findet eine Pritsche zum Schlafen, ein Gerüst stürzt ein, Dutzende werden verwundet. Die Latrinen sind übervoll und schwer zu erreichen, die Schwachen pissen in den Laderäumen, die Ruhrpatienten hängen an Seilen außenbords, oft zu spät, man watet bis zu den Knöcheln in der braunen Soße.

Hast du dort deine Latrinenwitze gelernt? Hast du hinten zwischen den Zementsäcken gehockt und grau ausgesehen wie ein alter Mann? Oder im Kohlenraum, zwischen deinen Freunden? Oder war es dir gelungen, einen Platz auf dem oberen Deck zu ergattern?

Das Essen ist gut: Suppe, Reis, Gemüse und gesalzenes Schweinefleisch, besser als das, was du während der letzten Monate im Lager bekommen hast. Aber die Reihen vor den Kochtöpfen sind lang und die Räume klein, ihr drängelt und kämpft um Wasser und Reis. Obwohl genug da ist, laßt ihr andere krepieren; die ersten Kranken brechen zusammen, und die Toten gehen ohne Gebet über Bord. Du liest ihre Zahl an der Menge der Uhren ab, die die koreanischen Bewacher an ihren Handgelenken tragen. Einer der Koreaner hatte neun.

Die ›Junyo Maru‹ fährt im Zickzack nach Nordwesten, die Küste Sumatras kommt in Sicht, mit etwas Glück siehst du die Umrisse der Bukit-Berge. Um 18.10 Uhr Tokio-Zeit schlägt der erste Torpedo ins Vorderschiff. Menschen und Balken fliegen durch die Luft, ein paar Sekunden später wird das Heck getroffen. Keine Schlagseite, an Deck merkt niemand, wie schnell das Schiff sinkt. Ja, nehmt euch

Zeit! Streitet euch nur, ob es ein englisches, holländisches oder amerikanisches U-Boot ist, das euch getroffen hat. Gebt einander ruhig die Schuld. Hätten die Japse sich nur an die Regeln gehalten, Kriegsgefangene müssen nämlich laut Genfer Konvention unter der Fahne des Roten Kreuzes transportiert werden.

In den Laderäumen herrscht Panik, Männer werfen einander die Leitern runter, die Verwundeten und Kranken werden eingeklemmt und zertrampelt. Als das Heck wegsackt, entsteht auch oben Panik. Du kämpfst, um zur Reling zu kommen. Es wurden keine Schwimmwesten ausgeteilt, die Japse verlangen die Rettungsboote für sich selbst und schlagen die Romushas und die Kriegsgefangenen mit Säbeln von den Booten weg. Einer Gruppe gelingt es trotzdem, eine Schaluppe zu ergattern; aber beim Wassern lassen sie die Taue zu schnell los, und das Boot zerschellt auf den hohen Wellen. Bretter und Rettungsflöße werden über Bord geworfen, Männer springen von allen Seiten ins Wasser, einige ertrinken, als sie ein Stück Holz auf den Kopf bekommen. Die Haie machen sich über die Toten her, die von der Strömung zusammengetrieben werden.

Noch eine Explosion, und die »Junyo Maru« gleitet in die Tiefe. Ein Blubbern, und das Meer färbt sich rot. Das war kein Blut, und du wußtest das verdammt genau: Eine Ladung rote Mennige kam aus einem der Laderäume frei.

Wie viele Tage das Umhertreiben auch dauert, du wirst gesehen und an Bord eines Eskorteschiffs gehoben. Dabei mußt du dir den Rücken an einem Eisenstück aufgerissen haben; daher die seltsamen Narben zwischen deinen Schulterblättern – ein vertikaler Streifen links, ein vertikaler Streifen rechts. Ich weiß noch, in kaltem Wasser schwollen sie an, als würdest du kleine, rosafarbene Flügel bekommen. Schwimmen mit einem Engel im Meer. *Worse things happen at sea.*

Nach einem tagelangen, höllischen Fußmarsch landetest du wie alle anderen im Gefängnis von Padang. Keine Pritschen, keine Bettwäsche, trockener Reis auf einem modderigen grünen Blatt, unabgekochtes Wasser, große Scheißhaufen und Tausende von Maden in den offenen Abwasserkanälen. Ihr sucht Wärme beieinander, aber die Männer, die mit Beilen und Säbeln von den Booten und Flößen geschlagen wurden, liegen am nächsten Morgen kalt zwischen euch. Keine Zeit für Ruhe, nach ein paar Tagen zieht die erste Gruppe per Zug weiter. Zockelnd einen Berg hinauf, die Kälte zieht durch die abgedunkelten Waggons, sausend ins Tal hinunter, niemand weiß, wohin. Wo die Gleise aufhören, warten offene Militärlastwagen. Ihr fahrt durch dichte Wälder, vorbei an Wasserfällen und Schluchten. Kurz nach einem Paß überquert ihr den Äquator. Hast du das Monument gesehen, die steinerne Kugel mit der dicken roten Linie um die Mitte?

Die Lastwagen schlingern in die Ebene hinein, die Hitze der Sümpfe klebt an deinem aufgerissenen Rücken. Dein erstes Arbeitslager, das Brückenlager. Hier verliere ich dich aus den Augen. Zweihundertzwanzig Kilometer Schlamm, Schlucht und Urwald liegen vor dir. Schienen und Schwellen sind schon angeliefert. Du kannst dich an die Arbeit machen.

Erst jetzt dringt es zu mir durch, daß du alles verloren hast. Du konntest keinen Handel mehr treiben, du besaßest nichts, was du tauschen konntest, und du konntest auch niemanden mehr mit einer Zeichnung rumkriegen, denn dein Bleistift schwamm irgendwo im Ozean. Kein Essensgefäß, die Überlebenden der »Junyo Maru« mußten die ersten Tage aus den Händen essen. Du hattest kein Moskitonetz, keine Kleider, keine Schuhe; du bekamst ein Stück Stoff, um deine Scham zu bedecken. Es dauerte eine Weile, bis du soweit warst, Hosen und Hemden von Toten anzuziehen.

Ich möchte nicht suggerieren, daß das, was du damals entbehrt hast, nach dem Krieg besonders wichtig für dich wurde. Aber sei ehrlich, gab es jemals jemanden, der verrückter nach Besteck war als du? Allein schon das Halten! Als wären wir bei der Königin zu Tisch geladen, ich bekomme jetzt noch einen Krampf in den Fingern, wenn ich daran denke. Du meintest, die Herkunft eines Menschen an der Art zu erkennen, wie er Gabel und Messer hielt. Du, der sich mit einem Stück Holz das Essen in den Mund geschoben hatte. Und wie ordentlich du mit deiner Wäsche warst, du alter Lendentuchträger, immer gebügelte Hosen und abgebürstete Jacken.

Stammt deine Zählmanie auch von den Japsen? Morgens auf dem Weg zur Latrine hieltest du deinen eigenen Totenappell und zähltest die nackten Füße, die aus dem Schuppen ragten: zehn, zwölf, dreizehn Paar... Wie viele Tote, wie viele Hammerschläge dröhnten nach elf Monaten Bahnlinie in deinem Kopf? Hast du das später, zu Hause, wenn du nach einem Wutanfall auf dem Diwan lagst, ausgerechnet?

Dreißig mal dreizehn ist dreihundertneunzig, mal elf ist viertausendzweihundertneunzig. Viertausendzweihundertneunzig plus fünftausendsechshundertzwanzig ist... du konntest stundenlang laut vor dich hin rechnen. Es waren die Stunden, wo wir wie auf Strümpfen gingen. Pssst. Nicht Rad fahren auf dem Flur, kein Geklapper in der Küche, nicht die Wasserspülung ziehen. Jetzt nicht Blockflöte spielen, Ada. Pssst, Saskia, klapper nicht mit dem Malkasten. Mutter holt den Fußabtreter vor der Tür herein. Ein Lappen zwischen Klingel und Klöppel, Vorhänge vor. Kein Kichern in den Schlafzimmern, kein Seufzer beim Lesen. Still, still, auf die Zehenspitzen, pssst. Pappie zählt.

Komm, Vater, mein Teller ist leer, ich bezahle – und heute zählen wir die Rechnung nicht nach.«

Kurz nach meiner Schwimmpartie schickte mir einer der angeschriebenen Überlebenden der »Junyo Maru« die Kopie eines Berichts, der möglicherweise ein anderes Licht auf die Zählmanie meines Vaters wirft. Es handelte sich um die Zeugenaussage eines gewissen Herrn de J., im alten Niederländisch-Indien beschäftigt bei einer Bohrgesellschaft. De J. versuchte kurz nach dem Krieg, einen Prozeß gegen einen ehemaligen Lagergenossen anzustrengen, Mr. X, »ein Verräter, der mindestens einen meiner Kameraden in den Tod getrieben hat«. Diese Zeugenaussage schien mir schon endlos oft kopiert worden zu sein, denn der Text war nicht nur verschwommen und schlecht lesbar, die Ränder standen auch voller Anmerkungen und Namen in verschiedenen Handschriften. Mit viel Mühe konnte ich herausbringen, daß Mr. X. in verschiedenen Lagern entlang der Eisenbahnlinie als Dolmetscher gearbeitet hatte. In den dreißiger Jahren war er auch ein paar Monate lang als Schiffsagent in Japan tätig gewesen und brüstete sich damit, gut Japanisch zu sprechen. In Wirklichkeit konnte er nicht mehr als ein paar Höflichkeitsphrasen, aber wenn er die Gelegenheit hatte, benutzte er seine Kenntnisse, um sich bei den Japanern einzuschmeicheln. Mr. X. hatte mit seinen ungebetenen Diensten schon ein paarmal für Schwierigkeiten gesorgt und wurde von seinen Schicksalsgenossen daher soweit wie möglich gemieden.

Der Bericht von Herrn de J. gab keinen Aufschluß über eine eventuelle Schuld des angeblichen Dolmetschers. Die Sache spielt auch eigentlich keine Rolle. Rette sich, wer kann. Mir ging es um den einen Satz, der meinem Vater galt.

Herr de J. beschrieb, wie er nach einem Arbeitstag mit einer Gleisbaukolonne von sechs Mann in ein *sawah* lief, ein bewässertes Reisfeld, angeblich um Schwellen zu suchen, die bei einem *bandjir*, einem Hochwasser, fortgespült worden waren, während es ihnen in Wirklichkeit um einen ausgebrochenen *kerabau* ging. Ohne über eventuelle Folgen nachzudenken, packten sie den Wasserbüffel bei den Hörnern und führten ihn zum Lager. Das alles unter den Augen eines koreanischen Bewachers und eines japanischen Soldaten, die für die Hälfte der Beute bereit waren wegzuschauen. Leider gelang es den Männern nicht, das Schlachten in aller Stille zu vollziehen, die Aufregung unter den Barackengenossen war zu groß. Außerdem besaß niemand ein ordentliches *klewang*, ein Hackmesser, um den *kerabau* in Stücke zu schneiden. Die Männer der Gleisbaukolonne wurden mit Blut an den Händen erwischt. Es stellte sich heraus, daß der Dolmetscher sie beim Kommandanten verraten hatte, er hatte Angst vor Repressalien, »lieber sollen sechs bestraft werden als eine ganze Baracke«, lautete sein Argument.

Die Männer wurden zwei Tage lang gefoltert. Ihre Namen waren in einer Fußnote angegeben, mein Vater war einer von ihnen. Ein Mann starb eine Nacht später an den Folgen. Vier, unter ihnen Herr de J., bekamen anschließend noch eine Woche Einzelarrest. Mein Vater hatte den Japanern so imponiert, daß er als einziger sich nach der Folter in der Sanitätsstation erholen durfte. Er soll sich während der beiden Tage als »Fakir« gezeigt haben: »Dank einer Form von Selbsthypnose glitt aller Schmerz von ihm ab.« Ein einziger Satz, mehr nicht. Diesen Herrn de J. wollte ich gerne sprechen.

Rentenversicherungsanstalten wirken wahre Wunder. Herr de J. lebte noch und wohnte in Wassenaar. Wir verabredeten uns auf neutralem Boden, in einer Teestube an einem Platz, der braun vom Herbstlaub war. De J. hatte in seinem Leben viel zuviel zu tun gehabt, um über früher nachzudenken, immer nur Reisen und Bohren, Brunei, Lateinamerika, Nigeria, in der ganzen Welt, verdammt interessant, aber nun, da er alt war, hatte er, »ein indischer Junge«, das Mutterland gewählt. Und hier, wo jeder über den Krieg schwätzte, kamen die verdammten Erinnerungen hoch. »Was willst du wissen?« fuhr er mich an.

Ich beruhigte ihn, nicht seine Lebensgeschichte interessiere mich, und auch das Lager konnten wir lassen. Mein Vater, was hielt er von meinem Vater?

»Ein Mann, der sich in einen anderen Zustand versetzen konnte, würde ich mal sagen, ein *mind-traveller*. Er konnte Schmerzen ertragen, als wäre er selbst nicht dabei. Als sie ihm einen Fingernagel herausrissen, einen lebenden Nagel, zuckte er nicht mit der Wimper. Justin konnte mit ausgestreckten Armen einen vollen Eimer Wasser über seinem Kopf halten, nicht fünf Minuten, so wie wir, sondern eine Viertelstunde, eine volle Viertelstunde, ohne auch nur ein Tröpfchen zu verschütten.«

Herr de J. nahm sich viel Zeit, er achtete darauf, daß ich alles ordentlich aufschrieb. »Notiere: eine Viertelstunde... das war außergewöhnlich, und ich weiß es noch genau, denn dein Vater hat jede Sekunde und jede Minute gezählt. Das war sein Geheimnis.« Und während ich schrieb, schlürfte er seinen Kaffee und beobachtete verträumt einen Hund, der draußen im Laub spielte.

»Wenn man den Eimer sinken ließ, bekam man die Peitsche zu spüren, wir alle, dein Vater auch, aber er hielt es aus. Die Japse wußten nicht, was sie an ihm hatten. Ein starker Kerl, dein Vater. Ein Herzleiden? Das erstaunt mich... Er konnte auch gut imitieren, eine quakende Kröte zum Beispiel oder einen brüllenden Tiger, so gut, daß wir wirklich dachten, ein Tier wäre in der Zelle. Er jagte den Bewachern eine Heidenangst ein. Justin spielte ihnen vor, er habe keine Schmerzen, ja, ja, das muß es gewesen sein, er konzentrierte sich so sehr, daß er aus seinem eigenen Körper heraustrat. Aber er konnte sich, wenn er wollte, auch fürchterlich anstellen. Er hat sich mit allen möglichen Ausreden immer wieder in die Krankenstation gebracht, das hat ihn letztlich auch gerettet.

Die Japse haben sich zwei Tage lang mit uns vergnügt, alle sechs Stunden schleppten sie uns in die Zellen, jeden allein, daher habe ich deinen Vater nicht gesehen, aber ich habe ihn auch nicht gehört. Wir jammerten uns die Seele aus dem Leib. Bald darauf ist unsere Kolonne für immer auseinandergerissen worden, ich wurde zur Strafe in die Kohlengruben geschickt.

Nach unserer Befreiung traf ich deinen Vater im Genesungslager, ich fragte ihn, wie er das damals um Gottes willen hingekriegt hatte. ›Komplizierte Rechnungen machen‹, sagte er, ›von irgendeinem Fakir abgeschaut.‹ Ein typischer Kerl, ein typischer Kerl«, sagte Herr de J. und ließ den Blick über den Platz mit dem spielenden Hund schweifen.

Mein Vater hat mir auch das Rechnen beigebracht, ohne Schläge, ohne Schmerzen. Ich habe es einfach vom Zuhören aufgeschnappt.

Mir war nicht recht klar, was ich von den Lagerkameraden meines Vaters halten sollte. Herr de J. sah so abwesend aus, daß ich mich nicht zu fragen traute, wie er selbst denn die Schmerzen ertragen hatte. Eingepackt und auf eine Kopfreise mitgenommen? Später irgendwo in einem Bohrloch herausgebrüllt? Seine Stimme klang trocken. »Seit diesen Tagen keine Träne mehr vergossen, ja, einmal, damals … ach, lassen wir das.« Ich ließ es. Und die anderen?

Sie hatten gelitten, so viel war klar, und sie waren auch noch stolz darauf. Dreieinhalb Jahre Kriegsgefangene, dreieinhalb Jahre Schikane. Sie hatten die Arschseite der

Welt kennengelernt, und trotzdem strahlten sie etwas Sieghaftes aus. Die triumphierenden Blicke, wenn sie an die Streiche dachten, die sie den Japsen gespielt hatten, freche Bengel waren sie gewesen. Schwäche lehnten sie ab. Und ich machte ihre Schwäche sichtbar.

Ich sagte: »Er schlug.«

»Macht dir das noch was aus?« sagte einer.

»Ja.«

»Eine Tracht Prügel hat noch keinem geschadet.«

»Der Krieg hat ihm schwer im Magen gelegen«, sagte ich vorsichtig.

»Ach, das war Anstellerei.«

Sie reagierten unbehaglich, ich erinnerte sie zu sehr an die dunklen Seiten des Überlebens. Wer hatte nicht mal eine Portion Essen von einem aufgegebenen Kameraden geklaut oder Kleider aus dem Leichenhaus angenommen? Krieg ist Krieg, wir mußten durch.

Hatte das Lager meinen Vater im nachhinein also doch noch erwischt? Ja, ja, und sie starrten dumpf vor sich hin. Nun, das würde ihnen nicht passieren, ihnen machte es nichts aus. Aber wenn ich ihnen tief in die Augen schaute, sah ich, daß das Essen eines Sterbenden wohl nicht allzu gut bekommt, und auch ein gestohlenes Hemd kann nachts noch ziemlich drücken. Zurückschauen hatte keinen Sinn, die Vergangenheit bekam ihren Platz, und ich durfte die Ordnung nicht stören.

Ich reagierte nicht viel anders: Was sollte ich mir unter einem gefolterten Vater vorstellen? Ich sah Grimassen ohne Schmerz. Einen Vater ohne Gefühl. Konnte Verständnis Haß verdrängen? Ich wagte den neuen Fakten noch keinen Platz einzuräumen.

Nach diesen Männern hatte ich genug von Krieg und Bravour, ich wollte leisere Stimmen hören, Erinnerungen an die grünen Morgen aus dem Java meines Vaters, aus seiner Jugend, Hufgetrappel und knarrende Kutschen in Batavia – mit Vorhängen für Verliebte, von Leichen hatte ich genug. Ich beschloß, seine Halbschwester Edmee aufzusuchen. Es würde mich zwar eine leichte Überwindung kosten, die Hand einer selbsterklärten Arierin schütteln zu müssen, aber ich wollte nichts unterlassen, um meinem Vater näherzukommen.

Meine neue Tante fiel mir taumelnd um den Hals, ich erstickte fast in dem Make-up und dem Rouge, das ihre Wangen bedeckte. Trotz ihrer Falten sah sie noch verdächtig jung aus. Aber was für eine Schlampe! Sie trug etwas Wallendes in Rosa, und schwarze Eulenwimpern klimperten mir zu.

Ich hatte die Stunde meiner Ankunft brieflich mitgeteilt – Teezeit –, und höflich mit einem Blumenstrauß in der Hand näherte ich mich der Haustür, aber ich brauchte nicht mal zu klingeln, sie lag auf der Lauer. »Wie groß du bist«, sagte sie, »herrlich, endlich wieder Familie an der Brust.« Sie zerdrückte meinen Blumenstrauß und schob mich ins Wohnzimmer. Die Kerzen brannten, Gläser und Nüsse standen bereit. Und sie habe gar nicht mit meinem Besuch gerechnet, behauptete sie, die ganze Verabredung sei ihr entfallen.

Ein leichter Petroleumgeruch umgab sie, Sherry, nach den Etiketten der leeren Flaschen neben dem Zeitungskorb zu urteilen. Ihr Rouge konnte ihre Trunksucht nicht kaschieren, und als sie mich losließ, um ein Glas einzuschenken, sah ich, daß ihr ganzes Wohnzimmer rosafarben war: Lampenschirme, Kissen, Sesselschoner, Kirchweihrosen, dreimal werfen für ein *kwartje*, und über der Tür hing ein unappetitlicher Jesus am Kreuz.

Ich hatte gerade auf die neue Verwandtschaft angestoßen, da mußte ich mich neben ein Foto meines Vaters stellen, ein retuschiertes Porträt, das sie offenbar zu diesem Anlaß oben auf den Fernseher gestellt hatte, auf ein Spitzendeckchen, mit einer brennenden Kerze daneben. Wie ich ihm ähnlich sah, Justin war noch keine zwanzig auf diesem Foto, der *darling*. Edmee nahm mich an den Händen und zog mich ein paar Schritte zurück, damit wir das Foto gemeinsam besser sehen könnten. Sie schlug ein Kreuz, und als ich mich von ihr löste, wollte sie mich noch einmal umarmen. Gebärden, aber ich fiel nicht darauf herein. Mich erst fallenlassen und jetzt nicht mehr loslassen. Der Ärger, den ich bei der ersten Berührung gefühlt hatte, schlug in Übelkeit um, als würde ich mit dem Gesicht in einen Haufen Zuckerwatte gedrückt. Alles an ihrer Erscheinung war falsch, ihre Wimpern, ihre Juwelen, die Plastikperlen auf ihrem Busen, und wer weiß, vielleicht auch ihre mit zittriger Hand lackierten langen Nägel.

Sie konnte nicht sprechen, ohne mich dabei festzuhalten, meiner Meinung nach hatte sie seit Wochen keinen Menschen mehr gesehen. Und dieses Gejammer! Sie kam nicht über die Runden, ihr Mann, der britische Offizier, hatte sie gegen ein junges Ding eingetauscht. Gestank statt Dank, sagte sie, seine ganze Karriere lang war sie hinter ihm hergezogen, Aden, Zypern – *»he did the killing, I did the cooking«* –, schließlich nach Rhodesien emigriert, und dort wurde sie nach vierunddreißig Jahren wie ein alter Lappen zur Seite geschoben. Ihr einziger Sohn, Ken, ihr *darling boy*, war im Rhodesienkrieg gefallen. Sie bekam nur eine kleine Rente, das Pfund wurde immer weniger wert, ihr Rechtsanwalt hatte sie reingelegt, und ihr Ex-Ehemann beantwortete die Post nicht, ob ich da nicht etwas tun könnte. Vom Rest der Familie konnte sie wenig Hilfe erwarten, ihre letzte Halbschwester war voriges Jahr gestorben. Wer? Tante Pop, Tante Regine? Alle beide, ja, ein Jammer, beide tot, der Bruder auch, Pop war die letzte, das Herz, ja (ein schwaches Geschlecht, ich machte mir auf der Stelle Sorgen). Nur in Australien wohnten noch ein Bruder und eine Schwester, schlechte Briefschreiber, ja, und meine Cousins und Kusinen, von denen ich nie etwas gehört hatte, waren über die ganze Welt verstreut. Ich war nun doch ein Schriftsteller, das hatte sie verstanden, und Familie war dazu da, einander in der Not zu helfen. Mein Vater war ihr Lieblingsbruder: »*I miss Justin desperately.*«

Hol dich der Teufel, dachte ich, warum habe ich dich dann früher nie gesehen? Erzähl mir was über meinen Vater, und sag mir, ob du seine erste Frau gekannt hast, und Ruliana und Rudiono.

Nein, erst mußte die Plaudertasche noch auspacken, ein langer Klagegesang, als blättere ich in einem alten Jahrgang der *Libelle,* dieser Hausfrauenzeitschrift. Schwindelgefühle, Hyperventilation, Platzangst, Knoten in der Brust, und nun hatte sie gerade von einer neuen Gleichgewichtskrankheit gelesen, die hatte sie auch, nichts blieb ihr erspart. Ein Auto konnte sie sich nicht mehr leisten, und schau nur, wie alt mein Kühlschrank ist, und die Flecken auf dem Teppich ...

Sie redete und redete. Mir schossen Ausreden durch den Kopf, Ausreden, um aufzustehen und wegzugehen. Aber du machst mit, gibst Ratschläge und deutest auf Jesus, auch einer, der nicht lockergelassen hatte. Und du schaust sie dir noch einmal an: Sieht sie deinem Vater ähnlich oder nicht? Die gleichen schwarzen Augen, Nase etwas zu lang ans Fenster gedrückt und ein paar Kleckse aus dem Pechkessel, auch sie, das läßt sich nicht verleugnen.

Ach, was tust du? Du fügst dich, nimmst noch einen Sherry, um den billigen Petroleumgeschmack wegzuspülen, du säufst mit ihr zusammen eine Flasche leer, du führst sie zum Essen aus und weißt schon vorher, daß sie das teuerste Gericht von der Speisekarte wählen wird.

Das Trinken bringt sie wieder in Schwung, sie pappt sich noch mal dick Schminke aufs Gesicht, schnürt ihre alten Brüste hoch, und der Lippenstift klebt an ihrem Weinglas. Du schaust sie freundlich an und fragst nach Niederländisch-Indien. Sie hört nicht zu, sie tanzt um all deine Fragen herum, sie fällt hin, bleibt bei einer kleinen Geschichte liegen, du hilfst ihr auf und nennst eine Insel: Java, eine Stadt: Batavia, ein stilles Vorstadtviertel, und mit Mühe findest du einen Pfad in ihrem Geplapper.

Endlich sitzt ihr zusammen auf der Veranda, und der Tukan schreit, und der Tjitjak klebt seine Haftzehen ans Moskitonetz, und zwei Eingeborenenjungen verkaufen dir einen Papagei für einen *gobang* – zweieinhalb Cent, die hattest du damals noch –, und der Gecko verändert die Farbe, rosa, der ganze Himmel wird dunkelrosa, denn es wird Abend, die Dienerin kommt aus dem Haus, und du hörst Zikaden im Klirren ihrer Perlen.

»Unser Garten bei Sonnenuntergang … Alles Grün kam zusammen in einer anderen Farbe, Rotschwarz, und alle Pflanzen mischten sich zu einem einzigen Duft, Gardenien, Jasmin, weißgelbe Frangipani, Zitronengras, ein Duft, der einen betäubte. Und da saßen wir samstags abends, draußen auf den Ratanstühlen, *susu*-Sirup in der Kanne, mein Haar noch naß vom Baden, und Justin in seiner neuen weißen Tropenuniform, das Kinn fest gegen den noch steifen Kragen gedrückt. Justin auf Urlaub und voller Geschichten über den Militärdienst. Ich saß zu seinen Füßen und lauschte mit geschlossenen Augen, um mir seine Abenteuer besser vorstellen zu können, sogar meine Halbschwestern hörten auf zu zanken, das Personal stand gebeugt hinter dem Paravan, und unsere Mutter feilte sich gelangweilt die Nägel. Aufreizend langsam, gegen den aufgeregten Ton von Justins Worten, als spiele sie Geige und wolle ihre eigenen Töne in die Dunkelheit werfen.

Wir hatten eine schöne Mutter, eine Mutter, die man wortlos anstaunen konnte. Eine Mutter, die keine Worte brauchte, ein Augenaufschlag, und du hieltest den Mund, sie hatte schwarze Augen und lange, schwere Wimpern. Der Tag langweilte sie, die Hitze machte sie faul und müde, aber gegen Abend kehrten ihre Kräfte zurück. Samstags abends ging sie aus, ihre Kleider lagen bereit, und ich durfte ihr beim Aussuchen helfen.«

Edmee biß auf ihre Perlen und ließ sie an ihren Zähnen entlangklimpern, die waren auch falsch, das hörte man an dem dumpfen Ton. »Also wirklich, muß das sein?« seufzte sie. Was ließ sie sich doch wieder gehen, Niederländisch-Indien, das war ein abgeschlossenes Kapitel. Seit Sukarno an die Macht kam, vollkommen verdorben. Ob sie noch mal dort war? Nein, davon ließ sie die Finger, alte Lieben mußte man ruhen lassen. Sie liebte die Nächte in Afrika mehr. »Die Trommler, die sich über die Felder hinweg ihre Geschichten erzählen, die trockene Hitze, der Geruch von verbranntem Holz. Du kennst das ja ...«

»Dann reden wir eben nur über Justin.«

»Trotz ihrer Trägheit hatte meine Mutter einen feurigen Charakter, ehebrecherisch, es gibt kein anderes Wort dafür, sie genoß geheime Verabredungen, kleine Lügen, heimliche Ausflüge. Ihr Abend war verdorben, wenn sie nach einer Musikaufführung nicht mit einer Hand voll Visitenkarten von Verehrern nach Hause kam. So war sie schon als junges Mädchen, jeder Mann kannte sie, auf Parties hörte man, wie hinter ihrem Rücken geflüstert wurde. Rose von Surabaja, da geht die Rose von Surabaja, dorther stammte ihre Familie, französischer Adel, vor der Revolution geflohen. Du hast nicht danach gefragt, aber ich sage es dir, es ist für eine Tochter nicht leicht, einen solchen

Namen zu übertreffen. Sie war ein Stern und sie blendete jeden, sie wollte für jeden Mann eine verführerische Unbekannte bleiben, sie leugnete, die Mutter ihrer Kinder zu sein. Meine Halbschwestern behaupten, nie habe sie jemand schwanger gesehen, sie trug am liebsten weite Kleider, ihre Babys bekam sie in den Nebengebäuden. Keines ihrer Kinder durfte sie im Beisein von Fremden ›Mam‹ oder ›Mutter‹ nennen, wir mußten immer Odile zu ihr sagen, oder Madame. Manchmal ging sie Tage hintereinander aus, sie kam zwar heim, aber sie zeigte sich nicht, sie fand es zu schlimm für uns, wenn wir immer wieder Abschied von ihr nehmen mußten.«

Edmee nahm einen Schluck und stieß einen tiefen Seufzer aus, und ob es nun der Wein war oder der Geschmack der Erinnerung, sie verzog angeekelt das Gesicht.

»Sie beschäftigte sich die ganze Woche mit ihrer Toilette, jeden Tag kam die Näherin, ich habe noch ein Täschchen von ihr, mit schwarzen Perlen ...«

»Mein Vater war viel älter als Sie, nicht wahr?« fragte ich.

Sie achtete nicht darauf. »Männer, Söhne, für sie machte es keinen Unterschied, sie tanzte mit allem, was Hosen trug. Ihre Jungen wurden von ihr vorgezogen, die Näherin machte ihnen die schönsten Uniformen, absolute Dandys. Bei Parties wurde ich als Jüngste bei einer *babu* untergebracht, einer Kinderfrau. Jeden Samstag ein Fest, einfach um unter Menschen zu sein, ihre Geburtstage aber feierten wir nicht, sie haßte den Kalender, ihr Alter war ein Tabu, niemand wußte, wie alt sie war. *Oh she was so colonial*, sie jammerte so lange, bis sie ihre Wäsche auch aus Paris kommen lassen durfte, wie die Frauen der reichen Pflanzer. Daddy hat sich für sie in Schulden gestürzt. Und weißt du, ich bin zur Hälfte von den *babus* aufgezogen worden, was hab ich mir nicht alles abgewöhnen müssen! Ich konnte besser mit meinen Fingern essen als mit einem Löffel, ich benutzte lieber ein Bananenblatt als einen Teller, und die ekelhaften Krankheiten, Spulwürmer, Läuse und ...«

»Mußte mein Vater auch mit seiner Mutter tanzen?«

Edmee lachte über den Ekel auf meinem Gesicht.

»Vor allem seine Schwestern hatten es schwer«, sagte sie, »du weißt, wie schön sie waren, Odile war schrecklich eifersüchtig. Entweder versteckte sie ihre Töchter, oder sie leugnete knallhart, Kinder zu haben, oder sie ließ sie in ihren eigenen Kleidern paradieren. Sie steckte ihnen die Haare auf zu einem weichen Knoten, gab ihnen Make-up und Juwelen, sie mußten so alt wie möglich aussehen. Wenn sie zusammen ausfuhren, tat sie, als seien ihre Töchter ihre Freundinnen.«

»In der Trauerkutsche?«

»*Oh no*, später, das Gestüt war schon verkauft und die Familie wiedervereint. Was ich dir erzähle, spielt sich alles nach dem Drama ab.«

Sie tickte mit ihrem Ring an die leere Weinflasche, und ich bestellte eine neue. »Du kennst das Drama?«

»Meine Mutter hat es mir erzählt.«

»Woher will sie das denn wissen?«

»Von meinem Vater, nehme ich an.«

»Es war zu schrecklich.«

»Sie selbst waren damals noch gar nicht geboren ...«

»Es hat auch mein Leben bestimmt.«

Der Ober schenkte Wein ein, aber als er die Spuren ihres roten Lippenstifts auf dem Glas sah, hielt er inne und brachte ihr ein neues, sauberes Glas.

»Schön, daß du mich ausführst, ich bin schon seit Jahren nicht mehr so verwöhnt worden.«

»War es ihre Schuld?« fragte ich.

»Schuld, Schuld, Odiles erster Mann war ein absoluter Dummkopf, *sorry*, du hast danach gefragt, und ich sage es: Er selbst trägt die Schuld, der Mann war sehend blind.«

»Ich weiß nur, daß nicht eines der Kinder von ihm war.«

»Sie haben ihr alle sechs ähnlich gesehen, ja, also für die Außenwelt war soweit alles in Ordnung. Was das betrifft, war die ganze Sache unnötig. Niemand weiß, ob ihre Geschichte überhaupt wahr war. Odile hat sich immer in Rätsel gehüllt, bis zu ihrem Sterbebett hat sie geschwiegen, auch mein Daddy kannte ihren geheimnisvollen Liebhaber nicht. Und falls er den Namen wußte, hat er ihn mit sich ins Grab genommen. Daddy war viel älter als Odile, er war schon zufrieden, daß er sich mit ihr zeigen durfte.«

»Sie sehen meinem Vater ähnlich.«

»Was willst du damit sagen?«

»Nichts, nur daß Sie beide Ihrer Mutter ähnlich sehen.«

»Danke. Ja, ich habe Justin sehr geliebt, er war der Älteste und der einzige zu Hause, mit dem ich einen guten Kontakt hatte. Wir waren zwölf Jahre auseinander, aber er hat mich immer ins Vertrauen gezogen, Alter spielte für ihn keine Rolle.«

»Das haben wir gemerkt, er…«

»Hör zu, ich habe es aus erster Hand, dein Vater war der Hauptzeuge. An einem Sonntag nach der Morgenmesse wurden alle Kinder zusammengerufen. Odile war wieder mal nicht da, und ihr Mann, dein Großvater, wartete in der Halle auf die Kinder, er trug seinen Reitanzug und tippte ungeduldig mit der Peitsche auf die Stiefel. Alle in einer Reihe aufstellen und zuhören. Und so mußten die armen Kleinen erfahren, daß ihre Mutter schon seit Jahren einen fremden *lover* hatte. Ja, er könne es selbst auch nicht glauben, sagte er, taub, wie er gewesen sei für das Geflüster und Getuschel, aber Odile habe ihm in der vergangenen Nacht während eines Wutausbruchs alles gebeichtet. Er sei also überhaupt nicht ihr richtiger Vater. Es tue ihm leid, sie müßten fortan viel für ihre Mutter beten. Die Kinder kapierten kein Wort, nur Justin begriff, daß etwas sehr

Schlimmes los war. Ihr Vater lief gebrochen die Treppe hinauf. Auf halber Strecke holte er eine Pistole aus seinem Stiefel und schoß sich eine Kugel durch den Kopf. Er stürzte rückwärts herunter. Auf den Holzfußboden, dicht vor Justins Füße. Patsch.« Edmee schlug mit der Hand auf den Tisch und schaute mich sabbernd an.

»So wird er es meiner Mutter bestimmt nicht erzählt haben.«

»Nach dem Schuß wieherten die Pferde in den Ställen, das wurde dein Vater nie mehr los. Justin war ein empfindsamer Junge.«

»Davon habe ich nichts gemerkt.«

»Sei nicht so vorlaut, Neffe. Seine *darling mother* hat ihre Kinder dann noch vor der Beerdigung ins Waisenhaus geschickt, sie bekam einen Nervenzusammenbruch und konnte nicht mehr für sie sorgen. Du hättest deine Tante Pop später hören müssen: All ihre schönen Kleider wurden ihnen abgenommen, die Haare kurz geschnitten wegen der Läuse, und beim Beten wurde ihnen das Essen vom Teller gestohlen. Sie waren überhaupt keine Zucht gewöhnt, darum war es besonders hart für sie.

Zwei Jahre hat Madame ihre Kinder dort gelassen. Oh, sie hat sie manchmal besucht, aber dann spielte sie die arme Witwe und steckte jedem von ihnen wieder einen neuen Trauerflor an den Ärmel, denn auch wenn sie sich keinen Deut um ihre Kinder kümmerte, so mußten sie doch ihre Trauer zeigen, nicht so sehr in ihrem Herzen, wohl aber auf der Waisenhausuniform. Odile hat das Erbe in kürzester Zeit durchgebracht, sie machte eine Reise nach Paris – um zu vergessen –, und sie scheint mit Koffern voller schwarzer Abendgarderobe zurückgekehrt zu sein; auf dem Schiff hat sie meinen Vater getroffen. In Batavia haben sie sofort geheiratet, in Schwarz, die Rose von Surabaja in Trauer! Der Pastor hat erst seinen Segen gegeben, als *daddy* versprach, alle Kinder aus der ersten Ehe in sein Haus zu nehmen. Kurz nach meiner Geburt hat er dann ein großes Haus gekauft und mußte auch noch sechs fremde Mäuler füttern. Daddy war viel zu gut für diese Welt, *poor man*. Er war ein Stubengelehrter, aber er fand es herrlich, Frauen um sich zu haben, die sich amüsierten.«

Edmee faltete mit einer dramatischen Gebärde die Arme über der Brust, und eine süßliche Wolke stieg auf.

»Ja, unsere Odile war eine große Schauspielerin, wieviel Männern hat sie nicht Sand in die Augen gestreut, sogar dem Pastor. Denn vergiß nicht, für die Außenwelt führte sie ein tugendhaftes Leben: sonntags zweimal in die Kirche und wochentags, wenn es irgend ging, zur Frühmesse. Ihre Tanz- und Vergnügungssucht betrachteten die Leute als unschuldigen Zeitvertreib; wir, die wir hinter den Kulissen lebten, wußten, wie gleichgültig sie sein konnte.

Der Selbstmord blieb natürlich ein großes Geheimnis, kein Wort darüber, auch nicht unter den Kindern. Ich war schon erwachsen, als Justin mir das erste Mal davon erzählte. Seltsam, ich hatte ein recht gutes Verhältnis zu ihm, und trotzdem wagte er mir erst in Holland davon zu erzählen. Dein Vater ist immer vom Hölzchen aufs Stöckchen gekommen, um den Anschein zu erwecken, er habe nichts zu verbergen. Von ihm hörte ich auch, daß Odile einen Teil ihres Erbes der Kirche vermacht hatte, um ihren ersten Mann in geweihter Erde begraben zu können. Es ging ihr nur um den schönen Schein.

Reue war ein Wort, das unsere Mutter nicht kannte. Wenn du wissen willst, was Gefühlskälte ist: Sie war eine harte Person.«

Edmee war auch hart geworden, sagte sie. Gefühle? Daran glaubte sie nicht mehr, sie hatte keine hohe Meinung von den Menschen, und sie hatte recht damit.

Wir ließen uns noch eine Flasche bringen, dann ein Gläschen Armagnac, zwei, drei ... die Küchenmannschaft saß gelangweilt hinter der Bar und spielte Karten. Edmee begann zu heulen, ich gab ihr mein Taschentuch und bekam einen rosa Lappen zurück. Nun ja, das war also Batavia: andere Sitten, andere Bräuche, kein Holländer, der das verstand.

Ich stand auf, doch sie stieß mich auf meinen Stuhl zurück. Reden mußte sie, wir waren doch verwandt. Sie wohnte nun schon fünfzehn Jahre wieder in den Niederlanden, und es fiel ihr noch immer schrecklich schwer, sich daran zu gewöhnen, alles war so puppig und so eng hier, und immer diese Stille im Haus, keine Bediensteten. Sie lebte von Beruhigungstropfen. Was sie hier suchte, verstand sie auch nicht. Die sozialen Einrichtungen waren gut, ja, auch wenn sie lange auf eine Wohnung hatte warten müssen. Merkwürdigerweise hatte sie ihre niederländische Staatsbürgerschaft immer behalten. »Schließlich sucht man doch immer seine Wurzeln, seine Familie, nicht wahr.« Das war es, ja, sie suchte ihre auseinandergerissene Familie.

Sie drehte meine linke Hand um und begann, mit dem Nagel ihres kleinen Fingers die Linien meiner Handfläche zu lesen. »Du beginnst ein zweites Leben«, sagte sie, »nach einem Bruch wird alles wieder gut.« Ihr Nagel kroch bis unter meine Manschette, und ihr Schuh rieb an meinem Knöchel. »Du trägst keinen Ring.«

Ich mußte mich beherrschen, um ihr keinen Tritt zu versetzen. Zum Teufel, und das wollte meine liebe alte Tante sein! Ich zog meine Hand zurück und wischte sie an der Serviette ab, man weiß ja nie, was man sich bei Tisch alles einfängt. Bevor man sich's versieht, ist man familienkrank.

So intim, direkt in ihre nassen, schwarzen Augen, fragte ich sie, wie weiß ihre Mutter gewesen sei.

»Odile Didier?« sagte sie mit einer hohen Stimme. »Rein weiß, lilienweiß kann ich wohl sagen, ihre Eltern sprachen zu Hause noch Französisch.« Es sprudelte echt indisch aus ihr heraus, ihr englischer Akzent war auf einen Schlag verschwunden.

Und Odiles Liebhaber?

Sie zuckte mit den Schultern.

»Also bitte, konnte denn irgend jemand in Niederländisch-Indien ein Geheimnis bewahren?«

»Nun ja ... er war ein Ausländer, glaube ich.«

»Ausländer? In den Augen einer Französin war jeder ein Ausländer. Auch ein Javaner.«

»Ach, hör doch auf. Sie stand meilenweit über dem *kampong*.«

Nach langem Ziehen und Drängen kam es heraus: Odile hielt sich einen *italian lover*. Sie hatte zehn Jahre lang ein Verhältnis mit ihrem neapolitanischen Frisör. Das nennt man frisieren. Aber es war absolut nicht sicher, daß er auch der Vater ihrer Kinder war. Niemand wußte das genau. »Wirklich wahr, nach dem Drama nahm der Frisör das Schiff nach Europa. Man kennt ja die Italiener, die Angsthasen, der Kerl hat sich natürlich zu Tode erschrocken.« Edmee blickte mich triumphierend an, so, das war raus, puh, ihr wurde ganz warm davon. »Nun ja, jetzt kennst du also unser großes Familiengeheimnis.«

Als hätte ich solche Geschichten nicht schon öfter gehört. Italienisches Blut, halb Niederländisch-Indien hatte italienisches Blut, ein ganzes Regiment von Frisören mußte sich darüber hergemacht haben.

»Du sollst deinem Vater nichts nachsagen«, meinte sie giftig. »Justin und seine Geschwister waren vielleicht ein bißchen dunkel, aber sie waren eindeutig weiß. Gott, alle Franzosen sind ein bißchen dunkel.«

Ich sagte nichts mehr, sie trieb sich selbst in die Enge.

»Schau nicht so anzüglich, Daddy van Bennekom war auch *pur sang*, wirklich wahr.« Oder war das heute verpönt? War braun etwa aparter? Edmee zog schnaubend die Nase hoch, sie war stolz auf ihr europäisches Blut.

»Arisch«, sagte ich, und zum Zeichen, daß sie es richtig verstanden hatte, kippte sie mir ihren Rest Armagnac ins Gesicht.

Nun, es lief aus dem Ruder. Ich sagte, daß ich nicht an neapolitanische Frisöre glaubte, und wir bekamen schrecklichen Krach. Sie wollte nicht mal von mir nach Hause gebracht werden, sie bestand auf einem Taxi, natürlich von mir zu bezahlen. Bis zu den Adressen meiner fernen Vettern und Kusinen kamen wir nicht. Ich sollte es nicht wagen, jemals wieder Verwandten meines Vaters unter die Augen zu treten.

Und doch war ich mit dieser Tante noch nicht fertig. Ich bereute unseren Streit, wir hatten kaum über meinen Vater gesprochen. Hatte sie Sophia Munting gekannt und Ruliana und Rudiono? Wer außer Edmee konnte mir etwas über die erste Ehe meines Vaters erzählen? Und mußte ich ihr nicht helfen? Sie schwankte an einem Abgrund entlang, ein bißchen mehr Aufmerksamkeit und Geld, und sie konnte es schaffen. Ich könnte ihr ein Lagertrauma einreden, ein Stündchen Weinen bei irgendeinem Psychologen von irgendeiner Sozialversicherungsanstalt, und sie würde eine monatliche Beihilfe bekommen. Ich würde Saskia wegen der Formulare fragen. Mit diesem Vorwand rief ich Edmee an.

Beim zweiten Mal ging es besser. Wir wählten den Vormittag, Edmee ohne Alkoholfahne und besser auf den Beinen, auch wenn sie sich beim Gehen noch immer an mir festhielt. Gleichgewichtsstörungen, ganz bestimmt, ich nahm mir vor, mich nach einem guten Spezialisten für sie zu erkundigen.

Auch wenn ich mich erst durch eine rosafarbene Torte

essen mußte, konnte ich sie mit Mühe von »einem winzigen Gläschen Sherry« abhalten. Am Ende wollte sie wirklich und wahrhaftig über meinen Vater sprechen. Auch sie zeigte sich unzufrieden mit unserem ersten Zusammentreffen, die Ähnlichkeit mit Justin hatte sie zu sehr verwirrt. Wenn ich wirklich etwas über ihn erfahren wollte, sollte ich erstmal in den Briefen lesen, die er kurz nach der Befreiung nach Hause geschickt hatte. (»Höflichkeitshalber an meine Mutter gerichtet«, sagte sie, »aber sie waren für mich.«)

Sie schloß die Tür eines kleinen Nebenzimmers auf, wo ihre Vergangenheit in einem abgeblätterten Schrank verschlossen war. Wir lagen gemeinsam auf den Knien und gruben im Duft warmer Länder. »Ich habe die Briefe nie wieder gelesen«, sagte Edmee. »Ich glaube, die meisten kamen direkt aus dem Lager.«

»Wo wart ihr damals?«

»Auf Java.« Sie zog einen Haufen zerfledderter Briefe aus einer geflochtenen Schachtel. »Hier, nimm dir Zeit, ich weiß nicht, ob sie in der richtigen Reihenfolge liegen.« Sie machte die Tür hinter sich zu und ließ mich allein in der ungeheizten Kammer.

Erst riechen ... in meiner Erinnerung rochen die wenigen Dinge, die ich noch von meinem Vater besaß, nach Tigerbalsam, dem Zeug, mit dem er sich täglich einrieb, um seinen Blutkreislauf zu stimulieren, eine Duftmarke, die für immer hängenblieb. Doch diesmal fand meine Nase keinen Halt; dies roch nach vor meiner Zeit. Briefe ... Fetzen schien mir ein passenderes Wort zu sein, abgerissene Streifen Kriegspapier, mehr war es nicht, mit Bleistift beschrieben, numeriert, aber ohne Datum, mit scharfen Kniffen, vermutlich ohne Briefumschlag verschickt, der Absender stand hinten drauf. Genesungslager Pakan Baru, Sumatra.

Nummer eins war zugleich der längste Brief, ich konnte die Bleistiftschrift nur mühsam entziffern.

»Madame,
dies vorweg: Ich bin kerngesund aus dieser Hölle aufgetaucht, und ich hoffe, daß mit dir und den anderen Familienmitgliedern auch alles in Ordnung ist. Hast du schon etwas von Sophie gehört? Ich nicht, auch nichts über das Rote Kreuz. Wir bekommen die verschiedensten Nachrichten aus Java. Nun ja. Ich habe immer zu den Starken gehört und arbeite nun hier im Genesungslager als Koch. Wenn man in der Küche arbeitet, fällt immer mal was ab. Wir haben es prima und werden mit Dosen, Zigaretten u.s.w. vollgestopft. Am Anfang wurden diese Dinge per Fallschirm abgeworfen, später landeten die Flugzeuge auch. Alle Engländer unter unseren Kranken sind bereits weggebracht worden. Es gibt hier Hunderte von Holländern, die es nicht geschafft haben, viele Jungen, die ihr auch kennt. Paul, der Sohn von Frau 't Hin, ist eine Woche vor der Befreiung gestorben. Vor allem die letzten Monate waren schwer, jeden Tag starben mehr. Ich könnte euch eine Liste schicken, aber an viele Namen kann ich mich jetzt nicht erinnern. Wir leiden alle ein wenig an Gedächtnisverlust. Man sagt, das sei Vitaminmangel. Wird wohl vorbeigehen. Mit Klagen kommen wir nicht weiter. Meine Zähne wachsen schon wieder fest, wegen Vitaminmangel waren sie alle locker. Ich schlucke fünfundzwanzig Pillen am Tag. Wenn wir wieder vereint sind, möchte ich drei Jahre schlafen und als ein Rip van Winkle in einer friedlichen Zeit aufwachen. Wir sind hier alle so müde.

Diese Woche wurden die Australier und Engländer nach Singapur gebracht, und ich hoffe, daß auch ich bald nach Batavia geschickt werde. Die Holländer helfen kein bißchen. Hätte jemand etwas anderes erwartet?

Und wie geht es meiner lieben kleinen Schwester? Edmee muß jetzt achtzehn sein, ob ich sie wohl wiedererkenne, wenn ihr in Priok am Kai steht? Geld habe ich keines mehr, aber das ist nicht schlimm, ich brauche hier auch keines. Gibt es schon wieder Bälle in Batavia? Ich höre gerade jemanden rufen, daß die Post gleich schließt. Ich muß hier also Schluß machen.

Auf Wiedersehen,

J.

P.S. Wenn die Familie die Gelegenheit bekommt, nach Australien zu gehen, dann nehmt sie wahr. Sicherheit geht vor. Ich komme dann schon nach. Einen Kuß für Edmee.«

Wie verschieden war diese Handschrift von den gestochenen Buchstaben, an die ich mich erinnerte. Einige Wörter waren stark aufgedrückt, andere fast unlesbar schwach, die Sätze wellten, und in den Punkten steckte die größte Kraft, man konnte sehen, daß seine Hand seit Jahren nicht mehr geschrieben hatte, so ungeschickt wirkte seine Schrift. Ich fragte mich, ob ich überhaupt jemals einen Brief meines Vaters gesehen hatte. Seine Unterschrift auf meinem Schulzeugnis, Beschriftungen von Fotos, Listen mit Hausregeln und Gebrauchsanweisungen, alles was mit Zucht und Ordnung zu tun hatte, nur so kannte ich seine Schrift, doch diese Sätze lagen seinem Herzen näher, so flüchtig und bedeutungslos sie auch waren. Mein Vater stieg förmlich aus seiner Handschrift und stand neben mir, dieser Brief sagte mir mehr als ein Foto oder eine alte Krawatte, die ich aus sentimentalen Gründen in meinem Kleiderschrank aufbewahrte. Hier war sein Wesen auf Papier festgehalten, Hoffnung und Verzweiflung, Hart und Weich stritten um die Sätze.

Lesen, Rechnen und Schreiben, drei freie Künste, die

ich bereits vor der Schule beherrschen mußte. Mein Vater nahm sich viel Zeit, um mich zu unterrichten, und er hatte seine eigene Methode. Noch bevor ich richtig laufen konnte, bekam ich einen Bleistift in die Hand gedrückt. In einem Alter, in dem ein Kind malen lernt, zog ich meine ersten Buchstaben nach. Die Wangen von d und b genau zwischen die Linien, das Strichlein vom e liegend, kuschend wie ein Hund, der Aufstrich vom l wie eine beherrschte Fahne. Ich habe die Briefe noch, die ich neben ihm am Tisch schreiben mußte. Aufbewahrt, so stolz war die Familie. Was für eine Angst spricht aus dieser Handschrift! Überwunden, dachte ich, aber mit diesem Lagerbrief vor Augen fühlte ich jede Ohrfeige wieder brennen, auch in diesem Alkoven saß mir mein Vater wieder dicht auf der Pelle.

Mit dem Brief meines Vaters in der Hand und dem bitteren Geschmack von Blei im Mund meinte ich zu spüren, wie ich an meinem ersten Schultag einen Bleistift mittendurch biß, aus Wut, weil ich von der Lehrerin keinen Buchstaben lernen wollte. Ich konnte es schon, war schon ein Riese, der fließend schrieb. Sie gab mir einen neuen Bleistift, und auch den biß ich durch. Zwei, drei glänzend gelbe Bleistifte legte sie vor mich hin, um zu sehen, ob ich weiterhin zubeißen würde, und der Verrückte schnappte wirklich zu, den Mund voller Holzsplitter. Alle Kinder schauten her. Was eine Handschrift nicht alles an Erinnerungen wachrief.

Ich blätterte die anderen Briefe durch. Kleinigkeiten über noch mehr Zigaretten, Dosenfutter und Familie. Hier und da etwas über Politik: »Wir merken nicht viel von der Sukarno-Bewegung, alles ist ziemlich ruhig hier. Wohl aber viele rot-weiße Fähnchen.« – »Höre gerade, daß Holland kaputt ist. In Australien sind diese vier Jahre normal verlaufen.« – »Nachrichten hören wir jeden Tag. Momentan ist die Lage nicht so gut. Sukarno und so weiter sehr unangenehm. Ich mache mir wirklich Sorgen um euch. Am 15. Oktober beginnt die KLM zu fliegen, ihr müßt so schnell wie möglich weg. Kümmert euch um Fahrkarten. Vor allem Edmee ist in Gefahr, sie ist eine Beute für hungrige Soldaten. Wir müssen unsere Zukunft auf Australien ausrichten und erst wieder zurückkommen, wenn es wirklich ruhig ist. Ich organisiere hier einen Flug.«

Keinen Cent in der Tasche für eine viertklassige Schiffsreise, aber phantasieren vom Fliegen; damals schon hoch hinaus. Keine Zeile über die Periode, die hinter ihm lag, geschweige denn ein Gedanke an seine erste Frau Sophie, ihre Gesundheit oder eventuelle Kinder. Den Namen Ruliana und Rudiono bin ich nicht begegnet. Wie hätte er auch von ihrer Existenz wissen können?

Zwanzig Briefchen weiter fliegt unser Justin dann tatsächlich, seine Handschrift schnellt in die Höhe: »Heute per Flugzeug von Pakan Baru nach Palembang. Ich muß sehr schnell schreiben, in 5 Min. geht die Post weg. Betten, Laken, elektrisches Licht. Phantastisch. Es war mein erster Flug, und er hat mir sehr gut gefallen, mit einer DC 3. Meine Adresse ist: Durchgangslager Palembang.«

Und später: »Es gibt hier auch einen Club. Alles fängt an sich zu normalisieren. Ich liege hier mit denselben Leuten in sehr gemütlicher Runde. Sogar Musik und Tanz im Haus des ehemaligen Bürgermeisters.«

»Ich habe ein paar schöne schwarze Schuhe ergattert, amerikanische, und einen Pyjama und Unterwäsche. Man muß sich erst wieder an solche Kleider gewöhnen.«

»Die Holländer haben das Heft wieder in den Händen. Es werden noch ziemlich viele Leute außerhalb der Lager wegen Zusammenarbeit mit Japanern und Deutschen festgenommen.«

»Er schreibt nichts über das Zusammentreffen mit meiner Mutter«, sagte ich, als Edmee mit einer Tasse Tee zum Aufwärmen kam.

»Aber über mich. Hast du gelesen, wie verrückt er nach mir war?« Sie raffte die Briefe zusammen und setzte sich auf den Rand des kleinen Tisches. Weniger zurechtgemacht sah sie besser aus. Den Briefen hatte ich entnommen, daß sie jetzt sechsundsechzig oder siebenundsechzig sein mußte. Die Tropen waren ihr gegenüber mild gewesen.

Mir war kalt geworden, ich nahm den Tee und die Briefe mit hinüber ins rosa Zimmer. Die Kerzen brannten, und Brot und Aufschnitt standen bereit.

Edmee nahm eine Fotomappe vom Tisch und hielt sie mir hin. »Für dich«, sagte sie, »du hast deinen Vater nur krank gekannt, hier siehst du ihn in voller Glorie.« Sie nahm ein am Rande gezacktes Foto aus der Mappe: eine schöne Frau und ein aufgedunsener blasser Mann in einem zerknitterten Leinenanzug, vor ihnen ein Junge mit einem Baby auf den Schultern. »Justin«, sagte Edmee, »gerade aus dem Waisenhaus gekommen, schau nur, was für hohle Augen, das Baby bin ich, und das sind Odile und Daddy van Bennekom.«

Es war das erste Foto meiner Großmutter, das ich sah, der kleine Justin sah ihr tatsächlich ähnlich. Flammende Augen, sinnliche Lippen, als würde ich mich selbst dort stehen sehen, ich erkannte auch die Weichheit in dem Jungen, die Weichheit, die mein Vater in mir so bekämpft hatte.

Auf einem anderen Foto saß Justin mit einem Zeichenblock unter einem Baum, selbstsicher, den Kopf leicht nach hinten gelehnt und sich seiner Schönheit bewußt. Er wuchs von Foto zu Foto, von kurzen Hosen zum zweireihigen Anzug, vom Bürgersohn zum Soldaten.

Edmee breitete die Fotos wie ein Patience-Spiel vor mir

aus, von links nach rechts: in Uniform, Hosentaschen auf dem Knie, mit oder ohne Mütze, mit steifem hohem Kragen, in Wickelgamaschen oder Stiefeln; und darunter Justin, der Sportsmann, im Reitanzug, in Tennisshorts oder als Boxer, die Lederfaust der Linse entgegengestreckt, mit jedem Foto die Schultern etwas breiter. Das letzte Bild legte sie als Trumpf obenauf: Justin in einem Kleid mit Hut, breitbeinig auf der Vordertreppe.

Mein Vater als Transvestit. Der Mann, der versucht hatte, mich zum Kerl zu prügeln, trug ein Kleid. Und es stand ihm auch noch gut, Kinn hoch, ein falscher Blick in die Kamera, einen Fächer pathetisch an die Brust gedrückt. Ich hielt das Foto lachend hoch. »Dieses rahme ich mir ein, so verführerisch kannte ich ihn gar nicht.«

»Es war ein Kleid von Odile, für ein Kostümfest.« Edmee nahm mir das Foto aus der Hand und legte es zurück in die Mappe. »Wenn du so damit umgehst, bekommst du es nicht. Kleider sind nur etwas Äußerliches. Hier, schau dir seine verschiedenen Gesichter an: Kind, Junge, Mann, immer ernster.«

»Und strenger.«

»In den ersten Monaten kam er immer noch stolz auf Urlaub, er brachte mir Geschenke mit, einen hölzernen Vogel oder einen schwarzen, wie Öl glänzenden Stein. Anfangs kam er auch mit Zeichnungen nach Hause, Landschaften bei Surabaja für Odile, dort war er, glaube ich, während seiner Ausbildung. Aber später hörte das auf, er wurde stiller, blieb auch länger weg, Infanterie, puh, Bütteldienste erledigen und immer auf Patrouille. Er hatte Probleme mit seinem Oberstleutnant, einem fanatischen Widerling. Odile schrieb mir nach dem Krieg darüber, vermutlich einer ihrer abgewiesenen *lovers*. Der Kerl hat Justin seine ganze Militärzeit hindurch schikaniert. Man sieht es auf den Fotos, sein Lächeln verschwindet.«

»Und seine Haare«, sagte ich und deutete auf eines der Uniformfotos, auf denen seine schwarzen Locken auf ein paar Bleistiftstriche reduziert waren.

»Ach, *kepala botak*, der Kahlkopf. *That's a sad story.*«

»Kenn ich, kenn ich«, rief ich begeistert, »diese Geschichte hat er daheim was weiß ich wie oft erzählt. Wenn wir Besuch hatten, trug er sie immer wieder vor, die Gäste fragten sogar danach.« Ich blätterte in Gedanken die Geschichten meines Vaters durch und sah uns an einer großen sonntäglichen Reistafel sitzen, Tante Pop und Tante Regine neben ihm, ticketicketick mit ihren violetten Nägeln am Kristall und das Klingelingeling mit ihren goldenen Armbändern. Mein Vater, auf der Stuhlkante, und natürlich das große Wort. »Wo war das denn wieder, in Djambi?« fragte ich.

»Nein, in Jogjakarta«, sagte Edmee, setzte sich ebenfalls hin und schmierte sich erwartungsvoll ein Butterbrot.

»Ja, Jogjakarta, Land der steilen Äcker, Wälder und mannshohe *kembang sepatu.*« Ich machte seinen Akzent nach, und Edmee blickte mich verwundert an.

»Laß das«, sagte sie, »nicht spotten.«

Aber ich war nicht mehr zu halten.

»Augen zu, Tante, ich nehme Sie nun mit zum Fuß des Merbabu. Justins erster Posten nach der Militärschule, er arbeitete dort als Dardanel, ein schönes Wort, aber es bedeutete nichts Besonderes: Aufpasser oder Leibwächter eines Offiziers. Ein schlechtes Sprungbrett für einen jungen Infanteristen.«

Edmee blickte mich böse an. So konnte ich nicht weiter. »Ist was?« erkundigte ich mich.

»Du bist nicht fair«, sagte sie mit vollem Mund. »Justin mußte schon mit sechzehn das Haus verlassen, er konnte wählen zwischen dem Kloster und der Armee. Daddy sah keine Möglichkeit, ihn nach Holland zu schicken, er steckte bis zum Hals in Schulden, und Odile verlangte, daß alle Kinder so schnell wie möglich auf eigenen Beinen standen.«

»Nicht fair? Aber was hat er denn erreicht? Vierzehn Jahre Armee und nie höher als Feldwebel.«

»Justin war Reserveoffizier, und wenn er nach dem Krieg beim Militär geblieben wäre, hätte ihm bestimmt eine Karriere offengestanden. Aber deine Mutter mußte ihn ja unbedingt überreden, seinen Abschied zu nehmen.«

»Jogjakarta hielt er jedenfalls für einen schlechten Start, das hat er selbst immer wieder gesagt, damit fing er immer seine Geschichten an. Nie eine Kopfjagd, kein Aufstand, kein Amoklauf, nichts, nur herumhängen und auf hohe Tiere aus Batavia warten, die kamen, um dem Sultan von Jogjakarta ihren Respekt zu erweisen, und nach ihrem Besuch im Palast unter militärischer Leitung den Gipfel des Merbabu erklommen.«

»Kraton.«

»Wie bitte?«

»Der Palast des Sultans von Jogjakarta heißt Kraton, und es war eigentlich kein Palast, sondern ein ummauerter Teil von Jogja. Ich bin ein paarmal mit Daddy zur Audienz dort gewesen, dort lebten bestimmt ein paar tausend Menschen. Die meisten Besucher kamen nicht weiter als in den offenen Ballsaal, das einzige Gebäude, das noch echt javanisch war, prachtvoll, mit goldenen Säulen und einem Marmorfußboden. Am Eingang warteten die *pangerans*, die Hofherren, um die Gäste am Arm zum Sultan zu geleiten, auch die Männer. Ich mußte auf den Zehenspitzen laufen, um an ihre Ellenbogen zu gelangen … Du lieber Himmel, wann war das eigentlich?«

»Dein lieber Justin langweilte sich dort also zu Tode. Immer wieder Gäste auf den Berg schleppen, im Zickzack über glitschige Pfade, durch Wälder und verschlafene kampongs, und dann oben im hohen Gras verschnaufen und auf die Landschaft unten deuten. Und hören, wie die Holländer ›Ah!‹ und ›Oh!‹ rufen, schau, die Bewässerungsanlagen, die Terrassen, die Straßen, haben wir alles angelegt. Und die Kulis in den Reisfeldern winkten und winkten.«

»Fahr erst mal hin, dann wirst du schon anders reden. Dann siehst du, was die javanische Aristokratie ...«

»Er wollte selbst höher hinaus und träumte von einem Streifen an der Hose, Stickereien an den Ärmeln und einem Zweispitz mit Federbusch auf dem Kopf, genau wie die Prinzen und Minister und die hohen Militärs, die er am Hof des Sultans auftauchen sah. Er dachte: Wenn ich meinen kleinen Finger an die Hosennaht halte, nie klage und wie ein Paladin Befehle ausführe, dann steht mir der Weg nach Breda offen, zur Königlichen Militärakademie. Offizier, das war sein Ideal! Eine Kadettenuniform würde ihm besser stehen als eine Feldausrüstung mit Taschen an den Knien.

Solange er seinem Oberstleutnant gehorchte, lief es gut, und auch die Frau des Oberstleutnants war gut auf ihn zu sprechen. Wie oft mußte er nicht ihr Pferd aus dem Stall holen und, sobald sie im Sattel saß, die Riemen festzurren? Nach einem Ausritt ließ sie gerne ihre Tasche fallen, so daß er, wenn sie sich beide gleichzeitig bückten, ihre offenen blonden Haare an seinen Schläfen vorbeistreifen fühlte. Solche Belohnungen suchte er nicht, er war vorsichtig und wich ihr nach Möglichkeit aus. Einfach war das nicht, ein Dardanel mußte auf Abruf verfügbar sein, Meßtischblätter auffalten, Bergpässe markieren, Routen vorbereiten, führen und übersetzen.

Der Oberstleutnant sprach kaum Malaiisch, unser Justin aber wohl, und er kam auch mit Hoch- und Niederjavanisch zurecht. Mit seinem feinen Gespür für Ränge und Stände wußte er immer das richtige Wort in der richtigen Situation zu finden. Alles nur Plappersprachen, meinte der Oberstleutnant, der sogar auf Niederländisch nur schnauzen und befehlen konnte. Er betrachtete die Eingeborenen und vermutlich auch seinen Dardanel von oben herab, denn ehrlich, war Justin nicht ein bißchen zu braun für einen *pur sang* holländischen Kerl?«

Aus Edmees Augen schossen Funken, aber ich ließ mich nicht mehr aus dem Takt bringen. Los, noch einen Zahn zulegen, Theater! Mein Vater gab aus der Ferne Regieanweisungen. Pssst.

»Für Breda ließ er sich alles gefallen, du kennst deinen Bruder, er war bereit, sich zu bücken, um zu siegen. Wenn die Frau des Oberstleutnants ihre Tasche wieder mal im Stall fallen ließ, bückte er sich hinfort mit geschlossenen Augen.

Doch der Oberstleutnant war ein unangenehmer Mann. Er hielt die nächtlichen Geräusche nicht aus und lag wach und einsam unter dem Ventilator und schwitzte. Seine Frau war zu kühl, um ihn zu trösten, und so soff er und suchte sein Vergnügen bei den Mannschaften. Fast jeden Abend lief dasselbe Spielchen: auf der Veranda Genever trinken und Karten spielen. Krüge gab's genug, er ließ sie regelmäßig mit dem ›Tagesbummel‹ aus Batavia herschaffen. Wenn Justin sich versteckte, kurbelte der Oberstleutnant so lange an seinem Feldtelefon, bis er ihn irgendwo aufgespürt hatte.

Der Einsatz war meist niedrig, der Oberstleutnant spielte um die Ehre. Manchmal mußte der Verlierer mit zusammengebundenen Schnürsenkeln zu den Baracken und zurück laufen oder zweimal im Krokodilfluß untertauchen. Der Oberstleutnant hingegen würde die Federbüschel von seinem Galahelm aufessen. Die zusammengetrommelten Männer jubelten bei diesem Gedanken, ein toller Kerl, der Oberstleutnant, ein echter Spezi, nicht nur von denen da oben. Schade, daß er nie verlor, er war der beste Rommèspieler von ganz Jogja.

Eines Abends hatte er einen neuen Preis für den Verlierer in petto: Wer die wenigsten Punkte hätte, sollte mit seinen Haaren bezahlen. Alle Männer griffen sich vor Schreck an die Köpfe. Armer Justin, er durfte nicht daran denken, unser Beau. Was ihm an Tressen und Bordüren fehlte, lockte sich auf seinem Kopf. Und was hatte der ewige Gewinner zu verlieren? Nichts als ein paar glanzlose Büschel.

Der Oberstleutnant hatte wieder einmal die besten Karten in der Hand. Der Diener war schon zum Dorf geschickt worden, um einen Frisör zu holen, der Alkohol floß, die Männer johlten und Justin war am Verlieren. Die Frau des Oberstleutnants versuchte, ihm mit Blinzeln und Fingersprache zu verraten, welche Karten die anderen hatten, aber er wagte kaum, sie anzuschauen. Wie frech sie war an diesem Abend, wie sie da um den Tisch tanzte, die Haare hochgesteckt, die nackten Schultern unter einer Straußenboa, und ihre langen Ohrringe glänzten im Licht der Öllampe. Immer wieder ließ sie ihre Boa fallen, um beim Aufheben besser in die Karten der Spieler schauen zu können. Doch sogar mit Falschspiel war nichts zu retten, Justin verlor.

Der inzwischen eingetroffene Frisör bekam ein Glas Genever, obwohl er als Moslem keinen Alkohol trank, doch sie machten ihm weiß, es sei Weißenwasser. Es schmeckte ihm, und später lallte er: ›*Kepala botak, kepala botak*‹, Kahlkopf, Kahlkopf. Er wetzte sein Rasiermesser an einem dreckigen Riemen.

›Kahl‹, befahl der Oberstleutnant, ›alles ab.‹

›Kahl‹, riefen die Männer.

›*Botak, botak*‹, riefen die Bediensteten, und die Sträucher bewegten sich von den herbeiströmenden Soldaten. Die Frau des Oberstleutnants, zu benebelt, um ihre Verliebtheit zu verbergen, legte ihre Hände auf die Locken, die sie so gerne streicheln wollte. ›Nein‹, sagte sie, beugte sich vor und küßte seinen Schopf. Der Oberstleutnant stand auf, warf seine Karten auf den Tisch und stieß seine Frau auf einen Stuhl. Er zog ihren Knoten auf und hielt eine lange, blonde Locke hoch. ›Abschneiden‹, befahl er dem Frisör, ›schneide dieser Frau die Haare ab.‹

Die Männer protestierten, und der Frisör wich zurück. Sie packten Justin und zwangen den Frisör, das Messer an seine Haare zu legen. Seine Locken hüpften vom Boden auf, so kräftig waren sie, und der Frisör stampfte vor Vergnügen mit den Füßen. Die Frau des Oberstleutnants rannte ins Haus, und ihr Mann konnte wieder lachen. Ein neuer Krug. Auch die Männer atmeten erleichtert auf.«

»So kenne ich es überhaupt nicht«, sagte Edmee.

»Spezialausführung, Familienmatinee, ich hätte es auch in vier Sätzen sagen können.« Und ich dachte: Meines Vaters Geschichten schwellen in meinem Kopf an. Wenn ich nicht aufpasse, mache ich sogar aus seinem Schweigen noch ein Buch. Wenn ich an seine Geschichten denke, redet er auch in mir, wenn ich lüge, lüge ich quasi in Kommission.

»Du hast nicht nur seinen Tonfall«, sagte Edmee, »du hast auch seine Mimik, sein Lachen, seinen Augenaufschlag, du flatterst genauso mit den Händen. Es ist einfach unheimlich, wie sehr du ihm ähnlich bist.«

»Aber ich habe meine Locken noch, und ich bin schon vier Jahre älter als er. Ich weiß noch, daß er immer, wenn er anfing, von dem Frisör zu erzählen, sein Obstmesser packte und damit herumfuchtelte. Und meine Schwestern, die kreischten und kreischten.«

»Du Ärmster«, sagte Edmee. Sie zog ihre Beine hoch, kuschelte sich genüßlich auf das Sofa und schloß die Augen. »Los, erzähl diese Geschichte zu Ende, mach ihn noch mal nach, laß ihn noch einmal lügen.«

»Der Frisör spülte sein Messer im Genever und zog weiße Pfade über Justins Schädel. Die Männer hoben die Locken vom Fußboden auf und hielten sie sich als Schnurrbärte unter die Nasen. Sie brüllten vor Lachen und schlugen dem Frisör auf die Schulter. Das Messer schoß ihm aus der Hand, und ein Blutstrahl lief über Justins Schläfe.

Der Dardanel war kahl, der Oberstleutnant zufrieden. Am nächsten Tag stand mein Vater mit einer roten Schnittwunde über die Meßtischblätter gebeugt. Niemand sah es, er trug seine Mütze als Pflaster und klagte nicht. Es war ein schöner Abend gewesen, und der Verlierer war ein sportlicher Kerl. Mit seinen Haaren verlor Justin auch seinen Namen, im KNIL sollte er hinfort immer Kepala Botak heißen.

Am Tag darauf bekam er Fieber, das schmutzige Messer hatte eine eitrige Spur zurückgelassen, nach einer Woche wuchs kein Haar auf seinem Kopf, sondern Schimmel. Der Arzt desinfizierte die Wunde und verordnete ihm Bettruhe, die Frau des Oberstleutnants brachte Tee und wechselte den Verband. Wochenlang lief er mit einem entzündeten Kopf herum. Nach einem Jahr erschien ein dünner Haarflaum auf seinem Kopf, doch auch der fiel aus, es blieb nur ein schwarzer Rand in seinem Nacken. Kleine Locken ohne Kraft, zart wie die eines Persianers.«

Wir aßen unsere Brote auf und starrten schweigend zur Decke, der einzigen Stelle in Edmees Wohnung, wo Gedanken blind herumirren konnten. Ich sah für einen Moment meinen Vater in einer Ecke, nicht als strengen Regisseur, sondern freundlich, wehmütig. Ich hatte ihn mit seinen eigenen Geschichten gezähmt.

»Ich habe mich nie an diesen kahlen Kopf gewöhnen können«, sagte Edmee. Sie hob ein Foto nach dem anderen vom Tisch hoch. »Trotzdem konnte er später darüber lachen, die Sache habe ihm Kraft gegeben, meinte er. Was dich nicht umbringt, macht dich nur stärker, das war schon damals seine Lebensdevise, und es erinnerte ihn daran, Menschen nie zu sehr zu trauen. Hart sein, hart sein, sonst wirst du nur enttäuscht ... er wußte Bescheid, dieser *darling*.«

»Waren seine Brüder auch so?«

»Nun, sentimental waren sie jedenfalls nicht, nein.«

»Warum habt ihr nach seinem Tod nie wieder etwas von euch hören lassen?«

»Deine Mutter wollte es nicht.«

»Und ich? Sein leiblicher Sohn?«

Sie antwortete herablassend: »Ach, du weißt ja, wie das damals ging, die ganze Welt zog um, wir waren mitten im griechisch-zypriotischen Krieg.«

»Haben Sie keine Fotos von den Zwillingen?«

»Das weißt du also auch?«

»Haben Sie seine erste Frau gekannt?«

»Nein, ich habe Sophia nie getroffen. Justin hat sie in Surabaja geheiratet, weit weg. Du weißt, wie das geht.«

»Eine Tagesreise mit der Bahn von Batavia entfernt.«

»Die ganze Familie wußte, daß diese Ehe mit Sophia nichts taugte, sie hatte sich schon im Krieg mit einem Mohammedaner herumgetrieben. Aber Odile hielt Scheidung für eine Schande, und sie wehrte sich mit aller Macht gegen Justins Beziehung mit deiner Mutter – eine Protestantin, mit drei Indo-Töchtern, und die Unklarheiten über den ersten Mann deiner Mutter, ein Eingeborener, wohlgemerkt. Sie wollte Justin vor dem Untergang bewahren.«

»Es lebe die Mutterliebe.«

»Solange es Daddy gelang, die Scheidung zu verhindern, konnte dein Vater deine Mutter nicht heiraten, sonst hätte er sich der Bigamie schuldig gemacht.«

Der Schweiß brach mir aus, was für eine Gaunerbande.

War ich dem Namen van Bennekom in der Vaterschaftsanfechtung meines Vaters begegnet? Ich konnte dem Puzzle meiner eigenen Familie kaum mehr folgen. Wußte meine Mutter über diese Intrigen Bescheid?

»Wenn wir schon beim Beichten sind«, sagte Edmee, »da gibt es noch etwas. Sophia Munting war schon tot.«

»Nein! Seit wann?«

»Ein paar Jahre nach der Befreiung ist sie gestorben.«

»Das kann nicht sein. Unser Familiennotar hat mit ihr korrespondiert, bis ein paar Jahre vor meines Vaters Tod.«

»Daddy hat die Briefe beantwortet, als Advokat hielt er alles in der Hand, er trat als ihr Testamentsvollstrecker auf.« Edmee zuckte entschuldigend mit den Schultern. »Daddy ließ sich leicht aufhetzen, und Gott weiß, was er gegen Justin hatte, vielleicht war er eifersüchtig, weil seine Frau mit ihrem eigenen Sohn flirtete.«

»Mein Vater hätte meine Mutter also tatsächlich heiraten können?«

»Ich glaube schon, Justin war Witwer, ohne daß er es selbst wußte.«

»Rache.«

»Ja, ich nehme es an.«

»Aber warum?«

»Na ja, so genau weiß ich es nicht, es waren andere Zeiten, ich war die Jüngste, es war ein Problem meiner Stieffamilie, ich hatte ganz anderes im Kopf. Ich war verliebt in einen britischen Offizier, ich wollte so schnell wie möglich heiraten und weg. Die Zeit des Unabhängigkeitskampfes begann, es war lebensgefährlich.«

»Und seine Brüder und Schwestern logen fröhlich mit?«

»Es war eine Lüge, die sich verselbständigt hatte, niemand traute sich mehr zurück. Auch wir waren anfänglich gegen Justins Beziehung zu deiner Mutter gewesen, wir hätten es lieber gesehen, wenn er beim KNIL geblieben wäre. Was sollte er tun ohne weitere Ausbildung, wie sollte er es in Holland mit einer Frau und drei Kindern schaffen?«

»Ach, ihr habt euch also Sorgen um die drei Indokinderchen gemacht.«

»Wir schwiegen einfach, wir waren es gewöhnt, mit Geheimnissen zu leben. Die wenigen Male, als wir deinen Vater später besuchten, ließ er uns kaum die Chance, etwas zu sagen, er redete und redete, wir unterhielten uns nur über Essen.«

»Es war wohl eine große Erleichterung, als er starb.«

»Nun ja, wir konnten auch eine Lüge begraben.«

»Darum habt ihr mit uns gebrochen.«

»Wir wollten nicht mehr daran erinnert werden.«

Grundlos als Bastard durchs Leben gegangen; sinnlos die falsche Scham meiner Mutter, der Hokuspokus mit dem Nachnamen, um vor dem Dorf den Schein zu wahren, das Affentheater mit meinen Zeugnissen, der Verkehrserziehungs- und der Freischwimmerurkunde: Ja, wie heißt er denn nun wirklich? Es muß nach dem Gesetz gehen, sonst gilt es nicht.

»Danke«, sagte ich und schob meinen Teller so brüsk zurück, daß ein Stück vom Rand der Teeschale abbrach.

»Ich verstehe es«, sagte Edmee verlegen.

Sie tat die Fotos in die Mappe und schob mir diese schweigend zu. »Und Ruliana und Rudiono«, fragte ich, als Edmee nervös die Porzellansplitter mit der nassen Fingerspitze aufzuheben versuchte. »Was ist mit den Zwillingen passiert?«

»Keine Ahnung.«

»Ich begreife das nicht. Wie geht ihr um Himmels willen miteinander um? Kinder sind doch keine Hunde, die man einfach im Stich läßt.«

Edmee schaute mich empört an. »Ich kannte Sophia

nicht, und ich kannte die Zwillinge nicht, ich habe sie nie gesehen.«

»Und deine Mutter, Oma Odile wird sich doch wohl um sie gekümmert haben?«

»Meine Mutter und Kinder! Sie fand, daß Babys stinken, sie traute sich nicht, sie anzufassen.« Edmee stand auf und lief schnaubend durch das Zimmer, holte eine Flasche Sherry aus dem Schrank und goß zwei Gläser ein. Alkohol, jetzt blieb uns wirklich nichts anderes mehr übrig. »Daddy wird sich wohl was ausgedacht haben, er war der schlaueste Anwalt auf Java, er hat es auch geschafft, daß keiner von uns ins Lager mußte.«

Sie schlug erschrocken die Hand vor den Mund. Uff, verplappert. Schnell einen Schluck.

»Odile mußte sowieso nicht«, sagte sie gehetzt, »sie war Französin, was weiß ich, wie das damals politisch zusammenhing, die Vichy-Regierung war wohl japanisch gesinnt, und bei uns hat Daddy auch geschummelt.«

»Wie?«

»Irgendein Trick.«

»Wie genau? Mord, Verrat, Bestechung? Ich glaube, ihr macht vor nichts halt.«

Edmee begann, sich wie ein Kind zu winden. Mir juckten die Hände. Was stellte sich nun heraus? Der italienische *lover* wurde mit Hilfe entsprechender Papiere als eingeborener Vater aller Kinder ausgegeben – Edmee inklusive; auf Java ging das leichter als anderswo. Odile versammelte ihre Brut sich um sich herum, jung und alt samt Anhang. Den ganzen Krieg über blieb sie in ihrem eigenen Haus. Daddy van Bennekom versuchte, sich selbst auch eingeborene Vorfahren zuzulegen, aber das mißlang, er mußte doch noch hinter Stacheldraht, dieser arme Kerl. Reines Blut hatte eben seinen Preis.

Über diesen Teil der Familienintrige war mein Vater

nicht informiert worden. Er war der Sohn, der dem Vaterland, das er nie gesehen hatte, dienen durfte, und er wurde nach gut katholischem Brauch als Ältester geopfert.

»Die Freiheit ist eine Lüge wert«, sagte Edmee. Sie sah plötzlich sehr betreten aus, als ob sie spürte, eine Rente als Kriegsopfer war für sie nun eigentlich nicht mehr drin.

Wie viele Lügen? Hatte es Sinn, die Wurzeln ihres Stammbaums weiter bloßzulegen? Woher kamen die Papiere des eingeborenen Liebhabers? Und ich fragte mich lieber nicht, wie ehrbar die Familie durch die japanische Besatzungszeit gekommen war. Edmee suchte nach Reinheit und tröstete sich mit einem lilienweißen Wappen. Ich suchte nach Beweisen dafür, wie braun wir waren, weil ich so rosafarben bin. Ich mußte aufpassen, nicht in den gleichen Irrsinn zu verfallen.

Dieser lächerliche Hang nach Reinheit, auch mein Vater war davon angesteckt gewesen, immer mit Rang und Stand beschäftigt, mit vornehm und ordinär, mit gut und böse, weniger oder mehr, höher und niedriger, links und rechts, stark und schwach, scharf und süß, ja, bis in die Küche hinein ging das. Sollte er sich aus diesem Grund nach dem Krieg der Anthroposophie in die Arme geworfen haben? Eine Lehre, die Brüderschaft aller Menschen postuliert, ohne Unterschied von Rasse, Glaube, Geschlecht, Stand oder Farbe, mit der Suche nach Wahrheit als höchstem Ziel. Schöne Theorien, um die Lügen seiner Jugendzeit zu verdrängen. Wie er vermutlich auch an den Wert einer anthroposophischen Erziehung geglaubt hat: eine harmonische Entwicklung von Gefühl und Willen. Nicht das Lernen stand im Vordergrund, sondern Kreativität, Musik, Gesang, Eurythmie. Aus der Schönheit ging das Verstehen hervor.

Viel hat er davon nicht verstanden. Gefühl war Schmerz,

Wille das Leugnen von Schmerz, Rhythmus das Tippen eines Lineals, Schönheit und Kreativität waren gedrillte Buchstaben und Linien. Wir mußten nach einem höheren Selbst streben, nach einer reinen Seele und einem reinen Geist, das Bewußtsein mußte das Unbewußte besiegen. Mein Vater konnte das alles schön formulieren, er klammerte sich an seine eigenen Worte, voller Angst vor seinen dunklen Seiten und der Hölle in seinem Herzen. In der Anthroposophie fand er etwas Weiches, mit dem er seine Härte zudeckte.

»Darf ich jetzt nicht mehr deine Tante sein?« fragte Edmee, als ich meine Jacke nahm und gehen wollte.

»Doch, aber nicht zu sehr und nicht zu oft.«

Sie gab mir einen Sherrykuß, bitter und süß, und schob mir ein Foto in die Hand. Mein Vater im Kleid.

5
Treibsand

Wir schaukelten im Kirchenschiff. Die Kanzel war eine Lichtmaschine, und der Donner zerplatzte über unseren Köpfen. Ich saß in einem Trog aus Algen gefangen, Arme wirbelten um mich herum, stillstehen war unmöglich, wir wurden vorwärtsgetrieben. Der Boden verschwand unter meinen Füßen, weißer Rauch schlingerte um unsere Waden. Ich tanzte auf den Wellen.

Meine Augen suchten nach einem Halt, irgend etwas Festem, was sich nicht bewegte, an das ich mich lehnen könnte, aber ein Blitz spaltete die Pfeiler, und das Dach fing an, sich zu bewegen, nach oben, nach unten, Licht und Dunkel plärrten um uns herum.

Aram tanzte nicht, er wackelte mit dem Hintern und zog sich an meiner Schulter hoch, um etwas von der Band zu sehen: fünf Jungen mit nackten Oberkörpern und Ringen in Brustwarzen, Nasen und Ohren, kahl oder mit wallenden Haaren bis auf die Schultern. Der Sänger trug eine abgeschnittene Jogginghose, der Schlagzeuger war ein lederner Christbaum, der Beschlag auf seinem Hosenschlitz funkelte im Licht. Die Gitarristen bumsten ihre Instrumente, sie guckten zornig und spuckten auf uns herunter. Eine rauhe Stimme heulte ins Mikrofon: »*When there is no peace, there is no sanity.*« Die Erde war ein Krebsfleck, Gott und Geld ein schwules Paar, *fuck the world* oder so ähnlich, ich konnte es kaum verstehen. Aram auch nicht, aber darum ging es nicht, es ging um das Gefühl.

Vier andere Musiker betraten das Podium, Penner aus der Bronx. Sie zogen ihre Hosen runter und begrüßten uns mit tätowierten Arschbacken, das Publikum johlte. Sie waren grob, groß, stark, und sie beschimpften uns: Wir waren *motherfuckers, stupid headbangers*. Bei ihrer letzten Tournee waren sie als Faschisten runtergemacht worden. Falsch verstanden, schrie der Sänger, es ging ihnen nicht um Politik, sie hatten eine positive Message: *»Fuck fascism, fuck ignorance. You know who is to blame, the mother fucking media is to blame.«* Sie riefen Satan an und alle Monster aus dem Spielzeugladen: Drachen, Vampire, Piranhas und Schwarze Witwen.

»Gotisch«, schrie mir Aram ins Ohr, »das ist gotisch.« Ich nickte gleichgültig, um vor allem nicht den Eindruck zu erwecken, ein Außenseiter zu sein. Die Musik wirbelte das Publikum wieder in die Luft, Jungen und Mädchen stiegen auf das Podium, tanzten einmal zwischen Schnüren und Verstärkern entlang und sprangen zurück in die winkenden Arme.

Dicht vor uns wurde ein Mädchen ohnmächtig, ein Junge blutete aus der Nase, ein Ellenbogen knallte gegen meine Unterlippe. Ich wich zurück, packte Aram um die Taille und bahnte mir rückwärts einen Weg durch die Masse. Plastikbecher krachten unter unseren Füßen, bis ich einen Holzrand im Rücken fühlte. Der Ausschank. Bierdosen flogen uns um die Ohren.

Es war mein Plan gewesen, Aram zu einer *headbangers*-Fete mitzunehmen, ich hatte Jungen seines Alters in der Stadt Flugblätter austeilen sehen – *»Church Metal«* – und sofort die Chance ergriffen, mich in seine Welt einweihen zu lassen. Ich rief ihn an, und nach einer absurden Konversation mit seinem Vater (»Ein Konzert? Aber er hat schon seit Wochen nicht mehr geübt.«) bekam ich ihn für ein Wochenende. Aram blickte sich nicht um, als er in mein Auto stieg. Sein Vater stand am Fenster, das Horn in der Hand. Nein, ich schüttelte den Kopf, das brauchen wir nicht. Dann zog er die Vorhänge vor.

Wir würden erst zu Hause bei mir ein paar Platten anhören und die Texte lesen und abends *pogen* und *moshen*, das war Tanzen, auf und nieder, in klobigen Schuhen.

»Muß das sein?« fragte ich.

»Ja, aber mit diesen da klingt es nicht«, er deutete verächtlich auf seine Kreppsohlen. Deshalb kauften wir mittags Knobelbecher im Armeeshop und eine Jeans mit Rissen über dem Knie. Und weil ich auch cool sein wollte – und ein bißchen Robin, der Riese –, wählte ich ein paar Soldatenstiefel. Arams Ritter-T-Shirt war an diesem Abend sehr passend, aber als ich ihn dort in die Kirche gehen sah, fragte ich mich, ob ich recht daran getan hatte, mit ihm hier hinzugehen. Er schien mir noch zu jung, und all die Roheit um ihn herum ließ ihn noch zerbrechlicher erscheinen. Aber Aram war ganz aus dem Häuschen, er fand es cool, heftig, geil, hip. Ja, ich war schon ein toller Onkel.

Die nackten Körper, der Geruch nach Leder und Schweiß und Marihuana – ich zog den Duft ein und schaute mir die Augen aus dem Kopf nach den Tätowierungen. Ein Junge hatte auf seinem Rücken Jesus abgebildet: der gekreuzigte Erlöser als Schießbogen in der Faust des Teufels, ein Pfeil zitterte über der Dornenkrone. Andere hatten sich die Namen ihrer Lieblingsband in das Nackenhaar schneiden lassen, und bei einem Mädchen schlängelten sich zwei Schlangen von den Schultern hinunter zu ihren Äpfeln. Ich betrachtete neidisch die jungen Körper, Bäuche wie Waschbretter und ein Binsengeflecht aus Muskeln über dem Rücken. Die Spiegel hinter der Bar machten mich brauner, so schlecht war das Licht, aber sie zeigten auch die kahle Stelle auf meinem Hinterkopf.

Seit ich die Karten für die *headbangers*-Fete zu Hause hatte, mußte ich immer an meine Figur denken. Würden sie mich nicht auslachen, war ich nicht zu grau, war mein Arsch nicht zu dick für eine Jeans? Ich stand eine Stunde lang vor dem Spiegel, Hose an, Hemd aus, Kragen hoch, Knopf auf, Bauch rein. Stiefel unter oder über den Hosenbeinen? Schon beim Anprobieren wurde ich um Jahre älter. James Dean mit Puddingbauch.

Die Bar im Seitenschiff schien mir ein sicherer Platz, wir konnten das Podium gut überblicken, Hunderte von Stiefeln donnerten auf dem Holzfußboden, Arme blitzten im Licht wie Zitteraale. Einer der Bronx-Boys zerschlug seine Gitarre.

»Ist das eine teure Gitarre?« fragte ich Aram.

»Gwgt«, sagte er.

»Was?«

»Gwgt.« Mein Ohr kroch in seinen Mund. »Ge-wöhnliche Gi-tarre«, schrie er.

Mir reichte es langsam, aber Aram mußte noch moshen, er holte tief Luft und sprang armhoch zwischen die Tänzer. Das Barmädchen tanzte hinter dem Bierhahn und hatte keine Augen für Kunden. Ich lehnte mich an die Theke. Das Dröhnen wurde stärker, die Flaschen zitterten in meinem Rücken, aber ich fühlte auch etwas Weiches, eine Hand auf meiner Schulter und dann tiefer, an meiner Taille.

Ich drehte mich um und blickte direkt auf den silbernen Nasenring eines großen, blassen Mädchens. Sie glänzte im Licht. Weiße Kleidung, weiße Lippen, sie bewegte sich mit der Musik, nicht der geringste Ausdruck auf dem Gesicht, aber ihre Haarsträhnen schüttelten sich mit, sahen aus wie Glas, gefrorenes Weiß. Sie sagte etwas, ich konnte sie nicht verstehen, und sie machte sich nicht die Mühe, es zu wiederholen. Sie zog mich am Ärmel und nickte mit dem Kopf in Richtung der Tänzer.

»Ich schaue lieber zu«, schrie ich, Blick auf unendlich. Aram tauchte auf und sprang wieder zurück in die äußere Reihe, er strahlte vor Vergnügen. Er hatte vielleicht die bravste Frisur in der ganzen Kirche, aber wie er da in dem brechenden Licht sprang, sah es aus, als schlage über ihm ein Adler mit den Flügeln, so weich und verzögert wippten seine Haare auf und ab. Er winkte mir, das blasse Mädchen neben mir winkte zurück, griff nach meinem Arm und zerrte mich an beiden Handgelenken zwischen die *moshers*. Die Musik saugte uns in die Mitte des Tanzbodens, und wir sprangen um die Wette auf und nieder, der Adler, der Pudding und der Nasenring, wer es am höchsten konnte. Meine Unterlippe klopfte, die Stiefel schnitten mir in die Zehen.

Auf der Kanzel brannte ein Feuerwerk ab. Bengalisches Feuer sprühte über unsere Köpfe, der Pulverdampf wogte im Scheinwerferlicht. Die Bronx-Boys sangen von Tod und Leichenschändung. *»It is a shame you found out too late, reality is when you die.«* Das Mädchen tanzte mit geschlossenen Augen, sie schnoberte an einer Pfadfinderpfeife, die ihr an einem Lederriemchen um den Hals hing, und ihre toten Wangen bekamen Farbe. Sie schnaubte und schnaubte, dann hielt sie mir die Pfeife unter die Nase. Ein Schweißfußduft glühte mir entgegen. Es war zum Inhalieren, mein Herz stieg in meine Wangen, alles prickelte, und ich schwebte zum Seifenblasenlicht. Der Schmerz verschwand, zugleich die Steifheit und die falsche Scham.

Die Musik brach ab, die Lichter gingen aus, wir hörten noch ein dumpfes Knarren und tanzten einen Augenblick weiter im ruhigen Zentrum des Orkans, ein Zucken, dann standen wir still.

»Kurzschluß«, rief ein Junge von der Kanzel. Nach einem Chor aus »*fuck*« und »*shit*« ließ er mehrere Knallfrösche springen. Durch den Rauch konnten wir nichts mehr sehen, und das Knallen verjagte jedes Gefühl für die Richtung, wir hatten keine Ahnung, wo der Ausgang war.

Aram packte mich an der Hand, und wir ließen uns mit dem Strom treiben, bis mich jemand zurückhielt. Das blasse Mädchen. Sie führte uns zur Bar, bat um eine Kerze und schob Aram einen Hocker zu.

»Der Beleuchter macht Faxen«, sagte sie, »das ist gleich repariert.«

»Mir war es ein bißchen unheimlich«, sagte Aram, »ich dachte, es wäre ein Anschlag.«

Sie hielt ihm die brennende Kerze vors Gesicht und sagte: »Sicher dein erstes Konzert.«

»Nein«, sagte Aram, »ich mache auch selbst Musik.«

Sie stellte sich nicht vor, sie akzeptierte ein Glas ohne Dankeschön und fragte, was für ein Instrument er spiele.

»Horn«, sagte Aram.

»Was?«

»Horn.«

»Was ist das?«

Um ihm zu helfen, sagte ich, daß er bei einer Schulband spielte. *»Metal?«* fragte sie.

»Nein, Kupfer«, überschrie Aram den Lärm einiger Knallfrösche. Er formte mit den Händen einen Trichter und rief etwas in ihr Ohr. Sie lachte und tat dasselbe bei ihm. Der Frechdachs hatte mich überhaupt nicht nötig; das Mädchen legte einen Arm um ihn.

Wir beschlossen, zu dritt eine Pizza im Lokal gegenüber der Kirche zu essen. Im Neonlicht, beim Italiener, sah ich, daß das Mädchen eine ungepflegte Haut hatte, und auf der Innenseite ihrer Unterarme waren große blaue Flecken. Sie blickte sich unruhig um, sie stotterte, nun, da sie nicht mehr zu schreien brauchte, und eine Pi-pi-pizza wollte sie eigentlich nicht. Lieber ein Eis oder ein süßes Getränk. »Nggrr«, sie zog die Nase hoch, drehte sich eine fransige Zigarette und fragte den Ober zweimal, wie spät es sei.

»Hast du es eilig?« fragte ich.

»Nee«, sagte sie, »ich muß noch zu einer Party auf der anderen Seite der Stadt, und ich habe kein Geld für ein Taxi.«

»Aber es ist schon fast zwölf Uhr«, sagte Aram.

»Ich bin nicht müde.«

»Ich muß immer um Viertel nach neun ins Bett.«

»Ich schlafe tagsüber.«

»Immer?«

»I-immer.« Sie wußte, daß man alt davon wurde, und ungesund war es auch, aber sie liebte Musik und Tanzen so sehr. Sie zog noch einmal genüßlich die Nase hoch, Aram betrachtete sie bewundernd. Er durfte ihren Nasenring anfassen und ihre weißgesprühten Haare.

»Wie Engelhaar«, sagte er.

»Du bist ein lieber Pups«, sagte sie, als er für sie ein Stück aus seiner Pizza schnitt. Aram wurde rot und erkundigte sich, wie oft sie zu solchen Konzerten gehe. Und sie erzählte Lügen über die Bands, denen sie hinterherreiste, und die fremden Städte, in denen sie schon war, und er gab an mit seinen »gut hundert CDs«. Nach der Schule würde er als Beleuchter arbeiten oder noch besser als Chauffeur der Band.

»Findet dein Vater das gut?« fragte sie mit einem neckischen Blick in meine Richtung.

»Der ist dann tot«, sagte Aram.

»Du bist ja ganz schön cool.«

Aram hob die Schultern hoch. *»Reality is when you die.«*

Wir lachten darüber. »Ich finde dich ziemlich witzig«, sagte Aram, sie streichelte kurz seine Hand. »Und du bist überhaupt nicht alt.«

»Danke«, sagte sie leise. Sie drückte ihre Kippe in ihrer angenagten Pizza aus und wischte sich den Tabak vom Schoß.

»Ich hätte auch so einen Jungen wie dich haben können«, sagte sie, als sie ihn beim Weggehen auf die Stirn küßte. Sie gab mir mit dem Ellenbogen einen Stoß in den Bauch und sagte: »He, Vater, kannst du mir vielleicht ein bißchen Geld fürs Taxi leihen?« Aram bog sich vor Lachen. Ich gab ihr das Geld, auch er hielt die Hand auf.

»Du kannst es ja doch nicht mitnehmen«, sagte sie.

»Ich bin nicht sein Vater, er ist mein Neffe.«

»Oh, sorry.«

Draußen tippte sie noch einmal ans Fenster. Aram schaute mich flehend an und hielt noch immer die Hand auf.

»Du hast genug gehabt«, sagte ich.

»Nein, ich will dich nur ein bißchen festhalten«, sagte er. Ich legte meine Hand in seine. »Gemütlich, nicht wahr, wir waren gerade wie eine kleine Familie.«

Ich erschrak. Er brauchte mich.

Aber sein Vater: Zwei Tage ohne seinen Sohn, und die Pisse stieg ihm bis zum Hosenschlitz. Sein Essen stand noch im Herd, denn er bekam die Tür nicht auf, und er verstand das alles nicht, Aram sollte doch nur eine Nacht wegbleiben. Er wollte Aram über den Kopf streicheln, aber sein Sohn war zu groß für ihn, auf halbem Weg fiel seine Hand wieder zurück.

»Es war eine Nacht«, sagte ich.

Aram zog die Gardinen auf. Maarten hatte das ganze Wochenende im Dunkeln gesessen.

Ich wärmte seine Mahlzeit auf, kochte Kaffee und schrieb mir die Telefonnummer der zuständigen Schwester von der Pflegestation auf. Es mußte etwas geschehen, so konnte es nicht weitergehen. Aram polterte mit seinen Knobelbechern in sein Zimmer, legte eine *Metal*-Platte auf und stampfte mit dem Baß mit. Maarten saß breitbeinig auf dem Sofa und lachte über das Gedröhne über seinem Kopf. »Lieber das als Stille«, sagte er, »ich habe ihn vermißt.«

Sein Vater brauchte ihn.

Was sollte ich tun? Ich rief bei der Sozialstation an: Die Schwester würde in Zukunft täglich kommen. Ich traf eine Verabredung mit dem Direktor des Gymnasiums. Er hatte ein Auge auf Aram. In der Schule ging es mäßig, drei Vierer, zwei Fünfer. Aber seine schlechte Note in Griechisch wurde durch eine gute ausgeglichen. Wir müßten es abwarten, sagte der Direktor, und wenn es nicht mehr anders geht, wollen Sie dann für ihn sorgen? Ich sagte weder nein noch ja. Lag da Spott in seiner Stimme oder war es ihm ernst?

Der Plan, meinen Neffen zu mir zu nehmen, ließ mich nicht mehr los. Ich mußte wie ein erwachsener Mann handeln. Entweder entschied ich, daß ich dem nicht gewachsen war, oder ich veränderte mein Leben und akzeptierte die Verantwortung, die die Erziehung eines vierzehnjährigen Jungen mit sich brachte. Und wenn ich mich nicht traute oder schlicht zu egoistisch war, dann mußte ich dazu stehen.

Ich fuhr wieder zu meinen Dünen, ohne mich zu fragen, ob das vernünftig war. Aus dem Arbeiten wurde sowieso nichts, und ich wollte in aller Ruhe nachdenken. Meine Freundin hatte wieder einmal keine Zeit für mich, dennoch mußte ich auch sie in meine Überlegungen mit einbeziehen. Aram war eine Belastung für unser Verhältnis. Sie hatte nie Kinder haben wollen, und jetzt drängte ich ihr eines auf. Wenn ich mich für Aram entschied, war die Chance groß, daß sie mich fallenließ. Vieles würde klarwerden, auch wenn ich nicht alle Konsequenzen überblicken konnte.

Das Dorf lag unwirtlich und verlassen da, ich nahm mir ein Zimmer in dem kleinen Hotel, mit Blick auf das Meer und das Hinterland. Das Feld gegenüber unserem alten Haus war kahler denn je, die Hagebuttensträucher verloren ihre Blätter, und die Weide hinter dem Stall der Rettungspferde diente jetzt als Lagerplatz für Strandkörbe und abgebrochene Strandhäuschen. Ich ließ meinen Blick über die ausgetretenen Pfade wandern, die verschwundenen Kiefern kamen wieder zurück, und ich sah mich selbst als kleinen Jungen neben belgischen Kaltblütern auf der Weide stehen. Schon ein paar Stunden später bereute ich meinen Besuch. Ich mußte mich ja gerade losreißen von dem, was hinter mir lag, und beweisen, daß ich selbst fähig war, eine Richtung zu finden. Weg von dem Meer, das mit unermüdlichem Fatalismus wieder und wieder an Land rollte. Es mußte doch möglich sein, das Schicksal in andere Bahnen zu lenken. Das Leben in die eigene Hand zu nehmen, Entscheidungen gegen seinen vorbestimmten Verlauf zu treffen. Ein Wellenbrecher wollte ich sein.

Ich tat mein Bestes, nicht länger die Vergangenheit in der Landschaft zu sehen. Schließlich sah nichts mehr aus wie früher, sogar die alten Dünen waren weggewandert. Stürme hatten meinen vertrauten Horizont verweht. Schau, wie das Moos zwischen den Dünen wuchs, man konnte mit Stadtschuhen darübergehen. Und wie schmal der Strand war, wie armselig der aufgeschüttete Deich entlang der Promenade. Der Geruch nach Pommes frites siegte über den Seewind, und das halbe Dorf war zu vermieten.

Weiher und Moraste trockneten aus, das Grundwasser war gesunken. Sträucher lagen entwurzelt in den Dünen, das Wasserwerk ließ Betonrohre verlegen. Kein Treibsand mehr, keine trügerischen Flächen. Pfeile und Schilder wiesen den Weg, und alle paar Kilometer berichteten farbige Tafeln hinter Glas, was da wuchs und flog. Ich kaufte mir eine Wanderkarte und hielt mich an die Angaben. Vor mir lag kultiviertes Land, und alles, was ich sah, war neu.

Doch noch immer tanzten die Krähen hinter der hohen

Düne. Vor fast zweihundert Jahren waren dort Zehntausende Briten und Russen durch das batavische Heer in die Pfanne gehauen worden, ein mißlungener Versuch des verbannten holländischen Königs, sein Land zurückzubekommen. Um ihn zu ehren, färbte der Himmel die Dünen orange. Hunderte Krähen pickten in der Erde, schwarz von Blut und Eisen. Auch durch die Senke lief nun ein gepflasterter Spazierpfad. Ich stampfte auf den Steinen: Flieg auf, Leichenpicker, mäste dich nicht länger am Tod.

Nachts fühlte ich eine Hand, die meine berührte. Sie streichelte meine Arme, meine blonden Härchen zitterten und ich wurde hochgehoben, als verließe ich meinen eigenen Körper, leicht war ich, ohne Schmerz. Dann befiel mich ein tiefes Schwindelgefühl und ich wurde wach, die Augen und Wangen voller Tränen. Und wieder wachte ich die halbe Nacht, beunruhigt von Erinnerungen, die ich nicht mehr beherrschen konnte. Ich lauschte auf den Sand, der gegen mein Fenster schlug – der Wind, der mit den Hinterpfoten am Strand kratzte –, und lief widerwillig durch die Jahreszeiten meiner Kindheit.

Mein Dorf im Herbst. Ein Haufen vergessener Häuser im Dunst. Unser Haus lag außerhalb des Ortskerns, gegenüber dem Wald und dem Stall mit den Rettungspferden. Das Dach war eine Boje in den Dünen, rot und breit. Das Uhrgehäuse auf dem First hatte die Glocke verloren, umgeschmolzen zu deutschen Kugeln. Wenn man hineinkletterte, sah man das Meer und den Wassertank für die Kleinbahn.

Der letzte Badegast war abgereist, die Sommerhäuser standen leer, und das Meer wetterleuchtete zum letzten Mal. Meine Schwestern waren auf der Mittelschule in der Stadt und spielten nie mehr draußen. Auch die anderen

Kinder aus dem Kinderheim waren zu alt. Mein Vater und meine Mutter bibberten am Ofen.

Im Herbst gehörten die Dünen wieder mir, wenn die Stürme den Sand aufjagten – Sand, der einen in die Wangen biß und der die Augen tränen ließ, so daß man alles doppelt sah: zwei Leuchttürme, zwei Strandpavillons, zwei Pferdeställe, zweimal die eigenen Fußstapfen. Eine doppelte Landschaft, mit niemandem geteilt.

Nicht lange nach der Hochwasserkatastrophe ließ die Gemeinde ein Telefon in unserem Gemeinschaftsflur anbringen. Die Düne neben dem großen Bunker war zu schwach geworden, das Wasser war schon zweimal bis hinter unser Haus gekommen. Von da an mußten wir bei Gefahr den Strandvogt anrufen. Es gab drei Telefone im Dorf, und auch wenn wir unseres nur im Notfall verwenden durften, waren wir stolz auf das schwarze Geweih an der Wand. Manchmal riefen die Leuchtturmwärter vom Nord- und Süddorf an, daß die Pferde und das Rettungsboot bereit gemacht werden sollten. Mein Vater hatte nämlich angeboten, den Stall abends und sonntags zu beaufsichtigen. Er lag ohnehin meistens vor dem Fenster, und der Strandvogt wohnte zu weit weg. Außerdem – wer wußte mehr von Pferden als er? In seiner Jugend hatte er sich immer stundenlang im Gestüt seines Vaters aufgehalten, er konnte jedes Pferd zügeln, die wildesten Araberhengste (mit einem Knick in der Stirn und einem Maul, so fein, daß sie Wasser aus einer Kokosschale tranken), es gab im ganzen Dorf keinen besseren Mann, um die sechs Kaltblüter zu bewachen.

Trat ein Notfall ein, sammelten sich die freiwilligen Rettungshelfer bei uns im großen Flur, da stand auch eine Kiste mit Leuchtraketen, Ölzeug und Stiefeln, der Stall war zu feucht dafür. Der Schlüssel hing an einem rot gestrichenen Haken in der Küche, und bei Windstärke neun machte meine Mutter eine Thermosflasche mit Kaffee fertig.

Mein Vater war also der Herr der Rettungspferde. Das machte ich mir jedenfalls gerne weis. Und wenn Fremde um den Stall herumliefen, warnte ich sie: Die Gäule gehören uns, und mein Vater ist Retter von Schiffen in Not. Wir haben ein Telefon, das mit den Leuchttürmen redet, und eine Kiste voller Leuchtraketen und Lampen mit Nickelspiegeln, und ein Faß Petroleum und Medaillen von der Königin.

Aber nie wurde ein Schiff an unseren Strand gespült, wir hatten weder Klippen noch Sandbänke, unsere Pferde fraßen sich fett an Silogras, und die Öllampen beschlugen im Schrank, denn der Herbst war eine kühle Zeit. Es gab nur Nebelschleier und Treibholz vor der Küste. Treibholz, aus dem die großen Jungen im Sommer Hütten bauten. Wenn es fror, wurden Eisschollen auf den Strand geworfen, eine fremde Welt wurde angespült. Eisschollen, die krachend bis zur Düne hochgeschoben wurden. Ich war ein Eskimo und versank bis zu den Knien im brüchigen Eis.

Im Frühjahr kam das Leben zurück, wenn das Helmgras wieder grün wurde und Kreise in den Sand malte. Die Liegestühle wurden hinausgestellt, und zwischen den Häusern hallten die Teppichklopfer. Anstreicher stiegen auf ihre Leitern, und ein Bagger karrte den Sand von der Promenade.

Und im Sommer kamen die Waisen. Autobusse ratterten über die Straße: das Hohe Haus wurde in Besitz genommen. Decken und Matratzen hingen aus den Fenstern, und die Fahne flatterte am Portal. Die Jungen trugen blaue Overalls und die Mädchen blaue Röcke und Jacken mit Reißverschluß. Sie waren blaß und arm, das Meer sollte Farbe auf ihre Wangen bringen.

Am ersten Tag blieben sie hinter dem Zaun, sie spuckten durch den Maschendraht, wenn ich zu nahe kam. Jedes Jahr stand ich wieder da, in sicherem Abstand, und betrachtete die fremden Gesichter. Sie kamen aus der großen Stadt, ihre Sprache klang vulgär, und sie trugen glänzende schwarze Gummistiefel. Ihre Ankunft war ein Zeichen für den Sommer, auch wenn die Sonne wegblieb und der Regen Punkte in den Sand schlug.

Die Zeit der verbotenen Dinge brach an: hochgehobene Röcke, schwarze Unterhosen und Brüste, die sich unter Pullis wölbten. Die Mädchen hingen wie Kletten aneinander, sie summten, sie tanzten. Sie malten sich die Lippen rot und lachten mich mit fleckigen Zähnen an. Die Jungen spielten mit ihrem Kamm, machten sich mit Spucke eine Strähne im Nacken und eine Locke, die auf ihrer Stirn tanzte. Ich wollte auch solche Haare haben, blond und glatt; ich haßte meine Locken, Nester voller Sand und Bindfäden im Regen. Nicht einmal mit einer Hand voll Spucke ließen sie sich in Schach halten.

Wenn mein Vater wieder einmal tagelang im Dunkeln auf dem Diwan lag und ich ihm vorlesen mußte – mit dem Rücken zu ihm, so daß das Licht der Tischlampe ihm nicht in den Augen weh tat –, drehte er meine Locken zu festen Zöpfchen, so wie er auch die Mähnen der Rettungspferde flocht. (Tick, tick, sagte das Lineal und kroch meinen Nacken hinauf, um die Länge einer langgezogenen Locke zu messen.) In allem mußte ich ein Mann sein, nur nicht, wenn's um meine Haare ging. Mein Vater liebte meine Locken.

Die Waisenjungen rauften und boxten zum Schein, sie ließen ihre Muskeln spielen und fluchten. Wenn der pensionierte Major mit den Orden auf dem Mantel seinen Hund hinausließ, bewarfen sie das Tier mit Tannenzapfen, und wenn der Mann von der hohen Düne im Bademantel zum Strand lief, sangen sie auf deutsch: »Wir fahren gegen England … platsch, platsch.« Das taten sie, weil er ein NSB-ler gewesen war. Sie sagten alles, was ich mich nicht traute, ohne mit der Wimper zu zucken, nicht einer hatte einen Vater, der etwas verbieten konnte.

Innerhalb einer Woche kannten die Waisen die Geheimnisse der Düne. Sie rannten in meinen Sümpfen herum, schürften sich die Haut auf dem scharfen Sand, sie wußten, wo die gefährlichsten Strudel waren und wo der Schlüssel zur Stalltür hing, sie pflückten meine Brombeeren und klauten meine Muscheln.

Samstags nachmittags mußten die Waisen in die Badewanne, um den Schmutz der Woche abzuwaschen. Die Fenster beschlugen, und man konnte sie von draußen singen hören. Ich kannte die Melodien, doch jedesmal vergaß ich über Winter die Worte. Sie sangen von der Stadt und von einem Turm, an den sie ihr Herz verloren hatten. Wenn sie herauskamen, die Haare noch naß und die Angeber mit einer Zigarette in der hohlen Hand versteckt, rochen sie nach Teer. Auch dieser Geruch gehörte zum Sommer.

Nach dem Bad liefen sie zum Strand, um zu sehen, wie die Sonne ins Meer fiel. Im Gänsemarsch, die Nasen im Wind, mit kräftigen Schritten. Der Abend glühte, und das Blau ihrer Uniformen wurde fast schwarz. Sie sangen: »Gloria, Gloria, Gloria, Gloria, und die Mädchen von Batavia sind schwarz, pechschwarz.« Doch vor unserem Haus stießen sie einander an, zischten und marschierten schweigend vorbei. Die Schäfte ihrer Gummistiefel klatschten gegen ihre Waden.

Ich stand auf der Schwelle, den Rücken so aufrecht wie ein General, der eine Parade abnimmt. Meine Schwestern schlossen die Vorhänge. Ich sog den Teergeruch ein und machte ein möglichst böses Gesicht.

Mein Vater haßte die Waisen. Jeden Sommer fragte er die Betreuer, ob sie nicht ein anderes Lied wählen konnten. Sie versprachen Besserung, auch sie fanden das Lied gemein und hatten es den Waisen oft genug verboten. Trotzdem sang jede Gruppe es aufs neue, in den Dünen hinter unserem Haus, im Wald gegenüber, aber nie – und das war doch ein Beweis ihres guten Willens – vor unserer Schwelle; dann schluckten sie die Worte hinunter und zerstampften sie. Die Waisen müssen gefühlt haben, daß mein Vater das noch schlimmer fand. Sie gaben es aneinander weiter, und jeder neue Jahrgang wußte bereits vom ersten Tag an, was er zu tun hatte: Gloria, Gloria und die Mädchen von Batavia … pssst, pssst … nicht vor dem ehemaligen Kinderheim. Die Waisen kannten unser Geheimnis.

Mein Vater beherrschte sich, aber wenn er ihre Stiefel hörte, ballte er die Hände zu Fäusten. Das war Treibholz, Abfall aus der Stadt. Es würde weggespült werden, sobald die Herbstwinde aufkamen. Die Japse hatten ihn nicht kleingekriegt, den Waisen würde es erst recht nicht gelingen. Eines Tages würde er sie Mores lehren. Auch ich fand es gemein und widerwärtig, was sie taten, aber der Geruch von Teer war auch ein Geruch von Freiheit, selbst wenn sie Gefängniskleidung trugen und hinter einem Zaun wohnten. Waisen stellten ihre eigenen Regeln auf. Ich träumte davon, auch ein Waisenkind zu sein, ein kleiner Lord Fauntleroy. Nach langem Quengeln bekam ich einen blauen Overall. Aber keine Stiefel. Morgens wusch ich mich mit Life-Buoy-Seife, nun roch ich auch nach Teer. Dieser Geruch machte mir Mut.

Eines Morgens ging ich mit der Schere an meine Locken. Was aufsprang, mußte weg, ich bürstete die Haare nach vorn und schnitt die Stirn entlang alles ab. Caesar, wenn ich schon keine Haartolle haben konnte, dann wenigstens den Kopf eines Kaisers. Ich hatte Jungen mit solchen Frisuren am Strand gesehen, und einen Sänger auf einem Kaugummibildchen. Meine drei Wirbel zähmte ich mit Vaseline aus dem Pferdestall. Den Overall angezogen, Kragen hochgestellt, und ich wuchs in meine Rolle: Ich drehte mich vor dem Spiegel, wie sich meine Schwestern vor dem Spiegel drehten. So wollte ich sein, gleichgültig, diesen Jungen mochte ich, nun war ich nicht mehr allein. Ich spuckte auf das Glas und fluchte. Das war keine Träne, die rollte, das war geil. Mein Overall war ein Harnisch. Aufstand versteckte sich in den Haaren, hinfort würde ich nie mehr Angst haben. Ich wusch mir mein Gesicht mit Life-Buoy-Seife und trat ins Wohnzimmer.

Mein Vater saß hinter seiner Zeitung, ich ging durch den Raum, versuchte seine Aufmerksamkeit auf mich zu ziehen und drehte mich ein paarmal im Kreis. Ein leichter Windhauch berührte seine Zeitung. Er schaute hoch, seine Augen flammten, kein Wort, nur die Wut seiner geballten Fäuste. Er schüttelte seine Zeitung auf und las weiter. Seine Knöchel wurden weiß wie das Papier. Meine Mutter ging aus dem Zimmer.

»Weißt du«, sagte mein Vater beim Abendessen, nach einem langen Nachmittag in Schweigen, »weißt du, daß Diebe im Mittelalter ihre Haare ebenfalls nach vorn kämmten? Um das Brandmal auf ihren Stirnen zu verdecken. Diebskopf.«

Am nächsten Tag steckte meine Mutter meine Locken in einen Luftpostumschlag und klebte ihn ins Familienalbum.

Die Weststürme kamen, an einem Nachmittag im Spätsommer, viel eher als erwartet; meine Schwestern waren irgendwo zu Besuch, und der blaue Bus hatte am Tag zuvor die letzte Ladung Waisen abgeliefert. Die Ziegel klapperten auf dem Dach, das Telefon klingelte, und wir wußten, was wir zu tun hatten. Lampendienst. Wir füllten die Lampen mit Petroleum, putzten die Nickelspiegel, wischten die Dochte sauber und prüften, ob die Flamme richtig brannte. Alle Lampen mußten gleich hoch brennen.

Gespannt saßen wir beim Radio, der Himmel krachte durch den Lautsprecher. Hochwasser, eine Windgeschwindigkeit von hundert Kilometern in der Stunde, die Küstenbewohner sollten auf der Hut sein. Ich brauchte nicht ins Bett und schrieb die Namen der Schiffe auf, die in Not waren. Die »Despina«, ein Dampfer unter korsischer Flagge, bekam in Höhe des Feuerschiffs Schlagseite, der Wind drehte nach Nordnordwest, und alle Rettungsboote und Küstenfahrzeuge wurden alarmiert.

Die Lotsendienste stellten ihre Arbeit ein. Die »Mecklenburg«, ein Fährschiff, hatte vierzig Grad Schlagseite, das Mobiliar wurde zerschlagen, Dutzende von Passagieren verwundet. Hunderte Camper sahen, wie ihre Zelte vor ihren Augen in die Luft geblasen wurden. Die Deichschutzmannschaften standen parat, hier und da liefen die Außenpolder unter Wasser. Auf den Inseln flog ein Junge mit seinem Drachen in die See. Der Rundfunk sprach von »hinterhältigen Sturmböen«.

Das Telefon. Die »Despina« war steuerlos und drohte auf unseren Strand zu treiben. Die Pferde wieherten im Stall. Meine Mutter schenkte den Männern der freiwilligen Rettungsbrigade Kaffee ein. Sie hatten die »Despina« im Sinn, jedes Wrack war gut – und der Bonus, der damit verbunden war –, sie schaukelten sich gegenseitig mit starken Geschichten hoch, sie würden dies tun, sie konnten das, ihr Ölzeug knarrte vor Verlangen. Mein Vater saß keuchend neben dem Telefon, die Radiostimme schallte durch den Flur. Mein Vater fluchte innerlich, denn er wußte, daß er zu schwach war, um in diesem Sturm ein

Held sein zu können. Ich müsse mit in das Rettungsboot, sagte er, mit so einem Diebskopf würde ich als junger Maat keine schlechte Figur abgeben. Spottend warf er mir einen Ölanzug zu. Die Rettungsmänner lachten mich aus, einer sagte, ich könnte nur an einer Angel schwimmen.

Die Stürme hielten an, Komulonimbus hießen die schwarzen Wolken, das Radio brachte alle halbe Stunde Nachrichten. Die »Despina« war gegen eine hölzerne Langsbuhne geworfen worden, dann aber wieder aufs Meer zurückgetrieben, die Pfähle der zerstörten Buhne lagen wie Sturmbrecher vor der Küste. Das Telefon sagte, es dürfe kein hölzernes Rettungsboot mehr ausfahren. Die Rettungsbrigade zog enttäuscht ab. Etwas Sand lag in meinem Bett, und ich dankte unserem lieben Herrgott unter der Decke.

Am nächsten Morgen hörten wir, daß die »Despina« vom Schlepper »Holland« ins Schlepptau genommen worden war. Unser Dorf hatte den Sprung in die Schlagzeilen wieder nicht geschafft und dämmerte weiter in Vergessenheit dahin.

Aber ich würde diesen Sturm nie vergessen. Ein Rettungspferd war in den Oberschenkel gebissen worden. Sjors, der Gaul mit den Zöpfen in der Mähne. Er lag schwer verwundet im Stall, mit zwei zerrissenen Sehnen und Schaum auf den Lippen. Nach Meinung des Strandvogts hatte sich ein tollwütiger Fuchs in den Stall geschlichen, denn die Pferde hatten die Trennwände umgetrampelt, ein Zeichen von Panik; sie bluteten an den Schienbeinen. Der Strandvogt entdeckte es erst spät am Morgen. Die Stalltür stand sperrangelweit offen, bei uns im ehemaligen Kinderheim hatte niemand etwas bemerkt, wir waren zu sehr mit dem Schiff beschäftigt, das nicht unterging. Ein Unhold hatte sich am Schloß zu schaffen gemacht, der Schlüssel hing nicht mehr am Haken. Sjors mußte erschossen werden, ein lahmer Schleppgaul war zu nichts nütze. Der Gas- und Strommann kam noch am selben Tag und gab ihm den Gnadenschuß.

Wir suchten nach Spuren, wir glaubten nicht an hungrige Füchse im Spätsommer. Doch der Wind blies alles sauber, Düne und Waldweg lagen unberührt da.

Der NSB-ler hatte am Abend vor dem Sturm jemanden beim Stall laufen sehen, es aber, da mein Vater ihn zu übersehen pflegte, erst am nächsten Tag dem Strandvogt gemeldet: Der Täter hatte einen Overall getragen.

Mein Vater nahm mich zur Seite. »Los, beichte«, sagte er keuchend. Er hatte nachts kaum geschlafen und war mit blauen Lippen aufgestanden. Ich schlug die Augen nieder. »Nein, nein, ich habe es nicht getan.« In der Ferne sangen die Waisen. Mein Vater richtete sich auf, drehte den Stoff meines Overalls um seine Faust und schleppte mich vors Haus. Die Waisen begannen zu zischen und zu stampfen. Mein Vater hob die Hand und suchte mit den Augen die Reihe ab. Die Stiefel verstummten. Er konnte so böse gucken, daß die Leute still wurden. Mit den Augen sprechen nannte er das. Mit seiner Feldwebelstimme befahl er den Jungen vorzutreten. Die Betreuerinnen protestierten dagegen, aber die Augen meines Vaters sagten genug, verwirrt nahmen sie die Mädchen zur Seite.

»Wer hat die Stalltür offen gelassen?« fragte er. Die Jungen schwiegen, die Frechsten lachten vorsichtig. Ich stand klein hinter meinem Vater. Er schnauzte sie einen nach dem anderen an. »Du? Du?«

Kein Laut.

»Antwort!« schrie mein Vater.

»Nein.«

»Was heißt das, nein? Antworte, wie es sich gehört.«

»Nein, mein Herr«, sagte der eine, »nein, mein Herr«,

sagte der andere. Die Stärksten spuckten auf den Boden und warfen ihre Locke zurück. Sie wichen seinem Blick nicht aus, schauten ihn aber auch nicht an, sie blickten an ihm vorbei, zu mir, und stießen sich gegenseitig an. Sie deuteten auf den Abdruck auf meinem Overall, da, wo mich mein Vater gepackt hatte. Ich wußte nicht, wovor ich am meisten Angst haben sollte: vor der blauen Horde oder vor den blauen Lippen meines Vaters. Ich schämte mich, und sie rochen meine Scham. Der Teergeruch gab mir keinen Halt.

Mein Vater ging mit erhobener Hand an den Jungen entlang, ein erfrorener Salut, er zögerte, bei welcher Wange er beginnen sollte. Der Größte, mit einem blonden Schopf, richtete sich auf und trat einen Schritt nach vorn.

Die Mädchen kreischten, sie klammerten sich an ihre Betreuerinnen. Der blonde Junge hielt die Fäuste vor sein Gesicht und tanzte wie ein Boxer auf uns zu. Mein Vater sprang zurück und begann, mit den Armen zu fuchteln. Die Jungen johlten und bildeten einen Kreis, ich bekam einen Stoß, stolperte und fiel gegen meinen Vater. Sie machten einen Schritt nach vorn und trieben uns zur Böschung. Mein Vater schwankte, er zitterte am ganzen Körper, ich dachte, daß er ohnmächtig werden würde und hielt ihn fest. Aber er faßte sich, packte mich an den Schultern und drückte mich an einen Baum.

»Du«, schrie er, »du hast die Stalltür offengelassen.«

Seine Stimme klang wie ein Schuß, laut, und von sehr weit weg, indisch. Alle Betonungen falsch. Die Waisen brachen in Lachen aus, sie machten meinen Vater nach. »Erdnuß, Erdnuß«, sie nannten ihn einen Erdnußmann. Ich versuchte, den Kopf hochzuhalten. Alles wurde blau in meinen Tränen.

»Nein«, sagte ich, »nein.«

»Zwei Worte, gefälligst.«

»Nein, Pap«, flüsterte ich. Und ich fühlte das Brennen

in seiner Hand. Er hörte nicht auf, seine Finger flatterten vor meinen Augen. Ich bückte mich nicht, ich fiel und wurde an den Haaren wieder hochgezogen, und während er mich mit seiner Hand hielt, schlug er mit der anderen. Links und rechts auf die Wangen, das Blut spritzte mir aus der Nase. Die Waisen schrien, die Betreuerinnen versuchten ihn wegzuziehen, doch er stieß sie zur Seite. Ich war sein eigen Fleisch und Blut, sein Diebskopf, er hatte das Recht, sein eigenes Kind zu schlagen. Ich war sein Punchingball, und wieder zog er mich an den Haaren hoch.

Wie gerne hätte ich ein Geständnis abgelegt, doch ich fand nicht die Kraft zu lügen. Ich fiel gegen den Baum und sackte zusammen. Wie lange ich dort gelegen habe, weiß ich nicht, ich erinnere mich an seine Hand in meinem Nacken, eine Hand, die mich ins Haus stieß, eine schlaffe Hand, aus der alle Wut herausgeschlagen war.

Und meine Mutter kämmte mir die Haare, nach vorn, wie es sich für einen Caesar gehört. Zart, zart, sie streichelte mich, und die Locken fielen auf ihren Schoß. Sie weinte, aber ich weinte nicht mehr, ich hatte nur Angst, daß ich kahl werden könnte.

Mein Vater schloß sich in seinem Schlafzimmer ein und begann laut zu zählen. Zahlen im Rhythmus einer Uhr. »Er zählt seine Freunde«, sagte sie, »die Freunde aus dem Krieg.«

Ein solcher Freund konnte ich nie werden.

Nach dem Sturm riß der Himmel hellblau auf, bleierne Luft kam aus dem Osten, und eine große Lähmung überfiel uns. Ich war so müde, daß ich mein Fahrrad nicht aus dem Flur schieben konnte, die Augen fielen mir zu, und ich stolperte über meine Beine. Ich durfte zurück ins Bett, und meine Mutter gab mir einen Zwieback mit Dünenerdbeeren. Doch kein Wort und keine Schleckerei konnte mich trösten, eine schwere Hand zog mich nach unten. Am nächsten Morgen konnte ich meine Arme nicht bewegen, aufstehen gelang mir nicht. Ich war gelähmt. Ein paar Stunden später lag ich im Krankenhaus.

Ein geheimnisvoller Virus, sagte der Doktor, wohl verwandt mit Polio. Ich konnte nur noch meinen Nacken bewegen. Die Krankheit trat vor allem an der Küste auf, auch vier Waisen bekamen sie. So schlimm war es also nicht. Nur mein Kot war gefährlich, mir wurde Blut abgenommen, und ich durfte keine anderen Kinder sehen. Ich mußte in Quarantäne und bekam ein gläsernes Zimmer. Kein Schmerz, denn ich hatte kein Gefühl; ich war nur noch ein Kopf, mehr nicht.

An den ersten Tagen lernte ich ganz langsam zu schauen, endlos starrte ich die weiße Decke an, die Pinselspuren, und ich schlürfte förmlich die Geräusche ein: Sohlen auf frisch geschrubbtem Linoleum und das Knarren gestärkter Schürzen. Die Schwestern trugen Mundschutz, die Ärzte warfen nach ihrem Besuch bei mir die Gummihandschuhe in die Tonne, die draußen vor meiner Glastür stand. Ich war gefährlich, aber alle mochten mich. Meine Schwestern gaben Süßigkeiten für mich ab. Mein Vater stand jeden Mittag vor dem Fenster und mahnte mich mit Gebärden, den Mut nicht zu verlieren, und wenn er wegging, drückte er einen Kuß auf das Glas. Nie zuvor hatte ich mich so glücklich und so sicher gefühlt, ich saugte die Außenwelt in mich ein und dachte mir Geschichten zu den Klängen und Gerüchen aus. Ich war zwar gelähmt, aber mein Kopf wanderte den ganzen Tag herum.

Mein Vater brachte ein selbstgemachtes Lesebrett für mich mit, ein Stück Treibholz, das quer über mein Bett paßte. Und obwohl er gegen Comics und dergleichen war, bekam ich von nun an bei jedem Besuch ein *Illustrated Classic*. Die Seiten schlug ich mit einem zwischen die

Zähne geklemmten Bambusstäbchen um, auf das eine Gummikappe gezogen wurde, wie man sie zum Kartoffelschälen auf den Finger stülpte. Eine Idee meines Vaters, gesehen auf einem Foto in einem Buch über Korbmenschen.

Korbmenschen, ich hatte nicht einmal gewußt, daß es sie gab. Es waren Soldaten, die alle Gliedmaßen verloren hatten, Männer, die nun ihr Leben lang vor den Augen der Welt verborgen in einem Korb hängen mußten. Der Krieg hatte sie für immer unschuldig gemacht. Ich sah mich selbst schon baumeln, gefüttert, gewiegt und immer alles nach meinem Willen. Aber auch nie mehr am Strand Eskimo spielen und für immer der Gefangene von meines Vaters Augen.

Die Helden in den *Classics* fingen an mit mir zu reden, und meine Matratze wurde so groß wie die Welt. Der Horizont ging mir nicht weit genug, ich reiste zum Mittelpunkt der Erde, mit der Rakete zum Mond, oder zwanzigtausend Meilen unters Meer. Ich teilte die Negerhütte mit Onkel Tom, wurde der Mann, der immer lachte, ein Nichts mit großen Erwartungen und ein Niemand, der Zyklopen in die Irre führte. Mit den drei Musketieren galoppierte ich über die französischen Felder und verhalf adligen Damen zu einem sicheren Versteck. Ich vertrieb die Geldwechsler aus dem Tempel und fürchtete den Mann mit der eisernen Maske. Benjamin Franklin hielt meinen Drachen fest, ich wachte Tausend-und-eine-Nacht, an der Zimmerdecke blühten schwarze Tulpen.

Nach einer Woche kehrte ein Prickeln in meine Arme und Beine zurück. Ich durfte wieder Küsse bekommen, und meine Mutter begrüßte mich mit einer Träne. Eine Zeit des Übens brach an, morgens mit einer Schwester, mittags mit dem Arzt und meinem Vater, so daß es später, zu Hause, jemanden gab, der mir zeigen konnte, wie es weiterging.

Zehnmal tippen mit dem rechten kleinen Finger. Der Arzt zählte laut, mein Vater zählte mit. Eins, zwei, drei, mein kleiner Finger bewegte sich schon wieder. Der Arzt hob meinen linken Arm hoch, ich fühlte nichts. Ein fremder Arm fiel neben mir herunter. Das rechte Bein. Der Arzt drückte auf meinen Knöchel, ich sollte dagegen drücken. Ich biß die Zähne zusammen und zog mein Bein aus einem dicken Sirup. Er hob mein linkes Bein hoch, stach mir mit einer Sicherheitsnadel in den Schenkel und ließ los. Ein fremdes Bein fiel in mein Bett. Die rechte Seite gehorchte, die linke noch nicht. Dann kam der Rücken dran. Der Arzt drehte mich auf die Seite, krümmte meinen Rücken und zählte die Wirbel meines Rückgrats. Mein Vater zählte laut mit. Sie stoppten bei der Nummer sechs, der Arzt wühlte in seiner Tasche, ich hörte, wie Eisen auf Eisen geschraubt wurde, das Knistern von Zellophan, ein Nagel gegen Glas. Sie holten mir Liquor aus der Wirbelsäule, aber ich fühlte nichts.

Der Arzt und mein Vater legten mich wieder zurecht, sie zogen das Laken glatt und deckten mich bis zu den Achseln zu. Sie schoben ein großes Kissen unter meinen Kopf, legten das Lesebrett über meinen Bauch, gaben mir das Bambusstäbchen in den Mund, und ich konnte wieder anfangen zu lesen.

Hunderte von Bildern lernte ich auswendig, zehnmal dasselbe Abenteuer, und weil ich so aufmerksam betrachten konnte, lernte ich jeden Tag mehr. So wußte ich nun, wie man auf einer unbewohnten Insel überleben konnte und wie man Bienen aus ihrem Korb jagte. Die Schweizer Familie Robinson zeigte mir, wie man ein Baumhaus baute und wie man sich in der Wildnis Kleidungsstücke machen konnte. Ich kannte die Namen exotischer Pflanzen: Cassave, Sisal, Sago, Kopra. Ein anderes Indonesien.

Auch ich würde später Reisen unternehmen, dann

könnte ich zeigen, wieviel Erfahrung ich habe. Mein Vater schenkte mir einstweilen ein Schweizer Armeetaschenmesser mit eingebautem Vergrößerungsglas und einer kleinen Säge. So könnten wir, wenn es mir erst besser ging, gemeinsam üben und Hütten bauen, Feuer machen, Gras zum Schwelen bringen, Bambus schneiden und einen Tragekorb flechten. Und bei jedem Besuch wiederholte er die alte Soldatenweisheit: »Halte durch, und du gewinnst.«

Nach drei Wochen Krankenhaus konnte ich meine Arme und Beine wieder bewegen. Meine Nerven und Muskeln meldeten sich unbeschädigt aus ihrer Lähmung zurück, ich bekam zwei Krücken, und nach ein paar Tagen konnte ich schon ohne sie laufen, nur meine Füße und mein Rücken wollten manchmal nicht so richtig.

Endlich nach Hause, mit meinem Vater in einem Krankenwagen im Regen, so sanft und nett war er noch nie gewesen. Er streichelte meine Prickelarme, und wir lauschten dem Lied von nassen Pflastersteinen unter dicken Gummireifen.

Durch die Weiden, wo keine Hecken stehn
und die Kühe kackend des Weges gehn,
wo die Kleinbahn längs des Wassers fährt,
dort gehen wir schneller, schneller
gegen Regen und Wind,
und ich gewinn.

Am Naturbad vorbei, wo man nach Aalen gräbt
und der Kinderverführer mit seiner Angel steht
und auf kleine Schwimmer im Planschbecken lauert,
dort gehen wir schneller, schneller,
uns holt niemand ein,
und ich gewinn.

Tschau, Straße mit den ewig schiefen Bäumen,
wo die reichen Kinder wohnen
und sich das Wetter verändert nach der Kurve,
dort gehen wir schneller, schneller,
holen den Regen ein,
und ich gewinn.

Mein Vater übernahm mein Übungsprogramm. Jeden Tag ein paar Stunden. Der Arzt aus dem Krankenhaus hatte ihm ein Gymnastikbuch mitgegeben.

Der Stock war für alles zu gebrauchen. Um das Wachstuch aufzurollen, um den Rücken zu dehnen, wenn er sich krumm zog, um zu rennen wie ein Pferd, um mich daran festzubinden, wenn ich essen sollte, um zu balancieren – und natürlich um zu schlagen, wenn ich den Mut sinken ließ. Es war ein schöner, gerader Stock, glattgerieben, mit langen, braunen Augen im Holz und runden Köpfen an den Enden.

Das Rollen: ich platt auf dem Bauch, mein Vater auf den Knien, und den Stock von meinem Nacken bis zu meinem Po gerollt. Hin und zurück, hin und zurück, wie ein Bäcker seinen Teig ausrollt.

Das Dehnen: mein Vater auf einem Stuhl, ich kniend auf dem Boden, den Stock durch die Höhlung der Ellenbogen und quer unter den Schultern hindurch. Und dann hochziehen. Du fühltest die Knochen runtersacken. Einatmen, Brust nach vorn und die Hände flach auf die Brustwarzen. Wir webten eine feste Jacke aus Muskeln, später würde ich Bahnschwellen heben können.

Das Rennen: erst ein Becher »Sanatogen«, Kalkschaum, um das Knochengerüst zu stärken. Meine Mutter war zu schwach, als sie mich gebar. Dann den Stock durch die Höhlung der Ellenbogen und rennen. Ich war ein Gaul mit einer Deichsel auf dem Rücken. Meine Muskeln wuchsen nicht so schnell wie ich, und zwischen meinen Schulterblättern blühte ein Buckel.

Das Festbinden: am Tisch sitzen, Bauch an den Tischrand. Stock hinten in die Hose, als Stütze für das Rückgrat, und einen Gürtel um den Wanst. Aufrecht! Bauch einziehen, Schultern ran! Hoch den Löffel und nicht kleckern. Ich lernte essen wie ein Edelmann.

Das Balancieren: vor dem Mittagsschlaf eine Tasse Entspannungstee. Die Muskeln lockern, die verkrampften Muskeln zogen mich schief. Liegen und den Stock quer über der Brust, der Stock tanzte mit meinem Atem, in labilem Gleichgewicht. Ich durfte mich nicht drehen oder bewegen. Wenn der Stock runterfiel, war ich geliefert. Das Rückgrat mußte in Balance sein, so stand es in dem Buch. Bahn frei für Nerven und Muskeln. Schief zu liegen war fatal.

Wir erfanden sogar neue Übungen: Über den Stock springen, wenn er knapp über den Boden sauste, bücken, wenn er über meinem Kopf schwang. Das Ganze unter dem Runterrasseln unserer verlorenen Inseln: Sumatra, Bangka, Billiton, Borneo, Celebes, Java, Bali, Lombok, Sumba, Sumbawa, Flores, Timor. Das Springseillied meiner Schwestern. Gegen den Schmerz bekam ich eine Sanduhr mit sechzig Körnchen. Schmerz durfte nicht länger als sechzig Sekunden dauern. Wir zählten alles sorgfältig.

Solange meine Muskeln zu schwach waren, brauchte ich nicht zur Schule. Schreiben und Rechnen konnte ich bereits. Lebensunterricht, darum ging es. Denn es drohte Gefahr in der Welt, sorgenvolle Zeiten brachen an: Die Russen, sie zogen nach Westen, und diesmal kamen sie nicht als Befreier. Die Krähen jubelten hinter der Düne. Ich mußte fit und stark sein für die Flucht und tagelang laufen können, aber meine Füße waren formlos und schlapp. Das würden wir ändern.

Eine Murmel unter meine Fußsohle. Mein Vater band sie mit den gleichen gelben Wickeln fest, die die Rettungspferde um ihre Knöchel bekamen, wenn der Strandvogt sie vorführte. Die Wickel dienten als Socke, sonst paßte ich nicht mehr in meine Schuhe. Zwanzig Runden um den Tisch. Mein Vater schlug den Takt. Tick, tick, tock, tock.

Bei »au« ging es schneller. Sein Lineal keuchte in der Luft. Mit hochgezogenem Rist nahm der Druck auf die Murmel ab, aber wenn er es sah, bekam ich einen Schlag ab. Auch auf den Außenkanten der Füße zu laufen war verboten, die Höhlung mußte geknetet werden. Ich verbarg den Schmerz in meinen Beinen, ich wollte mir nichts ansehen lassen. Und ich gewann.

Nach den Übungen kam das Baden. Täglich zehn Minuten Wassertreten in der Schüssel. Kaltes Wasser härtet die Muskeln. Inzwischen rieb mein Vater die Murmeln, bis sie glühten, er hielt sie über meinen Kopf und ließ meine Haare springen. Meine Locken kehrten zurück. So lernte ich, was Elektrizität ist, und so blieb sein Sport ein Spiel.

(Man sagt, Schmerzen hätten kein Gedächtnis. Trotzdem fühlte ich die Murmeln stechen, als ich jetzt wieder durch die Straßen meines alten Dorfes lief. Es war keine Erinnerung, sondern pure Empfindung. Hysterische Einbildung. Und das ging stundenlang, dagegen kam keine Sanduhr an.

Ich war gefangen in meinem kindlichen Geist. Für Ereignisse aus den letzten Jahren mußte ich in alten Notizkalendern blättern, aber die stumpfsinnigsten Dinge aus meiner Kinderzeit standen mir klar vor Augen. Es bedrückte mich, wie mühelos ich jedes Detail aufrufen konnte: die ockergelben Latten auf dem Dachboden unseres Kinderheimes, die abgerundeten Kupferschrauben auf der kleinen Treppe zur Küche, die meterhohen Geranien vor den Fenstern – oh, unsere Geranien waren die reinsten

Helden und ihre Blüten wie Fäuste so groß, bei Vollmond gesteckt und mit Geigenmusik zum Wachsen angetrieben –, die Fugenmasse zwischen den Fliesen im Gemeinschaftsflur, vor allem da, wo ein kleiner Kieselstein im Zement glitzerte, die Dellen im Linoleum – von den eisernen Bettgestellen aus der Kinderheimzeit –, die Maserung in den Schränken und die Gesichter, die ich darin erkannte. All das Alte ging mir im Kopf herum. Es war wie eine Krankheit, eine Geschwulst, die täglich mehr Platz benötigte.

Als Kind muß ich alles aufgesaugt und dann festgehalten haben, wie eine Wüstenpflanze den Regen. Es ist Einbildung, habe ich lange gedacht, ein Gewebe aus Traum und Erfindung. Das Gedächtnis als *laterna magica*. Und doch, ich bin zu unserem alten Haus gegangen, habe frech geklingelt, ein Junge deckte den Tisch und alles stimmte noch. Die neuen Bewohner waren auch nur arme Mieter, nie wurde etwas renoviert, immer nur neu gestrichen und ersetzt. Blind konnte ich den Kieselstein in den Fugen finden, die Schrauben, die Einkerbungen im Türpfosten neben der Küche, wo mein Vater mein Wachstum mit Hilfe eines Schweizer Taschenmessers und eines Lineals festhielt. Es stimmte alles genau. Obwohl – ich merkte, daß ich damals kleiner gewesen war, als ich gedacht hatte.)

Die Kriegsgefahr nahm zu. Die Gemeinde brachte am Bahnhof eine Sirene an, und der Bürgerschutz übte mit Krankentragen in den Dünen. Die Kommunisten saßen überall, auch im freien Westen, sie infiltrierten Fabriken und hetzten die Arbeiter auf. Soldaten bekamen keinen Urlaub, und in Sibirien erfroren Menschen in Lagern. Ich wußte alles, der Abenteuerheld Biggles war darüber hinweggeflogen. Die Russen standen hinter dem Eisernen Vorhang bereit.

Keine Widerrede. Ich mußte dem Übungsbuch gehorchen. Trainieren, trainieren, starke Beine bekommen. Eile war geboten.

Der Arzt kam jetzt öfter, mein Vater war sehr nervös, und seinem Herzen ging es immer schlechter. Seine Augen sanken tiefer in die Höhlen, das Blau auf seinen Lippen verschwand nicht mehr. Meine Schwestern flüsterten von einer Operation, vielleicht konnte er eine neue Herzklappe bekommen. Es kam ein Brief von einem Professor: Mein Vater stand oben auf der Liste.

Meine Mutter existierte für mich in jenen Wochen nicht, auch wenn sie mir oft Mut zusprach: »Halte durch, tu es für ihn.« Sie erstellte ein Horoskop, brach das Brot der Kranken und radelte zweimal in der Woche in die Stadt, zum Reformhaus. Aber keine Pille und kein Pulver brachten meinen Vater zur Ruhe, die Spritzen des Arztes halfen schon längst nicht mehr. Der Diwan wurde zum Mittelpunkt des Hauses, und es regnete Befehle. Wer keine harten Worte hören wollte, tat besser daran zu rennen. Meine Mutter fuhr zu ihrer Familie und lieh sich Geld bei den Waldensern. Der Haushalt wurde ihr zu schwer, wir bekamen eine zusätzliche Hilfe und eine Frau, die einmal in der Woche kam und anthroposophisch kochte; für Reistafeln war mein Vater nun zu müde. Wir aßen rohe Endivie mit Weizenflocken. Meine Mutter schrieb zwei lange Briefe ans Akademische Krankenhaus, um den Professor zu fragen, ob er nicht schneller helfen könne.

Wir mußten lieb zu Vater sein. Wenn ich nur fleißig meine Übungen machte, könnte ich ihm später viel Arbeit abnehmen.

Was gab es nicht alles zu tun, bevor die Russen kamen! Der Keller mußte ausgemistet werden. Ich brachte die alten Zeitungen nach oben und kehrte den Kohlenstaub zusammen. Davon bekam man Bergarbeiterarme, und in mein Taschentuch schneuzte ich schwarze Sterne. Wir liehen zwei Öllampen aus der Rettungskiste und versteckten sie vorläufig eine Treppe tiefer. Mein Vater schraubte zur Sicherheit auch noch zwanzig Fahrradlämpchen auf ein Brett, die Batterien lagen bereit. Wir würden genug Licht haben. Meine Mutter nähte Säcke aus alten Laken, ich füllte sie mit Sand und brachte sie nach unten. Sand hielt Atomstrahlen ab. Und wir brauchten Essen bis zum Jüngsten Tag: zwanzig Kilo eingemachte Schnippelbohnen. Ich trug einen roten Gummiring um den Oberarm und stolzierte wie ein Blockwart herum. Rot war eine gefährliche Farbe. Es mußten auch noch Birnen eingemacht werden, und Zwiebeln in Essig. Der Gemüsehändler brachte zwei Kartons mit braunen Bohnen in Dosen. Was würden wir später furzen müssen, aber niemand könnte uns riechen. Mein Vater legte einen Teppich über die Luke. Niemand wußte, daß wir in einem Keller wohnten.

Und abends lasen wir zusammen die Zeitung. Er zeigte mir die Fotos, und ich buchstabierte die Überschriften, ohne zu stolpern. Buchstaben waren jetzt spannender als Bilder. Volksaufstand in Ungarn. Angriff auf Budapest. Die Bewohner schmierten grüne Seife auf die Brücken und Straßen, und die russischen Panzer kamen ins Schleudern. Stacheldraht wurde ausgerollt, und Zehntausende Ungarn flüchteten in den Westen. Eine Sängerin sang ein Lied über Budapest. Es würde Krieg geben. Mein Vater weinte am Radio.

Die Zehenspitzenstunden fingen wieder an. Psst. Es ist verboten, im Flur Fußball zu spielen. Paß auf, stoß nicht an die Fahrräder. Nicht zuviel Licht. Radio aus. Plattenspieler aus. Nicht telefonieren. Stroh vorm Haus auf die Straße. Kein Besuch. Nicht die Wasserspülung ziehen. Laß den Hahn nicht laufen. Es darf keine Butter in der Pfanne zischen. Die Uhr muß den Mund halten. Mein Vater zählte laut die Tage, die Stunden, die Minuten.

Im Flur stand ein Koffer, der Anruf vom Akademischen Krankenhaus konnte jeden Tag kommen.

Der Keller schien mir nicht tief genug, ich mußte ein besseres Versteck suchen, unser rotes Dach würde die Aufmerksamkeit der Bombenwerfer zu sehr auf sich ziehen. Ein Versteck irgendwo hinter unserem Haus schien mir sicherer. Ich lief allein durch die Dünen und suchte eine Stelle im lockeren Sand, da fand kein Panzer einen Halt. Auch das Übungsbuch schrieb Höhlengraben vor. Ohne Schaufel, so würde ich starke Finger bekommen. Ich würde ein Loch graben, so tief, wie ich groß war. Der Sand schob sich unter meine Nägel; je tiefer ich kam, um so kälter und nasser wurde er. Meine Nägel bluteten, aber das war nicht schlimm: sauberer Sand desinfiziert.

Nach einer Stunde gab ich es auf, ich war noch zu schwach und mußte mich ausruhen. Doch am nächsten Tag kehrte ich zurück, obwohl mein Vater mir klar gemacht hatte, daß kein Versteck vor den Russen sicher war, selbst wenn ich mit meinem Taschenmesser Helmgras abschneiden und ein Chamäleondach für uns flechten würde. Denn es würde ein Tag kommen, an dem wir alle fliehen müßten, der Tag, an dem sie alle Männer zu Knechten machen würden und niemand mehr denken durfte, was er wollte. Und darum mußte ich trainieren, ich mußte schneller sein als das Böse. Ja, mein Vater lehrte mich fremde Sprachen, wir würden einen Globus kaufen und eine sichere Fluchtroute planen. Danach würden wir eine große Reise machen, alles zurücklassen, was wir besaßen, meine Schwestern und vielleicht auch meine Mutter. So ging es immer in einem Krieg, man mußte hart sein und sich vom Liebsten, was man besaß, losreißen.

Nach dem Graben kam die Ruhe, der Mittagsschlaf war immer noch lange Pflicht. Entspannungstee, Stock auf die Brust und balancieren. Mein Vater ruhte auch, morgens und mittags, und wenn er nicht auf dem Diwan lag, schlurfte er durch die Wohnung. Er war schwach, aber nicht zu müde, um mein Training zu beaufsichtigen. Wir rannten nicht mehr mit dem Stock im Rücken herum, sondern gingen im Schritt. Wie eine Staatskarosse.

Um meine Muskeln zwischen Ruhe und Anspannung zu verwöhnen, schmierte er mich mit Tigerbalsam ein. Fortan rochen wir gleich. Und wenn er noch genug Kraft hatte, massierte er mich. Dann ließ er meine Muskeln zwischen seinen Fingern rollen, gelöst vom Fleisch und auf und nieder, von der Leiste bis zur Ferse, bis mir die Tränen aus den Augen sprangen. Ich schrie, der Tiger biß mir in die Beine. »Konzentriere dich auf etwas anderes«, flüsterte er und knetete weiter, »du darfst heulen, aber nie schreien, du mußt Schmerzen still ertragen. Denk an deine Sanduhr.« Und wenn ich weinend wieder zu mir kam, tröstete er mich mit einer schönen Geschichte, einem *Classic*, den er sich selbst ausdachte, und den er wie Scheherezade zu einem Märchen wachsen ließ, tausend und eine Sekunde lang.

Mein Vater auf dem Rand meines Bettes. Noch immer wachsen seine Geschichten in meiner Erinnerung, zwar mit immer anderen Worten, doch sie behielten den Klang seiner Stimme.

»Wenn ich deine Tränen sehe, Kerl, fällt mir plötzlich was ein. Wußtest du, daß es im Osten einen alten Glauben gibt, der sagt, daß man mit Tränen einen Toten wieder zum Leben erwecken kann?«

Er gab mir sein Taschentuch, ich schneuzte eine Hand voll letzter Tränen.

»Eine merkwürdige Geschichte, ich habe sie von einem

alten fahrenden Händler in Port Said gehört. Du warst noch im Bauch deiner Mutter, auf der Schiffsreise nach Holland. Das alles ist ihm selbst passiert, ob du's glaubst oder nicht.

Es war heiß, unerwartet heiß für die Jahreszeit, Port Said, am Rand der Wüste, sogar ein Kamel verbrannte sich die Sohlen. Der Händler lag in seinem Boot, im Schatten eines Landungsstegs, müde, aber zufrieden. Er hatte alle seine Waren verkauft, der Beutel mit Geld klebte auf seiner Brust. Nun mußte er neue Ware einkaufen, aber wo? Der Mann kannte die Stadt nicht richtig, er kam aus dem Süden und war mit seiner Ware von Suez über die Bitterseen zum anderen Ende des Kanals gefahren.

In Port Said gab es mehr zu verdienen als in Suez, jeder trieb dort Handel, die ganze Stadt eine Bunkerstation, speziell für den Kanalbau gegründet. Unser Schiff lag zwei volle Tage dort, um Wasser und Öl zu laden und um den Wüstensand von den Decks zu schrubben. Das Wasser um das Schiff herum kam selten zur Ruhe, den ganzen Tag tummelten sich dort Geldtaucher und bettelten um Münzen, und abends bestürmten Kaufleute und Artisten die Reling.

Nach einer Reise mit den üblichen Deckspielen wie Pferderennen oder Ringelwerfen und Schiffsrevuen nahmen wir dort Abschied von den Tropen, und als wir von Port Said ausfuhren und der Schlamm des Nil das Mittelmeer gelb färbte, probierten wir unsere neuen warmen Kleidungsstücke an und liefen auf dem Deck hin und her. Wir bekamen auch Schwimmwesten ausgeteilt, mit einem roten Lämpchen dran, das Meer lag voller Minen. Aber in Port Said tanzten wir noch unbekümmert, die ganze Stadt war ein Tanzfest, überall hörte man Musik. Ja, Kerl, du warst noch im Bauch deiner Mutter und hast schon unter einem Dach aus Sternen getanzt.

Es waren fünfundvierzig Grad im Schatten, und der Händler suchte nach einem Lappen, um sich den Schweiß von der Stirn zu wischen.« Mein Vater holte sein Taschentuch aus der Hosentasche, ließ es durch die Luft flattern, um meine Tränen herauszuschütteln – »hörst du, ein Zug Gänse fliegt vom Delta des Nil nach Europa« –, und wischte sich über den kahlen Kopf. So krank er auch war, eine Geschichte brauchte unbedingt Geräusche und Gebärden.

»Der Händler durchsuchte die Taschen seines Burnus, und weißt du, was er da fühlte? Eine nasse Hand, die sein Schweizer Taschenmesser stehlen wollte. Die Hand gehörte zu einem Geldtaucher, der am Bootsrand baumelte. Er glänzte wie Schlamm, so nackt war er, bis auf den Lendenschurz, und er hatte eine Nase wie ein Beduinenzelt. Der Händler hievte ihn an Bord. Der kleine Geldtaucher machte eine Verbeugung und stellte sich als Musafa vor.

Sie einigten sich auf der Stelle: Der Bootshändler würde ihn nicht bei der Polizei melden, wenn Musafa ihm im Gegenzug den Weg zum arabischen Viertel zeigen und ihm helfen würde, Waren einzuladen. Musafa brauchte nicht lange darüber nachzudenken, denn in Port Said ist es üblich, den Dieben die Hände abzuhacken. Die beiden Männer machten also das Boot fest und stiegen an Land. Doch mitten auf dem Landungssteg blieb der Händler stehen: sein Ruder, dieser armdicke Stock, mit dem er so geschickt an den großen Postschiffen vorbeilavierte. Musafa sollte sein Ruder tragen, so konnte niemand das Boot stehlen, denn ohne Ruder kam man nicht weit.

Auch wenn der kleine Gauner nicht lesen konnte, wußte er doch die Namen aller Schiffe und den Tag ihrer Ankunft und ihrer Abfahrt. Ein Blick auf den Schornstein sagte ihm genug. Er war schlau, und im Vorbeigehen schwatzte er den Fremdlingen leicht eine Münze ab, und wenn er es mit Worten nicht schaffte, vollführte er ein

Tänzchen um das Ruder herum. Der Händler beobachtete ihn mit wachsendem Vergnügen.

Die Sonne trocknete Musafas Lendenschurz und verlieh seinen Haaren einen rötlichen Glanz, er roch nach süßem Schlamm, und seine Nägel waren rot von Henna. Henna, ja, eine arabische Wurzel, auch gut gegen Dünnschiß. Der Händler staunte über die aufdringlichen Kaufleute, die Eintagsküken in ihren Manteltaschen trugen und einem Pornohefte unter die Nase hielten. Das waren nicht die Geschäfte, die er suchte.

Musafa war ein guter Fremdenführer, er wählte den schnellsten Weg durch das europäische Viertel und verjagte streunende Esel. Kssst, kssst. Einen Moment blieben sie vor den Schaufenstern des großen Warenhauses von Simon Arzt stehen.« (Ein Name, den ich kannte, weil der Mann mit dem Fez auf dem Kopf auf der flachen Schachtel ägyptischer Zigaretten abgebildet war.) »Was für feine Stoffe! Handgemachte Oberhemden, Hüte mit einem Seidenband ... Leider waren solche Dinge für den Händler viel zu teuer. Schnell zum Suk. Der Place de Lesseps döste in der Sonne, sie mieden die Spielbanken, wo manche Pflanzer in einer einzigen Nacht ihr ganzes Kapital verspielten.

In der Straße der Taubenschlachter brauste ihnen schon arabische Geschäftigkeit in den Ohren, Tausende kahlgerupfter Vögel hingen an Leinen zwischen den Häusern. Rote Tropfen fielen auf ihre Köpfe. Auch das war kein Geschäft für den Händler. Musafa zog ihn von den Bettelkindern weg und führte ihn an Knäueln schreiender Männer mit Schleppkarren vorbei. Dort begann der Wirrwarr überdachter Gassen, jedes Haus war ein Laden, und die Sonne flimmerte durch ein Dach aus Lappen. Musafa brachte den Händler zu den Ledergerbern, Schneidern und Kupferschmieden, aber der suchte kleinere Dinge, Firlefanz und Schmuck, handliche Ware, die er leicht in seinen Schaukästen ausstellen und an einem Tau hochziehen konnte. Die Schiffsleute nannten einen fahrenden Händler nicht umsonst Kistenmann. Für kleine Geschäfte mußte man ins Herz des Suk, noch engere Gassen mit verborgenen Moscheen und Badehäusern. Dampfbäder, ja, um die Hitze mit Hitze zu vertreiben.

Musafa blieb vor einer armseligen Holztür stehen. ›Alles, was in dieser Stadt aus Gold ist, landet irgendwann hier‹, sagte er und ging voraus in einen Irrgarten aus Gängen und Treppen. Das Ruder war zu lang für die engen Kurven, doch nach vielem Herummanövrieren gelang es ihnen, einen hölzernen Dachboden zu erreichen. Rrrr... die Spinnen flüchteten vor ihren Füßen.«

Mein Vater lief aus dem Zimmer, um sich den Tigerbalsam von den Händen zu waschen. Ob es nun diese Geschichte war oder eine andere, er mochte es, die Spannung in die Länge zu ziehen. Da lag ich, das Ruder bewegte sich auf meiner Brust, meine Wangen glühten vor Aufregung. Fünfundvierzig Grad im Schatten.

»Auf dem Dachboden standen zehn Kupferbetten in einer Reihe«, sagte mein Vater, als er kurz darauf wieder hereinkam. »Auf den mit Teppichen bedeckten Matratzen saßen Jungen und Männer und putzten Silberkannen, brachen Edelsteine aus Broschen, zählten Münzen oder schnarchten. Nicht einer schaute auf. Der Händler war zu müde, um zu fragen, wo er gelandet war, er schob sein Ruder unter ein Bett und fiel hundemüde in Schlaf.

Ein paar Stunden später wachte er auf Musafas Brust auf. Inzwischen war es dunkel geworden. Eine Spinne lief an seiner Schläfe entlang. Musafa sagte, diese Spinne habe einen Faden zwischen ihrer beider Schultern gesponnen und er habe nicht gewagt, sich zu bewegen, weil er weder die Spinne noch ihn stören wollte.

›Was für gute Augen du hast‹, sagte der Bootshändler.

›Die brauchen wir Geldtaucher auch‹, sagte Musafa.

Sie mußten lachen, und der Faden zerriß. Es war lange her, daß sich der Händler Zeit für eine Freundschaft gegönnt hatte. Sein ganzes Leben lang war er hinter Geld hergepaddelt, und manchmal fürchtete er, daß ihm auf dem Herzen genauso dicke Schwielen gewachsen waren wie auf den Händen. Aber nun, da er Musafas Herz unter seiner Wange klopfen hörte, wurde er sich bewußt, wie sehr er einen Sohn entbehrte. Er wollte ein Vater für diesen Jungen sein, ihn lesen und schreiben lehren und ihn für ein ehrliches Leben wappnen.

Musafa lachte ihn fröhlich an. Schau, in den ersten Stunden seines Schlafes hatte er einen Brotfladen gestohlen und Zwiebeln und fette Oliven. Der Bootshändler protestierte, aber der Geruch machte seinen Magen gierig, und er verschlang das Brot bis auf den letzten Krümel. Der alte Mann wischte eine Träne aus seinem Augenwinkel, er wußte nicht, ob wegen der Zwiebel oder vor Rührung, denn er war nicht daran gewöhnt, daß ein Geldtaucher für einen reichen Mann sorgte. Musafa tröstete ihn damit, daß Tränen das Blut der Freundschaft seien, und erzählte ihm von dem alten Glauben, daß man Tote mit Tränen zum Leben erwecken könne.

Der Dachboden lag verlassen da, alle Jungen und Männer waren verschwunden.

›Wo sind sie?‹ fragte der Bootshändler.

›Sie arbeiten‹, sagte Musafa.

›Abends?‹

Der Junge lachte über soviel Dummheit. Das hier war sein Haus, verstand der Alte das denn nicht? Er hatte keinen Vater und keine Mutter mehr, hier wohnte er mitten unter seinen Freunden, den besten Dieben von Port Said, Geldwechslern, Geschichtenerzählern, Geldtauchern; bessere Leute waren im ganzen Hafen nicht zu finden.

Am nächsten Morgen entdeckte der Händler, daß sein kleiner Freund die Wahrheit gesprochen hatte. Alle Betten waren belegt, Jung und Alt lagen in tiefer Ruhe, und an den Fußenden lag die Beute der letzten Nacht: Münzen aller Art und Größe, Ringe, Portemonnaies und Spazierstöcke mit Silberknauf.

Auch der Händler war, wie sich herausstellte, ein Opfer ihres Eifers geworden, er vermißte das Geld unter seinem Hemd, ja sogar sein Ruder war gestohlen, er hatte nur noch sein Schweizer Taschenmesser. Er entbrannte in Wut und beschuldigte Musafa und seine Diebesbande. Widerwillig durchsuchte der Junge die Beute seiner Freunde. Seiner Meinung nach mußte es ein Dieb von außerhalb gewesen sein, in diesem Haus bestahl man sich nicht gegenseitig. Die Wut des Händlers dauerte länger als sechzig Sekunden ...

Von nun an waren sie gemeinsam arm. Sie teilten sich ein Bett, aßen aus einer Schüssel, und alles, was sie sonst noch besaßen, wurde ebenfalls geteilt: die Ritzen im Dach, die Risse in den Laken und ein Meer an Zeit. Musafa wollte den Händler die Kunst des Stehlens lehren, und dieser bot an, ihm Lesen und Schreiben beizubringen. Keiner von beiden war glücklich mit den neu erworbenen Fertigkeiten, und als sich die Flöhe am Händler fettgefressen hatten, bekam er Sehnsucht nach seinem Boot. Aber wo sollte er so schnell ein neues Ruder finden? Die Stadt war noch zu jung für große Bäume und die Wüste zu trocken, ja, Holz war hier ein kostbarer Besitz.

Nun stand im arabischen Viertel ein Baum, und zwar am Brunnen einer alten Oase, dem früheren Rastplatz vieler Karawanen. Die Städtebauer hatten den Baumstamm als Säule für ein Badehaus benutzt. Es war eine riesige Platane, und nur aus der Luft konnte man sehen, wie ihre Äste und Blätter sich über die Kuppel erhoben. Wer gut aufpaßte, sah einen Strahl Sonnenlicht zwischen Dach und Stamm aufleuchten, nicht breiter als zwei Hände, nur ein Kind paßte durch diesen Spalt. Musafa würde hinaufklettern und nachschauen, ob dort ein Ast für ein Ruder wuchs. Er nahm das Schweizer Taschenmesser zwischen die Zähne, schlug seine Nägel in die Baumrinde und zwängte sich mit viel Mühe durch den Spalt. Der Händler traute sich nicht hinaufzuschauen, er hatte Angst, Sägespäne in die Augen zu bekommen. Aber er hörte kein Sägen, und trotzdem fiel kurz darauf ein armdicker Ast herunter. Sein Ruder! Seine Hände erkannten die abgenutzten Griffe im Holz. Er schaute hoch, und plötzlich regnete es Geldscheine. Geld, sein Geld, er erkannte es an den Eselsohren.

Musafa hatte oben in der Baumkrone ein Diebesnest entdeckt und, ehrlich wie er war, alles zurückgestohlen. Der Händler war wieder reich, nun konnte er wieder Ware einkaufen und weiterfahren. Aus Dankbarkeit bot er Musafa die Hälfte des Geldes an, falls er bereit wäre, sein Bootskamerad zu werden.

Es fiel Musafa nicht leicht, seine Dachbodenfreunde von einem Tag auf den anderen zu verlassen. Erst müßte er noch den fremden Dieb erwischen, Schwarzarbeiter könnten sie nicht gebrauchen, die Ehre seiner Gilde stand auf dem Spiel. Und nachdem der Muezzin sein fünftes Gebet vom Minarett herunter hatte erklingen lassen, machte er sich auf den Weg zur Platane. Sosehr ihn der Händler auch auf die Gefahren hinwies, zurückhalten konnte er ihn nicht. Musafa beruhigte ihn und sagte: ›Wenn nachher jemand auf der rechten Seite ins Bett steigt, dann bin ich es. Steigt aber jemand von links ins Bett, bin ich es nicht.‹ Der Händler achtete nicht auf diese Worte und schlief ein. Draußen wehten die Melodien der Schiffsmusikanten bis tief in die Nacht über die Stadt. *Red sails in the sunset.*« Ich sah die Erinnerung über die Haut meines Vaters kriechen. Gänsehaut!

»Der Händler hörte es nicht, aber noch vor Morgengrauen spürte er einen kühlen Luftzug im Nacken. Das Bett knarrte auf der linken Seite, und ein fremder Körper schob sich unter das Laken. Der Händler wußte genug. Das war nicht Musafas Geruch, nicht der vertraute süße Schlamm, dieser Körper roch nach Blut. Der Händler sprang aus dem Bett, steckte eine Kerze an und leuchtete dem Fremdling direkt ins Gesicht. Und weißt du, was er sah? Einen Mann mit einem weißen Kopftuch und einem Schal vor seiner Nase und seinem Mund. Doch eigentlich sah er auch das nicht, denn über dem Schal glühten zwei mordgierige Augen, glühten noch heftiger als die Flamme seiner Kerze.

›Wo ist Musafa?‹, schrie der Händler.

Der Schal antwortete nicht, aber er hielt eine blutige Hand hoch. Seine Finger entspannten sich, einer nach dem anderen, wie eine Seeanemone in den Wellen. Ein fader Geruch zog über das Laken. In der Hand klopfte ein Herz. Der Bootshändler packte die Kalebasse, die als Nachttopf unter dem Bett stand, und fing das Herz darin auf.

Im arabischen Viertel stiegen die Muezzins auf die Minarette und riefen die Gläubigen zum ersten Gebet, die Sonne färbte den Horizont, und Allahs Größe wurde gepriesen. *Allahu akbar*. Der Mörder drückte sich die Hände an die Ohren und floh nach draußen.

Der Händler war untröstlich. Er dachte an den alten Glauben, daß man mit Tränen einen Freund wieder zum Leben erwecken könne, und versuchte zu weinen, aber sosehr er auch seufzte und preßte, es kamen keine Tränen. Als die Diebe nach ihrer nächtlichen Arbeit zum Dachboden zurückkehrten, hatte er noch nicht mal einen Fingerhut voll. Und die Tränen, die er weinte, weinte er darum, daß er nicht um Musafa weinen konnte. Die Diebe sahen die Szene und verstanden, was von ihnen erwartet wurde. Einer nach dem anderen setzte sich zu ihm und begann schrecklich zu weinen. Am Ende des Tages, kurz nach dem letzten Gebet, war die Kalebasse voll. Sie hatten ebenso viele Tränen vergossen, wie ein Mensch Blut hat. *Allahu akbar*. Kein Dieb hatte noch eine einzige Träne übrig, sie schliefen sofort ein. In dieser Nacht wurde in Port Said nichts gestohlen, und es wurden auch keine Geschichten erzählt.«

»Und Musafa?« fragte ich.

Mein Vater lächelte geheimnisvoll. »Eine gute Geschichte hat ein Ende, das man sich selbst erträumen darf.«

Und ich träumte und hörte mein Bett auf der rechten Seite knarren. Ein Rücken schmiegte sich an mich, ein Rücken, den ich besser kannte als meinen. Tropengelb, muskulös. Zwischen den Schulterblättern war eine Narbe, ein Schnitt links, ein Schnitt rechts, zwei Flügel wildes Fleisch.

Und ich schreckte hoch und betrachtete das naßgeweinte Gesicht meines Vaters. Er kam, um Abschied zu nehmen. Der Brief vom Akademischen Krankenhaus war schon vor ein paar Tagen gekommen – nein, er hatte sich nichts anmerken lassen, er hatte mich nicht vorzeitig beunruhigen wollen, »man muß seinen Schmerz für sich behalten, das weißt du ja, mein lieber Kerl« –, aber nun war es soweit. Notar Groeneweg stand schon beim Auto, er würde meinen Vater hinbringen.

Der Rover stieß weiße Rauchwolken aus. Schnee lag in der Luft. Der Notar öffnete die Tür, meine Mutter brachte meinen Vater hinaus. Sie küßten einander, ein letztes Winken und der schwarze Hut fuhr davon.

Wir standen am Fenster, Ada, Saskia und ich. Ich weinte

nicht. Mein Vater stirbt nicht, sagte ich mir, der Professor gibt ihm ein neues Herz. Meine Mutter ging mit gebeugtem Rücken zur Haustür zurück.

Die Welt wurde kleiner, die Zeitungen verschwanden ungelesen im Korb. Es gab nur noch eine Sorge: das Herz meines Vaters. Würde die Klappe halten, hatte der Professor nicht zu sehr mit den Händen gezittert? Meine Mutter war den halben Tag nicht da, sechsmal Umsteigen zum Akademischen Krankenhaus, hin und zurück, ihre Nägel hatten Trauerränder von den schmutzigen Bussen und Zügen. Ich mußte meinem Vater jeden Tag einen Brief schreiben und benutzte sein Lineal, damit die Linien gerade wurden, Saskia gab Zeichnungen mit.

Es war merkwürdig still im Haus, als wären alle Tage Zehenspitzentage; keine Geschichten mehr beim Essen, auch das Radio blieb aus. Nur Ada machte die bedrückte Stimmung nichts aus. Sie spielte Blockflöte im Wohnzimmer und studierte einen *valse russe* ein.

Die Eisblumen blühten auf dem Fenster, und die eingemachten Birnen erfroren in ihrem Glas, also aßen wir sie einfach auf. Die Russen blieben hinter dem »Vorhang«. Mein Vater kam vorläufig nicht nach Hause, es war zu rauh am Meer, er ging erst zu den Waldensern, um wieder zu Kräften zu kommen.

Meine kurze Hose verschwand im Schrank, und allmählich vergaß ich, was Schmerzen und blaue Flecken bedeuteten. Zu den Übungen kamen wir nicht mehr, ich fuhr nicht mehr mit dem Fahrrad zur Schule, sondern mit dem Winterbus. Meine Muskeln wurden schlaff, und ich zog wieder mein linkes Bein nach.

Der Strandvogt radelte täglich mit Mitteilungen hin und her, von meinem Vater an uns und umgekehrt, bis wir von der Gemeinde die Erlaubnis erhielten, das Telefon im Flur für uns selbst zu benutzen. Wenn meine Mutter anrief, mußte ich den Wecker im Auge behalten und nach einer Minute das Signal zum Auflegen geben. Zum ersten Mal hörte ich die Stimme meines Vaters durch das Telefon: »Hallo, Kerl, ich bin nicht tot, mein Motor schlägt prima.«

Er würde wieder alles tun können, kochen und tanzen, Moped fahren, ja, er versprach meiner Mutter sogar, sich eine Arbeit zu suchen, seine erste zivile Arbeit; es würde Geld im Überfluß ins Haus kommen. Meine Mutter lackierte ihre Nägel perlmutterfarben und fuhr für eine Woche zu ihm. Wir lebten alle auf. Ein neues Herz, ein neuer Vater.

Die Post brachte ein großes Paket, ein Globus mit einer Lampe darin. Ein Geschenk meines Großvaters, und ein Brief meines Vaters lag bei: »Lieber Kerl, wenn es mir bald besser geht, fangen wir an, für die große Reise zu trainieren. Du kannst die Riemen von deinem Rucksack schon mal einfetten.«

Es war fast Frühjahr, als mein Vater zu uns zurückkehrte, meine Mutter pflückte die ersten Winterlinge aus dem Garten und scheuerte den *wadjang*. Der Rover fuhr vor, und dann stieg er aus, mager und gekrümmt, sein Hut rutschte bis auf die Ohren, und in den Bügelfalten seiner Hosen waren Knicke. Ich stand am Fenster, voller Angst, daß er, wenn ich auf ihn zulaufen würde, mein schleifendes Bein bemerken würde, ich saugte mich an seinen Augen fest, aber er umarmte erst meine Mutter, küßte meine Schwestern und schaute nicht zum Fenster herüber. Schau mich an, schau mich an, flüsterte ich innerlich, aber er ging in den Garten und bewunderte das Stroh um die Rosenstrünke. Ich tickte ans Fenster, doch er reagierte nicht, er hockte sich hin und bohrte mit dem Finger in der Erde. Ich bat einen Engel, ob er ihm nicht einen Kinnstüber geben wollte … schau her, schau mich an … aber mein Vater sah mich nicht. Ich lief hinaus und hielt mich an der Tür fest; »Pappie, Pappie«, rief ich. Er drehte sich um und sagte: »Na, du Schwänzer, meldest du dich jetzt erst!« Er lachte, breitete die Arme aus, wir rannten aufeinander zu, und als ich seine Wange küßte, zog er mich am Ohr.

»Geh mal vor mir her«, sagte er. Ich bewegte mich so gelenkig, wie ich konnte. »Du ziehst dein Bein nach. Heute abend wird geübt.«

Drinnen bewunderten wir seine Narbe, und ich hielt das Ohr an sein Herz … bumm, bumm, es klang wie neu. Mein Vater war gesund und stark, er konnte wieder Befehle erteilen, ohne dabei zu keuchen. Nicht mit dem Löffel herumfuchteln! Auf die Zehenspitzen und zwanzig Runden um den Tisch! Der Tigerbalsam wurde aus dem Medizinschrank geholt, und bei der Massage erntete ich böse Blicke: Mein linkes Bein war dünner als das rechte. Das Lineal bekam einen Ehrenplatz neben seinem Teller, ich erwischte meinen ersten Schlag, der Reisdampf beschlug das Küchenfenster, und Ada spielte im Badezimmer Flöte. Alles war wie früher.

Der Stock blieb im Wachstuch, mein Vater hatte ein anderes Buch gelesen, die Anthroposophen würden mich bessern. Buchstaben tanzen, das war die Medizin, Körper und Seele mußten zusammenwachsen. Eurhythmie: den Raum fühlen und das N laufen, zwei Dreiecke, die Arme weit und dabei summen … das N von *nein*, *njet*, *no* und *non*, ein Buchstabe, der sich nicht anfassen läßt. Spring vom Linoleum, spreize die Beine, spanne die Muskeln in der Luft an, und vermeide den Kontakt mit dem Fußboden. Das Lineal schwang fröhlich drauflos. Ich mußte meinen Körper zum Werkzeug meines Willens machen. Und wir tanzten das A, das T, das H, das A, das N. Au, das letzte N war schlampig gewesen. Noch einmal. Mein Vater schrieb meinen Namen in die Luft, und mehr, sogar Gedichte: Goethe, Morgenstern, Nietzsche; und Formen: fünfeckige Sterne, Kreise, liegende Achter, ich tanzte das Unsichtbare sichtbar, bis ich zu Boden fiel. Und was ich nicht darstellen konnte, mußte ich fühlen. Flipp, flapp, ein Schlag auf beide Wangen.

Mein Vater kam wieder zu Kräften, und ich hatte meine verloren. Die Harmonie zwischen Kopf und Körper kam nicht zustande, ich drohte zu verweichlichen, schau nur: Frauenfleisch. Er stellte mich vor den Spiegel, zog mir das Hemd hoch, ja, da blubberten sogar schon kleine Brüste. Er kniff hinein und ließ sie wabbeln. Vielleicht würde klettern helfen? Auf Bäume. Was sagte das Eurhythmiebuch über Bäume? Das B in dem niederländischen Wort »boom« war ein Verschlußlaut und symbolisierte das Wachstum, das Bohren von Wurzeln durch die Erde, und das M war ein leises Murmeln, mmmm, ein Wachsen ohne Aufhören, und das O Bewunderung, Umarmung. Wir gingen auf die andere Straßenseite und suchten einen Baum, den mein Vater umarmen könnte. Wir suchten den fettesten aus. »Steig rauf«, sagte er. Der Stamm war zu dick und der erste Ast zu weit oben, es gelang mir nicht, ich war kein Musafa.

Er machte es mir vor, ohne zu keuchen, aber sein Gesicht verzog sich vor Schmerzen. Seine Rippen waren noch zu steif, der Professor hatte sie aufbiegen müssen, um besser an sein Herz zu kommen. Er hob mich auf den ersten Ast und schob mich zum zweiten.

»Höher«, kommandierte er, »zieh dich selbst hoch.«

Meine Arme gaben mir keine Kraft, meine Knie schürften sich am Stamm. Ich wagte mich weder nach oben noch nach unten. Mein Vater ließ sich runter und schaute wütend zu mir hoch, seine Augen fraßen mich auf. »Zeig, daß du ein Kerl bist.« Er drehte sich um und ging davon.

Ich saß breitbeinig auf dem Ast und wartete. Eichhörnchen sprangen von Baum zu Baum, kamen näher, kratzten sich und sprangen weiter. Nach ungefähr einer Stunde – oder war es länger, ich hatte zu viel Angst, die Sekunden zu zählen – kam er zurück.

»Bist du ein Kerl?«

»Ich weiß es nicht.«

Er packte mich an den Knöcheln und zog sich an mir hoch. Meine Hoden wurden an den Stamm gepreßt, und ich mußte mich fast übergeben, so weh tat es. Er stieß meine Beine vor und zurück und scheuerte meine Hoden über den Ast.

»Weißt du es schon?«

Ich schrie.

»Das sind die Eier, ein Kerl hat Eier. Weißt du es jetzt?«

Und ich wußte: Wenn meine Mutter mir nachher den Unterleib mit Salbe einschmieren würde, wollte ich sagen, ich wäre unglücklich hingefallen.

Ich liebte meinen Vater, damals besonders, ich wollte seine Achtung erzwingen, meine Schmerzen wegzählen wie ein Kriegskamerad. Aber was ich auch tat, er sah nur meine Fehler. Was mußte ich tun, damit er mich liebte? Ich hatte verstanden, daß er einen Ritter aus mir machen wollte und daß ich noch viele Aufträge erfüllen müßte, bevor er mich als seinesgleichen akzeptieren würde. Aber warum konnte er mich nicht ein einziges Mal loben? Es schien, als hätte ihn die Operation gemeiner gemacht, als hätte ihm der Professor ein schlechteres Herz statt eines besseren gegeben.

Nachts, im Bett, krumm vor Schmerzen zwischen den Beinen, gab ich meinem Globus einen Stoß und starrte den brennenden Schnee auf dem Himalaja und die gelbgrünen Kontinente an... Ich würde reisen, weg von der Erniedrigung. Wie konnte er es wagen, mich als Frau runterzuputzen, wo ich jeden Tag trainierte, um ein Kerl zu sein, meinen Kopf mit der Caesar-Frisur einen Diebskopf zu nennen, während in seinen Geschichten Diebe die Ehre einstrichen?

An jenem Abend fühlte ich zum ersten Mal einen tiefen Haß, einen Haß, der aus meinen gequetschten Eiern kam. Das *bloody limit* war erreicht, mein *bloody limit*. Aber es war kein Haß gegen meinen Vater und kein Haß gegen meine Mutter, die einen Striemen »Schramme« nannte und jede Beule »selber schuld«, auch kein Haß gegen meine Schwestern, für die ich Luft war, nein, dafür fand ich mich selbst zu schlaff, zu minderwertig, zu wenig Kerl mit Eiern. Ich haßte mich selbst. Am besten wäre ich tot, vom Erdboden verschwunden. Meine Augen taten weh vom Licht im Globus, meine Hoffnung war irgendwo in einem blauen Ozean torpediert, ich würde nie als großer, reicher Mann nach Hause zurückkehren und meine Eltern in die Arme schließen. Die Rolle des stolzen Sohnes war zu schwer für mich, ich hatte versagt, auch die Helden meiner *Classics* schauten auf mich herunter.

Ich zog die Decke über den Kopf, biß in mein Kissen und zählte ... ich hörte einen Hund in der Ferne jaulen, langgedehnt, sekundenlang ... und ich dachte an Treibsand, an den Hund, den ich dort gerettet hatte. So von der Erde aufgefressen zu werden, wegzusacken in einen kühlen Brei. Ich stand auf, schaute aus dem Fenster: dunkel, keine Bewegung, nur das Rauschen des Meeres. Ich schlich im Pyjama zur Küche und nahm den Schlüssel der Rettungskiste von dem roten Haken. Es war dunkel im Flur, meine Eltern hörten drinnen Radio, ich wagte nicht, das große Licht anzumachen, es dauerte eine Weile, bis ich das Hängeschloß der Kiste fand. Die Öllampen klangen leer, die Wasserstiefel fühlten sich klamm an. Ich füllte eine Lampe, und ein dünner Strahl rann über meine nackten

Füße. Nach langem Wühlen fand ich unten in der Kiste eine Schachtel Streichhölzer, und im Schein der kleinen Flamme suchte ich Ölzeug und ein paar Stiefel. Dann schlich ich hinaus und zog mich hinter dem Haus an. Die Wasserstiefel waren mir zu groß, sie schlabberten um meine Schenkel, ich mußte einen Knoten in meine Hosenträger machen; die Salbe klebte an meinem Ölanzug. Ich drehte den Docht höher und nahm den Weg zum Wasserwerksgebiet. Neben mir lief mein größeres Selbst, ich hatte keine Angst, mein Schatten wuchs in der Nacht. Ich war ein Riese.

Das Jaulen hörte nicht auf, aber die Pausen zwischendurch wurden länger. Ich hätte nicht sagen können, woher das Geräusch kam, waren da Stimmen? Oder sang ein Echo in den Dünen? Der Treibsand lag im Norden, dort mußte ich hin, vorbei an den Grassümpfen, und niemand würde mich davon abhalten. Alles schien in der Dunkelheit viel größer zu sein, Sträucher wurden zu Bäumen, und die kleinste Biegung brachte mein Richtungsgefühl durcheinander. Ich drehte den Docht niedriger, das Jaulen kam nicht von zwei Seiten; als ich mich umdrehte, sah ich eine Lampe aufblitzen. Hatte jemand Alarm geschlagen, hatte jemand meine Flucht bemerkt?

Verwirrung stiften, im Zickzack durch den Sand und schnell zum befestigten Moffenweg, dort hinterließ ich keine Spur. Das Licht kam näher, und ich hörte nun deutlich Stimmen, zwei dunkle Stimmen, es konnte keine Einbildung sein. Sie waren hinter mir her. Der Hund hielt sich ruhig.

Wegen der Wasserstiefel konnte ich nicht schneller laufen, und die Gummischäfte zwischen meinen Beinen brachten mich aus dem Gleichgewicht. Die Lampe schlug gegen meinen Bauch, die Flamme flackerte und drohte auszugehen. Ich mußte den Docht höher schrauben. Gefährlich, doch ohne Licht konnte ich wenig sehen, Mond und Sterne waren von Wolken verdeckt. Ich wollte dorthin laufen, wo das Meer rauschte, dort war der Moffenweg, der zu den Bunkern führte, wo ich mich verstecken konnte. Der Pißgeruch würde jede Nase in die Irre führen. Fühlte ich erst den harten Boden unter den Füßen, würde es schneller gehen. Mein linkes Bein tat weh, und meine Stiefel machten einen solchen Lärm, daß ich das Meer nicht richtig hören konnte. Und wenn ich still stand, klopfte mir das Herz zu laut im Hals. Mir wurde heiß, mein Ölzeug scheuerte an meiner Brust ... mein Herz, sogar mein Herz war schwächer als das meines Vaters. Meine Jacke schmorte, ich hatte die Lampe zu dicht drangehalten. Ich blies sie aus und ließ mich nur noch vom Weiß der Dünen leiten.

Die Stimmen kamen näher, das Jaulen lebte wieder auf. Das war Elischas Flucht, ich floh vor meinem Meister, und die weiße Sandfläche waren meine Eisschollen, die Stimmen jagten mich auf, ein Hund knurrte. Der Boden unter meinen Füßen sackte weg, Gras, nasses Gras, Pfützen und hochgewehte Sandhaufen, hier begann das Wasserschutzgebiet, ich war richtig gelaufen. Ein Knall, dann noch einer, sie schossen in die Luft. »Halt«, riefen sie. Der Hund bellte. »Halt!«

Sie würden mich nicht lebend in die Hände bekommen, noch eine Scholle, ein Sprung, und der Treibsand war erreicht. Ich sprang ... strauchelte über meine Stiefel und fiel in einen Lichtkreis. Ein Hund kam bellend auf mich zu, er keuchte und sprang hoch, eine Leine zog ihn zurück, über seinem Kopf erschien eine Taschenlampe, und ich blickte in das Gesicht des Gas- und Strommannes. Gewehr in der Hand, über der Schulter eine dicke Tasche, aus der ein Schwanz hing. Bestimmt würde er mich erschießen. Hinter ihm stand der Strandvogt. Sie hatten den Fuchs gefangen, so tollwütig wie nix, schön mit den Pfoten in der Falle, und gejault hat der, fürchterlich, endlich den Mörder am Schlafittchen, nach einem halben Jahr Suchen. Die Schüsse waren Gnadenschüsse, jeder hatte ihm eine Kugel gegeben. Aber dann hatten sie etwas Verdächtiges in den Dünen gesehen, eine Lampe, die auf den Treibsand loslief, schau an, das war doch der Kleine aus dem ehemaligen Kinderheim. Noch nicht lange aus den Windeln, und schon im Ölzeug und den Stiefeln der Rettungsgesellschaft. Was wollte er hier? Der kleine Dieb, so spät noch raus aus dem Bett. Ja, ja, nun wüßten sie genau, wer damals nachts die Stalltür offengelassen hatte. Los, komm mit nach Hause.

Der Strandvogt riß mir die Stiefel herunter und nahm mich auf die Schultern. Der Mond brach durch die Wolken, die schöne, runde Schale des letzten Viertels, ich schaute mich um und sah den Treibsand wie eine Eisscholle aus meinem Blick schwimmen. Vor uns lag unser Haus, hinter allen Fenstern brannte Licht. Sicherheit, trotz allem. Man wartete auf mich.

Und so marschierte ich durch die Jahreszeiten meiner Kindheit. Vorbei an dem Stall, an dem verlassenen Waisenhaus, durch die Dünen, über das unberührte Wasserschutzgebiet, wo der Regen kleine Dellen in den Sand schlug und wo man einen Fuchs jaulen hören konnte. Für meine Mutter pflückte ich eine Seedistel aus unserem früheren Garten, eine Überlebende, genau wie sie, graugrün mit einem Herzen aus Stroh.

Ich hatte die Erbitterung von mir abgelaufen, meine Wut vom Wind verwehen lassen. Ich konnte ruhig neben meinem Vater gehen, entspannt, nicht in Reih und Glied. Kein Kind mehr, sondern ein Mann, der keine Angst hatte, seinem Vater ähnlich zu sehen.

So dachte ich damals, und in meinem Übermut beschloß

ich, Aram zu fragen, ob er bei mir wohnen wollte. Er mußte weg aus dem Schatten seines kranken Vaters, ich gönnte ihm eine bessere Jugend. Ich würde es schaffen. Ich wollte es, und ich würde meine schwachen Seiten überwinden.

Ich fuhr zu seiner Schule und wartete am Eingang auf ihn. Er wirbelte heraus, als erster, zwei Mädchen hinter ihm. Unsere Augen trafen sich, aber er tat, als sähe er mich nicht, und rannte zum Fahrradständer. Dort hing er herum, machte Faxen und hielt eine Zigarette in der Hand versteckt; erst als alle anderen weg waren, kam er zu mir herüber. Er schämte sich, abgeholt zu werden.

»Hi, gehen wir wieder moshen?« fragte er. Seine Stiefel knallten auf dem Bürgersteig, er trug sie jeden Tag. Den *Metal*-Abend hatte er nicht vergessen, ob ich das Mädchen mit dem Ring in der Nase wiedergesehen hatte? Nein? »Dabei war sie scharf auf dich«, sagte er.

»Ich habe doch eine Freundin.«

»Aber du bist immer allein, sie war noch nicht mal bei der Beerdigung dabei.«

»Darf ich nicht allein sein?«

»Du bist schon so alt.«

»Was würdest du davon halten, bei mir zu wohnen?«

»Ich wohne doch bei meinem Vater.«

Ich wurde rot und mußte schlucken, um meinen Mut wiederzufinden. »Eine andere Umgebung wird dir guttun, und im Sommer machen wir dann lange Reisen.«

Aram schaute mich erstaunt an. »Zusammen mit Maarten?«

»Nein, mit mir, für Maarten suchen wir ein Heim, wo sie gut für ihn sorgen.«

»Nie«, sagte Aram entschieden, »ich will für ihn sorgen. Papa hat mir versprochen, es bis zu meinem Abitur durchzuhalten.«

»Und darauf verläßt du dich?«

»Natürlich. Ich werde sogar dafür sitzenbleiben, wenn es nötig sein sollte.«

Ich schämte mich für meinen Mangel an Takt. Wir tranken irgendwo Tee und aßen große Stücke Torte. Aram bat um noch eine Portion und wickelte sie in die Serviette, für seinen Vater.

»Aber er kann kaum schlucken. Du mußt ihn jetzt schon füttern.«

»Ich mache es ihm klein, ich sorge viel besser für ihn als eine Krankenschwester.«

»Wenn du so leben willst, dann ist es deine Sache.«

»Ja«, sagte er kühl, »du hast mir nichts vorzuschreiben, du bist nicht mein Vater.«

Ich bat ihn um Entschuldigung und sagte, wenn es mal nicht mehr gehe, werde er jedenfalls immer ein Bett bei mir finden.

Was war ich doch für ein Idiot. Ich und meine Träume von Söhnen und Vätern. Das Autoradio angestellt und den ganzen Weg nach Hause einen Schleier vor den Augen. Vielleicht sollte ich es noch einmal mit einem Hund probieren.

6
Wiederholung

Wir würden alles noch einmal wiederholen. Eine Beerdigung ohne Leiche, aber mit Musik und Reden. Saskia steckte eine Kerze an und stellte ein Foto von Ada auf den Tisch. Meine Mutter legte ein Kissen auf ihren Stuhl und blickte sich zufrieden um: Die Familie war versammelt … Ja, gut, daß ich noch gekommen war! Hatte ich also doch auf meine innere Stimme gehört. Nun mal ehrlich, liebte ich meine Familie nicht mehr, als ich zugeben wollte? Ich las meine Rede vor, und die Geigen sickerten aus dem CD-Player. Jana mußte das auch erleben, ob sie nun wollte oder nicht. Das mitgebrachte Video blieb stecken; Herrn Korsts kleine Aufmerksamkeit funktionierte nicht in Kanada. »Schade, wir haben so prachtvoll ausgesehen«, sagte meine Mutter.

Also erzählen, jede Einzelheit, vom Sarg bis zum Rosengarten … die Todesanzeige, die Blumen, was wir anhatten, das Wetter, kein Detail blieb Jana erspart. »Habt ihr die beiden Regenbogen gesehen?« fragte Saskia. »In dem Moment, als der Trauerzug auf dem Friedhofsplatz ankam, erschienen zwei Regenbogen über der Aula. Und als wir später weggingen, verschwanden sie plötzlich.«

War das nicht wundersam? Ich konnte mich an nichts dergleichen erinnern, aber Saskia hatte nun mal einen feinen Sinn für das, was sich über unseren Köpfen abspielte. Meine Mutter blickte unwillkürlich hinaus, ein grauer Polarhimmel … Nun ja, gut möglich, an dem Tag hatte sie wohl nichts gemerkt, aber jetzt, wo sie im nachhinein davon hörte, sah sie es doch als Zeichen. Wie auch immer, es war eine traurige, aber schöne Zusammenkunft gewesen, schade nur, daß Jana damals nicht dabeisein konnte. Auch ich schaute aus dem Zimmer, um meinen Ärger zu verbergen; mußte ich nun wirklich zwei volle Wochen zwischen diesen Verrückten zubringen?

Nach dem Kuchen – *surprise, surprise*, in holländischer Butter gebacken, also diese Saskia, sie dachte auch an alles – kamen die Trauerflore, die Karten und das Kondolenzregister auf den Tisch. Wer hatte diese unappetitlichen Souvenirs mitgenommen? Saskia hob den Finger: Es ging um die Evokation, um das gemeinsame Erleben, das machte es erst komplett.

Jana blätterte das Register durch, also nein, wie viele Namen. Bekam man in Holland für eine Beerdigung so einfach frei? Was für ein reiches Land waren wir doch geworden. Die meisten Namen sagten ihr nichts … Tante Nikki, Els, ja, sie müßte ihnen eigentlich mal schreiben, aber was? Auf Papier fing man so schnell an zu klagen.

Ein paar Fotos fielen aus dem Register. Ada, aufgebahrt in ihrem Pyjama, das Blitzlicht hatte eine Aureole auf dem Glas zurückgelassen. »Was für ein Gerippe«, sagte Jana. »Armes Kind, hätte ich dich doch füttern können.« Nein, so würde sie nicht sterben. Jana ging nur auf. Sie nahm die letzten beiden Kuchenstücke und stopfte sie auf einmal in den Mund. Ihre Nylonperücke bewegte sich auf und ab im Rhythmus ihres Kauens. Essen bereitete ihr wenigstens noch so etwas wie Freude, aus dem Haus kam sie nicht mehr, es sei denn, sie mußte zum Krankenhaus, und selbst das war nicht mehr nötig. Aufgegeben, auch die Chemo war abgebrochen. Ansonsten saß sie den ganzen Tag da, hoch auf einem Kissen, mit knarrenden Pampers.

Was sie einnahm, hielt sie fest, trotz des Pinkelkrauts meiner Mutter. Ihre Beine waren Säulen aus Wasser, und die Geschwülste in ihrer Leiste klopften wie eine Kröte. Der Krebs brach überall durch. Morgens wurde sie aus ihrem Bett hinter einen Tisch gesetzt, abends wuchtete ihr

Mann sie mit dem Stuhllift wieder hinein. Laufen konnte sie nicht mehr, ihre beiden Hüften waren kaputt, und liegen wollte sie nicht, sie mußte Leben sehen, Vögel, Wolken, die letzten Pflanzen, die roten Bäume und die fernen Hügel. Errol hatte speziell für sie einen Glaserker hinten an das Haus gebaut, und dort saßen wir, die Kranke mit ihrer Mutter, ihrem Bruder und ihrer Schwester.

Sitzen und sich langweilen und laut sagen, was man sieht. »Du lieber Himmel, eine Seemöwe, fliegen die so weit landeinwärts?«

»Eure Meere heißen hier Seen.«

»Aber nicht salzig.«

»Nein, das nicht.«

Und wenn wir draußen alles bis zum geht-nicht-mehr betrachtet hatten, kramten wir Erinnerungen hervor. Das ehemalige Kinderheim, die ersten Jahre an der Küste, und später, langsam und unwillig, kam endlich Niederländisch-Indien zur Sprache. Die Inseln, das grüne Licht im Dschungel, fliegende Eichhörnchen, wilde Katzen und Elefanten auf dem Gelände. Saskia stellte Fragen über Fragen, ihre Schwester hatte noch eine richtige Kindheit in Niederländisch-Indien gehabt, und davon wußte sie eigentlich so gut wie nichts. Wie oft waren sie umgezogen? Wie war es damals auf Bali, und die *kubus*, hast du sie wirklich mal gesehen? Jana kratzte an ihrer Perücke, das Denken bereitete ihr Mühe. Aber unterstützt von ihrer Mutter fiel ihr dann doch noch manches ein. Gott, weißt du noch, Gott, weißt du noch, und das den ganzen Tag. Ich hörte nichts wirklich Neues, auch wenn ich die Namen der Orte und Landschaften nicht kannte, auch nicht den Geschmack der Früchte und Siruparten.

Saskia wollte noch einmal die alten Fotoalben betrachten. »Wo habe ich sie nur?« fragte sich Jana verzweifelt. Nach einer Suchaktion durch alle Schränke, legte Saskia die Alben maulend auf den Tisch. Wie konnte ihre Schwester nur so gleichgültig damit umgehen, es waren Erbstücke, Fotos, die vor dem Krieg nach Holland geschickt worden waren, um die Waldenser zu beruhigen und ihnen zu zeigen, wie friedlich und exotisch das Leben in den Kolonien war. Jana hatte die Alben bei ihrer Auswanderung mitbekommen – »an sich gebracht«, sagte Saskia –, früher hatte sie manchmal hineingeschaut. »Aber es tat auch weh, weißt du? Wir mußten vorankommen, mit Zurückschauen schaffte man das nicht.«

Die ersten Seiten schlug Jana grob um, die Zwischenblätter mit dem Spinnenwebmuster rissen zwischen ihren Fingern. Sie schien nicht zufrieden mit dem, was sie sah: die Häuser auf dem Außenposten fand sie zu klein und primitiv, sie sah auf allen Fotos blöd aus, in ihrem Kopf war alles größer und schöner. Doch dann, auf halbem Wege, wurde ihre Hand langsamer, und sie träumte sich in die schwarz-weißen Landschaften hinein. Sicher, eine Tropenjugend ging einem unter die Haut, so etwas bestimmte das ganze Leben. Nur, was sollte sie noch damit? Wer konnte nach ihrem Tod diese Erinnerungen noch teilen? In Kanada hatten sie nie etwas von Niederländisch-Indien gehört. Plötzlich wurde sie sich bewußt, daß mit ihr auch die Geschichten zu diesen Fotos sterben würden. Errol hatte nichts übrig für solche Dinge. Die Schere. Sie würde alles verteilen. Das war ihr Erbe. Sie nahm die Schere, die auf dem Stapel Zeitungen neben ihr lag, und schnitt einmal durch die Luft. »Hier, Sas, dein Vater bei dem Verwalter und ein Tiger mit einem Stock unter dem Kiefer, von ihm persönlich geschossen. Und hier mein Waschbär, der dir die Kleider vollgesabbelt hat, gib dieses Foto Aram, er kann es in der Schule zeigen.« Sie lachte laut ihre Träume hinweg und schnitt um die gekantelten Ränder. Ein Blatt nach dem anderen mußte dran glauben.

»*Stop, Jana, stop it*«, rief meine Mutter, unbewußt mischte sie Englisch in ihre Worte, denn wo sie auch war, sie paßte sich an. Aber Jana wollte nichts vom Aufhören wissen. »Ich will nicht, daß diese Fotos später beim Müll landen.« Saskia zog sie ihr aus den Fingern und suchte sich gierig die schönsten aus.

»Und deine Kinder?« fragte meine Mutter.

Die? Zu jung, zu gleichgültig, nein, die wollten nichts aus ihrer Vergangenheit wissen, *history, old stuff*.

Oh, diese Kinder, sie standen eingerahmt auf dem Buffett, dick und häßlich. Schule mißlungen und die Arbeit ebenso: Ihr Sohn war bei der Armee und faltete auf irgendeinem Stützpunkt Fallschirme, ihre Tochter arbeitete in einem Supermarkt in der Nähe. College nicht abgeschlossen, kein einziges Diplom, keine Kinder, auf die man stolz sein könnte. Wir sahen sie kaum, Jana hielt sie lieber im Hintergrund, seit wir da waren. »Sie wollen Kanadier sein, weißt du, so wie alle anderen, sie schämen sich ein bißchen für unseren Hintergrund und so.«

Aber immer wenn ihre Tochter nach der Arbeit vorbeikam, fett von einem Baby, das noch einen Monat auf sich warten lassen würde, wollte sie alles genau wissen. Sie hing meiner Mutter am Hals – Granny vorn und Granny hinten, sie wollte so gerne Familie haben … und betrachtete eifersüchtig die Fotos, die in Stapeln vor uns lagen.

»Wer ist dieser Neger?« fragte sie.

»Dein Großvater«, sagte meine Mutter, »und er ist nicht schwarz, sondern braun, ein Menadonese.« Das Mädchen griff nach den Fotos, nun, das hatte sie nicht gewußt … Tiger in Indonesien? Ein Haus auf Pfählen? Ihre Mutter als Mädchen mit einem Schwein an einer Leine? Und oh, wie unheimlich, drei braune Soldaten hinter einer Kanone. Leutnant von Cappellen schaut stolz zu.

»*Natives*«, sagte sie.

Saskia schlug die Hände vor die Augen. Wie konnte ihre Nichte so einfältig sein, hatte ihre Schwester ihr denn nie etwas erzählt? »Der wichtigste Teil deines Lebens … wie ist das möglich?«

Jana schnitt unbeirrt weiter. Meine Mutter zog schweigend den Karton von der Rückseite der Fotos ab.

»Mammie und du, ihr seid beide gleich«, sagte Saskia, »ihr geht jeder Konfrontation aus dem Weg. Wenn du deine Probleme aus der Vergangenheit nicht löst, schleppst du sie später als eine bleierne Last mit dir.«

»So lange wird es ja nicht mehr dauern«, sagte Jana.

»Aber du wirst unnötig Schmerzen haben.«

»Dafür gibt es Pillen.«

»Das dachte ich früher auch.« Saskia richtete sich auf und gab sich große Mühe, verächtlich zu schauen. »Und das Lager? Du hast ihnen doch wohl etwas über das Lager erzählt?«

»Nein, nichts«, sagte Jana hart, »wozu soll das gut sein?«

»Schau dir doch deine Tochter an«, rief Saskia, »wie sieht sie denn aus? Eine halbe Chinesin, hast du ihr das je erklärt? Du nimmst deinen Kindern den Hintergrund.« Sie schluckte ihre Tränen hinunter.

»Dieses Land ist ein Mischmasch, alle Farben, alle Rassen, das macht uns zu Kanadiern.«

Wir wiederholten uns.

Die Schere schnippte ins Leere, die Vergangenheit war zerschnitten. Die Heizung wurde höhergestellt, und draußen fiel das letzte Ahornblatt zu Boden. Die Welt um uns zog sich zusammen. Ja, was konnte man sonst tun, eine Tasse Tee, ein bißchen Feigengebäck dazu und still nach draußen schauen. Und noch mehr schneiden, natürlich. Wir waren jetzt auf den Geschmack gekommen. Gemütlich zusammensitzen und schneiden. Und es gab so viel zu schneiden: Stapel von Zeitungen mit Gutscheinen, Billigangebote aus bunten Werbebeilagen. Alle Wünsche in Griffnähe, sparen Sie mit der Schere: »Gartenstuhl zwei Dollar billiger.« »Das zweite Paket Seifenpulver gratis, bei Abgabe dieses Bons.« Jana ergriff ihre letzten Sonderangebote und meine Mutter schnitt mit.

Die Kerze blieb brennen, Adas Porträt bekam einen Ehrenplatz, und Saskia äußerte ihre Trauer, indem sie immer wieder die Violinfantasien abspielte. Die Papiertaschentücher flogen nur so aus der Schachtel.

Jeden Morgen gegen elf kam die Krankenschwester vorbei: Waschen, Tabletten, Verband wechseln und weg. Janas Beine starben langsam ab, ihre Zehen waren schon schwarz. Wie lange noch? Niemand konnte es sagen, auch Saskia empfing kein genaueres Datum. Um ihre Ungeduld zu verbergen, stürzte sie sich in ihren alten Beruf. Sie wickelte ihre Schwester in weichere Windeln, zupfte das rohe Fleisch ab und kaufte Lavendelwasser, um die unangenehmen Gerüche wegzuwaschen. (Mit Rabatt, an Gutscheinen herrschte kein Mangel.)

Aber Windeln und Liebe waren ihr nicht genug; nun, da ihre Schwester sichtbar schwächer wurde und ihre Abwehrkräfte verlor, wollte sie auch die seelischen Wunden auswaschen. Das Lager. Sie mußte darüber sprechen. Saskia fühlte sich schuldig, sagte sie, die verschlissenen Hüften, kam das nicht vom Lager? Jana hatte sie immer tragen müssen und sich selbst wenig geschont: kochen, Wasserholen, die Kleinen beschäftigen, ihre Mutter pflegen. Jana war damals die Stärkste gewesen, und nun mußte sie dafür bezahlen.

»Weißt du noch, als wir von De Boei zum Zug laufen mußten?« fragte Saskia. »Wir durften nur mitnehmen, was wir tragen konnten, ich bekam die Kanne, aber sie war so schwer. Du hast mir geholfen, du nahmst den Henkel, ich hielt den Boden fest. ›Mammie, ich muß mal‹, sagte ich. ›Mach einfach in die Hosen.‹ Wir mußten weiter, der nasse Stoff scheuerte zwischen meinen Beinen. Du hast mich hochgehoben und auf deine Hüfte gesetzt. Und dabei hattest du schon so viel zu tragen. Nach der Fahrt mit dem Zug, in Sawahlunto, mußten wir in Lastwagen weiter. Ich konnte euch nirgendwo finden und war zu weit nach vorn gelaufen. Mammie in Panik, aber du hast mich gefunden, spielend zwischen den Rädern, fast zermalmt unter einem anfahrenden Lastwagen.« Wie konnte sie Jana dafür danken?

Reden, reden, bis der letzte Tropfen Eiter ausgelöffelt war. Meine Mutter schaute ihre jüngste Tochter mitleidig an, sie selbst hatte Saskia diese Geschichte erzählt. Und nun wurde ihr vorgeworfen, daß sie schwieg.

Ich sah mir das alles eine Woche lang an, erstaunt, daß ich noch niemanden ermordet hatte, ich übertraf mich selbst im Üben von Geduld. An den ersten Tagen saß ich noch fremd und einsam zwischen meinen Familienmitgliedern, aber der Ärger ebbte langsam ab und ich fühlte, wie ich weicher und freundlicher wurde. Sitzen, zuhören, kein Widerstand, vielleicht war das eine Form von Lieben.

Meine Mutter und Saskia klammerten sich an mich, ich mußte sie fahren, mit ihnen frühstücken und zu Mittag essen. Wir schliefen im selben Motel, eine Viertelstunde Fahrt von Jana entfernt, ihre Wohnung war zu klein für drei Logiergäste, und wir wollten ihr auch mit dem Essen nicht zur Last fallen. Außerdem konnte keiner von uns ihren Mann so richtig leiden. Die paar Jahre große Fahrt hatten Errol nicht sensibler gemacht, seine jetzige Arbeit hatte irgendwas mit Schiffsapparaturen zu tun, er war daran gewöhnt, Motoren zu übertönen. Wenn er morgens zur Arbeit ging, lösten wir ihn ab; nach sechs zogen wir uns ins Motel zurück. Er mißtraute unserer Anwesenheit, wir warteten ihm zu sehr auf Janas Tod. Und weil er sich seinen Ärger über uns verkneifen mußte, fluchte er auf unsere Sprache. Er weigerte sich, Niederländisch zu sprechen. *»Dutch is useless, it doesn't bring you anywhere in Canada.«* Manchmal verstanden wir sein Englisch nicht.

Jana fand sich mit den groben Manieren ihres Mannes ab, seit der Geburt ihres ersten Kindes sprachen sie auch untereinander nicht mehr Niederländisch. Sie hatte es längst aufgegeben, seine Aussprache zu verbessern. Seltsam, ihr Englisch wurde immer löchriger, manchmal wußte sie die einfachsten Worte nicht mehr, und dabei hatte sie so ein gutes Ohr für Fremdsprachen. Nur die vertrauten Klänge blieben hängen, durch die Geschichten über Niederländisch-Indien kam auch ihr Malaiisch wieder zurück, sie fand es herrlich, meine Mutter auf *petjo* zu necken, dem Indo-Dialekt, auf den die Niederländer hinunterblickten, den mein Vater aber verdächtig gut gesprochen hatte. (»Nur zum Spaß, ja?«): »Doktor mich gefühlt. Mein Bauch noch krank, aua, aua obat, medizin, macht malade. Adu, aua, aua. Haha, haha, du lachst dich kaputt.« Sie liebte die Melodie dieses Dialekts, und wenn sie müde war, klang sie in ihrem Niederländisch durch: Betonungen mit Veitstanz, Wackel-Vokale, genau wie bei meinem Vater. Manchmal hatte ich mich, wenn ich ihn nachmachte, gefragt, ob ich nicht übertrieb. Machte ich, was klein war, nicht zu groß, ich Lügenmaul? Aber als ich nun Jana hörte, wußte ich, daß mich mein Gedächtnis nicht im Stich gelassen hatte, ihr Akzent war unter einer Glasglocke bewahrt geblieben. Das einzige an meiner Schwester, das noch unversehrt war. Stimmen, die nette Erinnerungen hervorzurufen wußten, Abwaschliedchen und Gute-Nacht-Geschichten – es gab auch eine Vergangenheit, die mich nicht bedrückte.

Meine Familie mochte zwar von meiner Anwesenheit angetan sein, rein waren meine Motive dennoch nicht, ich war nicht gekommen, um Abschied zu nehmen, sondern um einen Neubeginn zu versuchen; ich wollte zum ersten Mal in meinem Leben ein ernsthaftes Gespräch mit meiner ältesten Schwester führen. Aber wie? Ich bekam keine Chance, unter vier Augen mit ihr zu sprechen. Wir saßen einander im Weg und hingen nur in diesem verdammten Erker herum. Ich erwischte mich sogar dabei, daß ich ebenfalls Coupons ausschnitt. Wenn's um Schnäppchen geht, muß man wirklich nach Kanada.

Eines Abends klopfte meine Mutter an meine Zimmertür. »Saskia macht mich ganz verrückt, ich bin noch keinen Moment mit Jana allein gewesen.« Kurz darauf kam auch Saskia zum Jammern. Ich löste das Problem. Jeder einen Tag allein mit der Patientin. Saskia durfte als erste.

Erleichtert nahm ich meine Mutter zu einer Fahrt durch New Brunswick mit. Auf der Hinreise hatte ich schon gesehen, daß Kanada kein Land für mich war. Berge, Seen, weite Ebenen, die Natur bot hier noch einen unverschandelten Horizont, aber man mußte ihn mit den Bewohnern teilen, und so häßlich traf man sie selten: fett, karierte Oberhemden, Haarnetz im Nacken und eine stumpfsinnige Baseballmütze auf dem Hirn. Ein Arbeiterparadies, nirgends eine Buchhandlung zu finden, höchstens eine literarische Zeitschrift, dafür aber tausend über das Leben in der freien Natur. *Wildlife*, das liebte man hier, in einem schlammverkrusteten Geländewagen fahren, Kanu auf dem Dach, Bierdose in der Hand und, wenn sie leer war, in der Faust zerdrücken, kleine Kraftprobe als Vorbereitung aufs Holzhacken, Lachsfischen oder Indianer ermorden. Wenn man in einem Museum länger als eine Minute vor einem Gemälde stand, schauten sie einen an, als wäre man homosexuell.

Nach einer Fahrt unter grauem Himmel, die Klimaanlage auf warm, und einem »tollen« Gespräch, bei dem alles Peinliche vermieden wurde, bat meine Mutter, sie bei irgendeinem Eisenwarenladen abzusetzen, nein, das Walfischmuseum brauchte sie nicht zu sehen. Dieses Chamäleon, dachte ich noch, das war also ihre Art, die hiesige Kultur zu würdigen, denn New Brunswick platzte fast vor Eisenwarenläden. Vielleicht wollte sie ja auch ein Geschenk für meinen Schwager kaufen. Ich mußte vor dem Schaufenster warten, kurz darauf rief sie mich dann doch hinein.

»Wie sagt man ›Magnet und Feile‹ auf englisch?«

»Was willst du damit?« fragte ich.

»Unter Janas Fußende legen. Das zieht die Flüssigkeit aus den Beinen, dann steht man leichter auf.« Sie hatte es daheim im Fernsehen gesehen, sofort ausprobiert, und wirklich war sie doch gut zu Fuß für ihr Alter. Sie ließ das Zeug einpacken und schaute mich forschend an ... nein, ich war nicht böse, ich lächelte ... ein Rippenstoß, und wir verließen kichernd den Laden.

Der Himmel wurde zu einer schmutzigen Schultafel, schwarzgrau, Schnee lag in der Luft, und es dauerte nicht lange, da klumpten die ersten Flocken unter dem Scheibenwischer. Meine Mutter fühlte den Winter in ihren Zehen. Jana sollte eine andere Aussicht haben.

Zurück im Hotel, blinkte ein rotes Lämpchen an meinem Telefon. Die Rezeption: »Ihre Schwester hat angerufen, es ist dringend.«

Ich bekam Jana ans Telefon. Geschrei und Geheule im Hintergrund.

»Was ist los?« fragte ich.

»Oh, es ist schrecklich«, heulte Jana, aber bevor sie ihre Geschichte loswerden konnte, wurde ihr der Hörer aus der Hand gerissen. Saskia.

»Komm mich holen, bitte.«

»Warum, was ist los?«

»Ich will hier nicht mehr bleiben, hol mich hier weg, hol mich hier weg!« Sie knallte den Hörer auf.

Ich zog ein paar trockene Schuhe an, lief zum Zimmer meiner Mutter und klopfte an ihre Tür. Ich hörte sie mit jemandem sprechen und ging hinein. Sie bedeutete mir mit einer Handbewegung, mich neben sie aufs Bett zu setzen.

»Ja, ja.« Besorgt lauschte sie der Stimme auf der anderen Seite der Leitung. »O Gott ... Bei diesem Wetter? ... Oh, oh. Ja, ja.« Sie legte den Hörer hin und schaute mich verzweifelt an. Jana hatte ihr gerade am Telefon gesagt, daß Saskia aus dem Haus gerannt sei, ohne Mantel in den Schnee. »Hab ich denn alles falsch gemacht?«

»Das spielt jetzt keine Rolle«, sagte ich.

Sie wollte weinen, ihre Schultern schüttelten sich, aber keine Träne kam. Ich setzte mich neben sie und legte die Arme um sie. »Fühl dich nicht schuldig«, sagte ich, »du konntest nicht anders.« Und ich wiegte sie wie ein Kind, tätschelte ihren Rücken, streichelte ihren Kopf. »Deine Kinder sind alt genug, um ihre Sachen selbst zu regeln.«

»Wir hätten die zwei nie allein lassen dürfen.«

»Was genau ist denn passiert?«

»Sie hat Jana den ganzen Tag mit dem Lager genervt, lauter Vorwürfe und Fragen. Jana wollte nicht sprechen, und da haben sie Streit bekommen. Und Saskia hat die Fotos zerrissen. Errol kam früher von der Arbeit und traf beide weinend an. Er ist aus der Haut gefahren und hat Saskia die Leviten gelesen. Es wäre alles seine Schuld, sagte sie, und dann hat sie ihn, glaube ich, gekratzt und ihn furchtbar beschimpft. Was sollen wir nun tun?« fragte sie verzweifelt.

Ich rief Jana an und bekam einen tobenden Errol ans Telefon. *He was very sorry*, aber er hatte jetzt genug von meiner ganzen verdammten Familie, wir jagten seine Frau in den Tod, sie war total aus dem Häuschen. Hörte ich sie denn nicht weinen?

Ich versuchte ihm zu erklären, was mit Saskia los war. »Sie hat große Probleme mit dem Krieg.«

»Wieso denn?« fragte er, vor lauter Verblüffung sprach er jetzt wieder Niederländisch.

»Das Japsenlager, sie ist in Behandlung.«

»So etwas gibt es nur bei euch«, sagte Errol.

»Wo ist sie jetzt?«

»Keine Ahnung, irgendwo draußen. Auf der Grand Falls Road.«

Der Parkplatz war mit einer daumendicken Schneeschicht bedeckt, und es dauerte eine Weile, bis ich meinen Leihwagen fand. Dicke, trockne Flocken fielen vom Himmel, meine Räder rutschten, im Schritttempo fuhr ich auf die Straße. Beide Fenster offen, damit mir kein Stück des Straßenrands entging, der Schnee klebte auf den Sitzen.

Um diese Zeit wagte sich kein Mensch mehr hinaus, Räumfahrzeuge ließen sich in dieser Gegend nicht sehen, sogar Lastwagenspuren wurden sekundenschnell zugedeckt. Das Personal von »Burger King« versuchte, mit einem kleinen Traktor die Ein- und Ausfahrt freizuhalten, und meine Scheinwerfer schienen den Schnee von allen Seiten auf sich zu ziehen. Ich näherte mich dem Stadtrand, brachliegende Grundstücke, Straßenrand und Böschungen gingen ineinander über. Wie oft war ich dieses Stück schon gefahren? Wenn Saskia zum Motel zurückgelaufen war, mußte sie hier entlangkommen, doch vielleicht hatte ich sie irgendwo verpaßt.

Am höchsten Punkt stieg ich aus, lief zur Böschung und blickte die Straße entlang, nach unten, zwischen den großen Lagerschuppen durch, nach oben, in die Berge. Stille, nur das Knarren meiner Sohlen. Eisige Ruhe überfiel mich. Alle waren verrückt, aber mich schafften sie nicht. Der große Eskimo suchte seine Schwester.

Auch bei Janas Haus keine Spur. Vielleicht hatte Saskia sich im Garten versteckt? Ich lief hinten herum zum Erker und sah Jana mit ausgestreckten Armen über dem Tisch hängen, kahl, die Perücke verwelkt in den Händen. Ihre dicke Tochter war ihr zu Hilfe geeilt und versuchte, sie auf ihren Stuhl zurückzuheben. Ich sah Errol schreien. Sie erschraken, als ich ans Fenster klopfte. Hatte ich die Verrückte noch nicht gefunden? Die Tochter deutete vorwurfsvoll auf ein Häufchen zerrissener Fotos.

Drinnen, die Schuhe auf einer Zeitung wegen des Schneewassers, sah ich, daß Jana kein Wort herausbringen konnte. Sie keuchte, ihre geschwollenen Wangen waren feuerrot, ihr Atem pfiff schmerzhaft. Die Tochter versuchte, ihr die Perücke aufzusetzen, aber Jana schüttelte sie immer wieder ab. »Habt ihr es jetzt endlich geschafft?« sagte sie. Ihre Kassiererinnenfinger zitterten vor Erregung.

»Oh, was für ein Fiasko«, jammerte Jana, nachdem ich sie mit ein paar Umarmungen einigermaßen beruhigt hatte. Ja, Errol war *moody* und nicht immer gleich nett, aber ich durfte nicht vergessen, daß sie ziemlich für sich lebten. Und Saskia war so gemein gewesen. »Sie hat Errol einen Schuft genannt. Ich habe fast die Beherrschung verloren.«

»And Schuft *means bastard, isn't it true?«* fragte Errol. Zwei rote Kratzer liefen über seine Wange, und sein Oberhemd war am Kragen eingerissen. Saskia war ein Mannweib. *»I kill her when she comes.«* Granny war noch willkommen, und damit Schluß. »Einsperren müßte man solche Verrückten.«

Die Tochter griff nach ihrem Bauch. Sie schaute mich an, als ob ihre Fruchtblase jeden Moment platzen könnte.

Ich lieh mir Errols Fernglas und fuhr wieder die Grand Falls hinauf. Schwesterchen, wo bist du?

Der Schnee raubte mir jede Sicht, und daß ich weniger gefaßt war, als ich dachte, merkte ich, als ich mit dem Fernglas die Straßenböschungen absuchte. Die Flocken wirbelten wie weiße Frauen auf mich zu, ich fiel fast rückwärts um vor Schreck. Rufen, Hupen – was ich auch tat, wo ich auch suchte, ich blieb ohne Antwort. Langsam fing ich an, mir ernsthaft Sorgen zu machen, und raste zum Hotel, um die Polizei anzurufen.

Ein weißes Häufchen saß unter dem Reklameschild auf dem Parkplatz: Saskia, die hysterische Schneefrau. Mit wirren Haaren, durchgeweicht und untröstlich. Ich versuchte, ihr den Schnee aus den Haaren zu wischen, aber sie wich zurück, sie hatte Angst, ich könnte sie schlagen. »Ich bin doch zurückgekommen«, sagte sie, »ich verirre mich nie.«

Ich nahm sie mit in mein Zimmer, und während sie auf dem Bett lag und wieder zu sich kam, nahm ich zwei Fläschchen Kognak aus der Minibar und goß sie in ein Glas. Ich spürte ein großes Bedürfnis, mich neben sie zu legen, den Arm um sie zu legen und ihr ins Ohr zu flüstern, daß ich sie liebhatte, daß ich in Zukunft netter zu ihr sein wollte, daß sie tapfer war, meine einzige und liebste Schwester. Aber ich konnte es nicht, ich stellte das Glas mit einem Knall auf den Nachttisch und sagte: »Hier, das tut dir gut. Und morgen bringe ich dich nach Hause.«

Die Frau an der Rezeption hatte aus eigener Initiative einen Arzt angerufen. Er gab Saskia eine Spritze und schrieb ein Rezept aus. Saskia schlief sofort ein.

Meine Mutter wußte noch von nichts, aber als ich in ihr Zimmer kam, lag ihr Koffer schon weit offen auf dem Bett.

»Laß uns packen«, sagte sie nach meiner Geschichte. Ihr

Gesicht war aschgrau, sie stieß einen tiefen Seufzer aus. »Immer läuft sie weg.«

»Tun wir das nicht alle?«

»Im Lager auch schon. Sie ist sehr unruhig.«

»Sag ruhig verrückt.«

Sie blickte mich strafend an.

»Sie ist durcheinander, Mam, ernstlich durcheinander«, sagte ich.

»Glaubst du, sie kann reisen?«

»Ich werde sie gut festhalten.«

»Kein Gedanke, du machst sie nur noch nervöser. Sie fliegt mit mir zurück. Zusammen weg, zusammen wieder heim. Du wolltest doch noch nach New York?«

»Und Jana?«

»Ich habe schon Abschied genommen.« Sie lief zur Kommode und begann, ihre Unterwäsche zusammenzulegen. »Ich habe genug, ich kann nicht mehr.«

»Halte durch.«

Sie wischte sich eine Träne mit einem Strumpf weg. »Eine ganz alte Träne«, sagte sie mit einem schmerzlichen Lächeln, »eine aus einem vorigen Leben.« Wir klopften einander zärtlich auf den Rücken. Ich hatte meine Familie noch nie so viel betatscht.

Es war gar nicht so einfach, für meine Mutter und Saskia bei der Stiftung »Wir kommen« einen früheren Flug zu bekommen. Der Computer zeigte wenig Flexibilität, und es sah aus, als müßten wir den vollen Betrag eines Linienfluges bezahlen. Aber nach endlosem Telefonieren stellte sich heraus, daß am folgenden Tag ein Charterflug gehen würde; Verrücktheit genügte nicht als Grund, sie auf die Warteliste zu bekommen, aber ein ersonnener Sterbefall wirkte Wunder: Mutter und Tochter konnten am folgenden Tag abfliegen.

»Weißt du, daß dein Vater mir in den ersten Jahren nie etwas über das Lager erzählt hat«, sagte meine Mutter, während sie den Dampf von ihren Spaghetti wegwedelte. »Das hat erst nach 1950 angefangen, nachdem er bei einem anthroposophischen Treffen von einem Mann angesprochen wurde, der ihn vom Schiff her kannte, vom Transport von Java nach Sumatra.«

Sie nahm einen Bissen und kleckerte auf ihre Strickjacke.

»Aber du hast doch gewußt, daß er vom Streckenbau kam?« fragte ich.

»Von Bekannten in Palembang, ja. Er selbst sprach nicht darüber. Ich las aber in seinen Augen, daß er einiges mitgemacht hatte. Aber dieser Mann erzählte ihm dann von der Torpedierung. Und von dem britischen Offizier, der deinen Vater rettete. Erst da fiel es ihm wieder ein. Verrückt, nicht wahr? Total vergessen.«

Saskia lag tief schlafend auf meinem Bett, und ich saß mit meiner Mutter unter einer Wäscheleine voller italienischer Fähnchen. Das Motel feierte eine Pastawoche. Meine *vongole* schmeckten nach Lebertran. Wir tranken Wein, und meine Mutter war so übermütig, ein zweites Glas zu nehmen. Es war, als würden wir klammheimlich etwas feiern, wir, die beiden Starken. Gut, daß ich die Initiative ergriffen hatte, ich war der tüchtige Sohn, auf den sie sich verlassen konnte. Wenn sie starb, mußte ich alles regeln, Ada hätte das tun müssen, weil sie so genau und sparsam war, aber nun fiel die Ehre mir zu. »Die Sterne geben mir noch ein paar Jahre«, kicherte sie, »und du mußt dann auch eine bessere Musik aussuchen. Du hast wenigstens einen guten Geschmack.« Sie wickelte mich ein, wirklich, sie verleugnete ihre verrückte Tochter und lachte über ihren eigenen Aberglauben, weil sie wußte, daß das bei mir gut ankam. Mimikri. Sie würde sich noch im Sarg anpassen.

»Was hat Pappie eigentlich an der Anthroposophie gefunden?« fragte ich.

»Na ja, vor allem wohl die Erziehung, die Idee, daß man einem Kind alles beibringen konnte. Du darfst nicht vergessen, daß er selbst nie eine Chance gehabt hat. Er wollte so gerne, daß du es weit bringst.«

»Schlagen gehörte nicht dazu.«

»Nun, das ging doch wohl.«

»Er schlug jeden Tag.«

»Nicht jeden Tag.«

»Also bitte.«

»Sonntags hatten wir es doch immer sehr gemütlich, Reistafeltag, da war er richtig gut aufgelegt ...«

Gejammer, darum ging es mir nicht; mir brannte eine gemeinere Frage auf den Lippen: Warum gingst du aus dem Zimmer, wenn er schlug? Schon seit Tagen wartete ich auf den passenden Moment, ihr das vorzuwerfen. Aber ich traute mich nicht. Kindisch, wie ich war, begann ich ihr vorzurechnen, wie oft ich geschlagen worden war. Beim Schreibenlernen, beim Essen, nach dem Essen, wenn ich zu spät von der Schule kam ... ich hörte mich selbst sprechen und schämte mich, daß ich mich so gehen ließ ... Dreihundertfünfundsechzig weniger soundso viele Sonntage ... meine Mutter erschrak sichtlich bei meinen Rechenaufgaben. Nach langem Hin und Her einigten wir uns: unter der Woche ja, aber sonntags nicht. »Mensch, hast du sie nicht alle?« fauchte ich sie an. »Ist sechs Tage schlagen entschuldbarer als sieben?«

Sie fand, daß ich übertrieb.

Und das Lineal?

»Ja, ja, Gott, ja«, sagte sie. »Dein Vater hielt nun mal viel von guten Tischsitten.«

Und der Stock?

»Das hat nicht lange gedauert.« Und war es nicht zu

meinem Besten gewesen? Ich hatte doch von der Lähmung nichts zurückbehalten.

Was für schmerzhafte Erinnerungen ich auch anbrachte, meine Mutter beschönigte alles. Sie versuchte ehrlich zu sein, log aber kräftig drauflos. Es ging mir nicht um eine Tracht Prügel mehr oder weniger, es ging mir nur um eines: Warum bist du immer aus dem Zimmer gegangen? Als Kind mußte ich mich das schon gefragt haben, aber weil ich später meinen ganzen Haß auf meinen Vater gerichtet hatte, kam diese Frage nie auf den Tisch.

Ich trank mir Mut an, meine Rolle als tüchtiger Sohn war nur gespielt, ich saß ihr als kleiner Junge gegenüber, ein zerknirschter Quälgeist, und dieser Junge wollte sie vor einer Erniedrigung beschützen. Wenn ich jemandem ähnlich sah, dann war es meine Mutter.

Also wechselte ich das Thema und machte andere schlecht, ich erzählte genüßlich und übertrieben vom verschwiegenen Tod der ersten Frau meines Vaters, davon, wie Daddy van Bennekom, der Advokat für fragwürdige Geschäfte, geschummelt hatte. Sie reagierte kaum darauf, als habe sie das alles schon vermutet.

Aber meine Obsession blieb: Warum hast du mich im Stich gelassen? Die Frage mußte auf den Tisch, meine Geduld war zu Ende, ich war nervös und ungehalten. Müde von allen Anstrengungen und Gefühlen der letzten Tage, die Rechnung schon auf dem Tellerchen, veränderte ich meine Frage in eine Feststellung: »Meiner Meinung nach hast du dich vor ihm gefürchtet.«

»Wie kommst du denn darauf?« rief sie empört. »Ich war selbst ein Hitzkopf. Wenn er wieder mal getobt hat, habe ich gesagt: ›Falls es dir hier nicht gefällt, da hat der Zimmermann ein Loch gelassen.‹ Ja, das habe ich gesagt.« Sie stieß ihre Gabel auf den Tisch und zog ein Gesicht, das zu diesen energischen Worten paßte.

Angesteckt von ihrem entschlossenen Blick platzte ich heraus: »Aber es lief nur einer zur Tür raus, und das warst du.«

Meine Mutter sank in sich zusammen, kniff die Augen zu, und dann wiegte sich ihr ganzer Körper langsam hin und her... Ich griff nach ihrer Hand und versuchte, sie zu trösten. Statt dem befreienden Gefühl, auf das ich gehofft hatte, spürte ich Wellen von Bedauern. »Nein, nein, nein«, sagte sie, ihre Hand zurückziehend, »wenn ich weglief, dann war es nur, um in einem anderen Zimmer zu beten, um Ruhe auf ihn herabzurufen und die Geister in seinem Kopf zu beschwören.«

»Der Papst betet die Juden aus den Gaskammern.«

»Das ist eine gemeine Bemerkung.« Sie sprang auf, so böse, daß sie sich nicht zu helfen wußte. Erregt stieß sie ihr Glas mit Wasser um. »Du plusterst dich auf«, sagte sie mit lauter Stimme, »du schwelgst in Selbstmitleid. Was hast du denn schon mitgemacht? Und so jemand verspottet seine Schwestern. Wie kannst du das wagen, du Wichtigtuer?«

Ich verbarg meine Scham in einem großen Kognakglas. Meine Mutter fischte die Eisstückchen aus ihrem Glas. Draußen raste der Polarschnee, aber hier drinnen fuhren die Kellnerinnen fort, Eis ins Trinkwasser zu werfen. Merkwürdiges Land.

»Dein Vater war ein guter Liebhaber«, sagte meine Mutter, als das letzte Stückchen im Aschenbecher geschmolzen war.

»Wer ist hier nun taktlos?«

»Ich finde es wichtig, daß du das weißt. Dein Vater konnte sehr zart und sehr lieb sein.«

»Ob Jana das auch so sieht?«

Patsch. Sie antwortete mit einem Schlag, einer altmodischen, schönen Ohrfeige auf die linke Backe, mit der flachen Hand. Ein japanischer Schlag. In ihren alten Fingern war noch genug Leben für die nächsten Jahre, die Fähnchen über unseren Köpfen wurden davon zum Flattern gebracht.

»Das tat ich bei deinem Vater auch, wenn er zu weit ging.«

Nie gesehen, dachte ich. Sie nahm ihre Tasche, und ich bezahlte die Rechnung. Wir liefen durch die spärlich erleuchteten Gänge und schwiegen unbehaglich.

»Vergiß nie«, sagte sie vor ihrer Zimmertür, »du warst sehr erwünscht, wir sehnten uns beide nach einem Jungen.« Sie gab mir einen mütterlichen Klaps auf die Wange.

Es schneite nicht mehr. Der Himmel war hell und voller Sterne, am Horizont hing ein gelbliches Licht. Ich lief hinaus und wusch mir das Gesicht mit Schnee.

Die Frau an der Rezeption händigte mir ein langes Fax meiner Freundin aus. »Liebes Kerlchen«, stand darüber, »bald ...« Sie liebte mich. Je weiter wir voneinander entfernt waren, um so mehr liebte sie mich mit Worten. Ich mußte ihr irgendwann mal sagen, daß ich kein Kerl war, nie mehr irgend jemandes Kerl.

Saskia atmete schwer. Ich legte mich angezogen auf das zweite Bett. Ihre Anwesenheit ärgerte mich, warum nur? Sogar ihren Schlaf konnte ich nicht ausstehen. Ich mußte versuchen, sie nett zu finden, nicht bedauernswert. Rükkenmuskeln strecken und entspannen, den imaginären Stock auf der Brust balancieren und nach einem Funken Zärtlichkeit suchen ... Zusammen mit meiner Schwester in einem Zimmer, zum ersten Mal mich erinnern an ein Gespräch auf dem Bauernhof unseres Großvaters.

»Ich weiß ein Geheimnis«, hatte sie damals gesagt.

»Was denn?«

»Sag ich nicht.«

»Los, sag's.«
»Wenn ich es verrate, bringt es Unglück.«
»Ich behalte es für mich.«
»Versprochen? Wirklich? Schwör's.«
»Ich schwöre es.«
»Vor dir ist noch ein Junge geboren worden.«
»Wann?«
»Im Lager.«
»Oh«, sagte ich verblüfft, »wo ist er denn?«
»Im ostindischen Himmel. Er ist tot geboren worden. Mammie hat dich nach ihm genannt.«
»Ist er in Opas Fotoalbum? Hat er mir ähnlich gesehen?«
»Nein, er war unser richtiger Bruder.«

Das Gedächtnis ist wählerisch, alles wird eingetragen, aber viel verwischt. Ich hatte nie mehr an diesen Vorfall gedacht, meine Mutter brachte die Sache nie zur Sprache, sie stand in keinem Tagebuch und wurde von keiner Lagertante erwähnt. Völlig vergessen. Dennoch vermißte ich meinen Vorgänger. Hatte ich seine Anwesenheit früher nicht gefühlt? Vielleicht spürte ich die Erinnerung an ihn noch im Bauch meiner Mutter, vielleicht ist dort meine Sehnsucht nach einem geträumten Bruder entstanden. Meine Mutter würde ich nichts mehr fragen, vielleicht konnte Jana ...

Quebec war schneefrei, die großen Straßen waren saubergeweht. Nichts stand der Abreise im Weg. Die Fahrt zum Flughafen würde fünf Stunden dauern. Wir hatten nur den Morgen, um von Jana Abschied zu nehmen. Ich sollte als erster gehen, alleine länger zu bleiben reizte mich nicht, es hatte keinen Sinn, tagelang auf Janas Tod zu warten, die Fruchtblase ihrer Tochter war zäh, und selbst dann konnte das Sterben noch ewig dauern: Nur ein schlechter Arzt sagt voraus, wann man an Krebs stirbt, hatte die Schwester zu uns gesagt. Meine Mutter sollte etwas später nachkommen. Saskia war nicht zu erweichen, sie wollte ihre Schwester nie mehr sehen, sie bekam eine Tablette in ihren Joghurt, so hielten wir sie ruhig, und sie blieb im Motel. Wenn es darauf ankam, konnten wir ungeheuer praktisch sein.

Jana fand es schwierig, in so kurzer Zeit. »Mammie hatte sich so drauf gefreut, und ich erst.« Sie hatte alles falsch gemacht. Die Spannung war zu groß. Errol und sie waren nicht so gesprächig. »Auch ich habe Schuld. Es gibt keine Ausrede.« Vieles kam so zusammen, und sie genierte sich für die Art und Weise, wie sie uns empfangen hatte. »Unser Leben hier ist nicht so toll.«

Wir tranken dünnen Tee, und ich ließ sie sprechen. »Fein, daß wir nochmal mit Ada zusammen sein konnten, deine Rede hat sie gut getroffen, ihre ganze Art, ihr Leben, und so müde vom Sorgen. Da merkt man doch, wie fern von allem man hier ist, aber es ist ein Weg, den ich selbst gewählt habe. Wahrscheinlich der des geringsten Widerstands, etwas, was man in jüngeren Jahren tut, aber wenn man älter wird, fragt man sich, ob einen das wirklich weitergebracht hat. Vielleicht mußte es so sein.« Sie biß tapfer auf ihre Unterlippe.

»Warum bist du nach Kanada gegangen?«

»Na, die Aussichten, die Jobs lagen hier auf der Straße.«

»Els Groeneweg hat gesagt, du wärst geflohen.«

»Ach, Els, wie geht es ihr denn?«

»War etwas Bestimmtes vorgefallen?«

»Ich war albern, noch nicht trocken hinter den Ohren.«

»Hat er...«

»Ach, du weißt doch ...«

»Nein.«

»Ich war die Tüchtigste zu Hause, er hat sich auf mich gestützt.«

»Sein schwaches Herz.«

»Ja, und all das. Du begreifst es nicht.« Sie deutete hinaus. »He, was ist das? Gibst du mir mal das Fernglas?« Sie drehte sich mit dem Stuhl und folgte der schwarzen Schnur, die sich gegen die beschneiten Hügel abzeichnete. »Schwäne, wilde Schwäne, die sehen wir hier selten, das müssen die letzten sein.« Es flogen noch mehr vorbei. Sie schaute in alle Richtungen, nur nicht in meine. »Ja, kleiner Bruder, so ist das Leben«, sagte sie.

Und das war es denn wohl, keine alten Leichen aus dem Schrank, kein Kreuzverhör und keine Schikanen mehr. Ich stand auf und stellte mich, die Hände in den Hosentaschen, ans Fenster. Hatte sie mir nicht damals das Märchen von der Prinzessin erzählt, die ihre in Schwäne verzauberten Brüder erlöste, indem sie ihnen ein Tuch aus selbstgesponnenem Brennesselgarn über die Flügel warf? »Danke für alle Geschichten, die du mir früher vorgelesen hast«, sagte ich.

Ein Auto hupte, das Taxi meiner Mutter. Weil ich nicht wußte, wie man Abschied nimmt, malte ich ihr ein kleines Kreuz aus Spucke auf die Stirn. Nach Ansicht meiner Mutter war das beruhigend. »Das hat sie im Lager auch immer gemacht«, sagte Jana und lachte.

Ich öffnete meiner Mutter die Tür, und als sie langsam an meinem Arm den Wintergarten betrat, rief Jana von ihrem Stuhl aus: »Du hast genau denselben Gang wie dein Vater. Die Füße nach außen, schaukelnd wie ein Elefant.« Ich biß mir auf die Unterlippe und wurde rot; auch wenn sie es nicht böse gemeint hatte, ich schämte mich, sosehr sich mein Verstand auch gegen dieses Gefühl wehrte. Mein Vater war mein *kornak*, mein Elefantenführer, und ich hatte ihn von mir abgeschüttelt, aber Jana setzte ihn mir wieder auf den Nacken.

Saskia wartete mit den Koffern in der Halle. Wir hatten abgemacht, nur vorzufahren, Mammie einladen und weg. Kein Abschied mehr. Aber Jana bekam es nicht übers Herz, ihre Schwester so ohne Gruß gehen zu lassen. Sie stand am Fenster, auf ihre dicke Tochter gestützt, mit einem schmerzverzerrten Gesicht. Saskia sah weg.

»Habt ihr noch über irgend etwas gesprochen?« fragte ich auf dem Highway Richtung Quebec.

»Nein«, sagte meine Mutter, »wir hatten genug geredet.«

»Was habt ihr denn gemacht?«

»Coupons ausgeschnitten.«

Auf dem Weg nach New York übernachtete ich in Albany. Gestärkt durch ein Frühstück aus Pfannkuchen und Ahornsirup beschloß ich, den Süden vorläufig rechts liegen zu lassen, und bog nach Osten ab. Ich wollte am Atlantischen Ozean entlangfahren, einfach so, aus Übermut, ich hatte genug Häßlichkeit gesehen. Ein paar Stunden lang schaukelte ich über die Kuppen der letzten Hügel vor der Küste und kam an einem Wegweiser mit Pfeil nach Cape Cod vorbei. Das war mein Signal! Dieser Name, ein Klang, der mit einem berühmten Foto verbunden war: der junge Kennedy, in den breiten Dünen von Cape Cod spazierengehend. Dünen ... da konnte ich frische Luft schnappen, meine Ruhe wiedergewinnen und den Geruch von Windeln und Tod von mir abspülen. Der Seewind kroch ungeduldig durch die Fenster, und in der Ferne glitzerte eine Landzunge in einer Bucht, Jachten und Segelboote schaukelten an hölzernen Landungsstegen. Ich nahm die Abzweigung und ratterte über eine Eisenbrücke. Cape Cod stellte sich als Insel heraus.

Auf der Karte hatte es die Form eines angewinkelten Armes mit erhobener Faust, Popeye nach einer Portion

Spinat. Die breite Straße führte an Wäldern vorbei, an Felsen, Tümpeln und Wasserrinnen, Dünen bekam ich nicht zu sehen. Erst hinter dem Ellbogen, als die Landschaft flacher wurde, zeichnete sich ein Versprechen von Sand und Klei auf den abgetragenen Hügeln ab – Bahnen in Rost, Blei und Elfenbein wellten sich hier; der Seewind schenkte dem Boden eine Fahne. Die weißen Tore der Landsitze waren geschlossen, die Luken vor den alten Seemannshäusern glänzten frisch gestrichen. Die *beau-monde* war weggezogen, da und dort schlenderte eine alte Frau in einer rosakarierten Hose.

Ein Fischadler flog im Gleitflug über ein Moor und verschwand, die Beute in den Krallen, zwischen den Kiefern. Die Sonne schien, der Herbst beherrschte sich an diesem Tag, ein leichter Südwestwind zog über die Insel, die Zweige waren schwer von Tannenzapfen.

Bis endlich die Insel kahler wurde: Sträucher mit krummen Rücken, zähe Gräser, Schuppen und Werften, angefressen von Salz und Wind. Armselig, wie es zur Küste gehört. Ich näherte mich der Faust, die Straße wurde schmaler, und ich bog auf gut Glück in Seitenwege ein, auf der Suche nach Dünen und einem hölzernen Hotel mit Blick aufs Meer. Doch die Wege waren Sackgassen oder verliefen im Kreis und kamen wieder auf der Straße heraus. Gab es hier überhaupt Dünen? Vielleicht war das Foto nur eine Einbildung, und wo versteckte sich das Meer? Ich konnte es hören und riechen, aber nirgends sehen. Es war schon spät, die Sonne verschwand hinter den Sträuchern, und die ersten Leuchttürme begannen zu blitzen, drei Finger strichen am Himmel entlang. Ich fuhr zum nächstgelegenen Leuchtturm, verbotenes Gelände, ich sprang über den Zaun und lief die Anhöhe hinauf. Das Rauschen schwoll an, und erst auf dem höchsten Punkt sah ich das Wasser tief unter mir gischten: der Atlantische Ozean, wild und schäumend. Ich war in einem Kessel herumgefahren, die Ränder der Insel waren höher als die Mitte, und erst von hier oben entdeckte ich, daß die Insel noch einen tiefer gelegenen Dünenrand hatte, breit, voller bizarrer Einschnitte und Buchten, dunkel und drohend im späten Licht der untergegangenen Sonne. Alles war groß und heftig, hier herrschte das Meer, hier schlugen die Stürme Kliffe in den Fels. Morgen lag dort mein Strand.

Der Sand war hart und unberührt, ich lief mit einem Buckel voll Wind, die Herbstkälte pfiff mir durch die Kleidung. Die Flut zog sich zurück, Schaumflocken rollten mir entgegen. Hinter jeder Bucht fand ich neue Ausblicke.

Plötzlich stieg eine braune Wolke aus den Dünen auf, die Wolke kreischte, zog zum Meer, stieg auf und fiel über der Brandung auseinander. Tausende von Vögeln ließen sich vor meinen Füßen nieder, Schnepfen auf der Durchreise nach Süden, gelandet für eine Mahlzeit und um auszuruhen. Es herrschte Ordnung in diesem Chaos, Tausende kleiner Gehirne hatten beschlossen, hier ein paar Stunden zu verbringen. Sie gingen mir nicht aus dem Weg. Die vordersten Reihen erschraken noch, wenn ich näher kam, stoben hoch und landeten hinter mir, aber nach ein paar Metern gewannen die Schnepfen Mut und bildeten eine geschlossene Front. Einige standen auf einem Bein und betrachteten mich träumerisch. Sie warteten, klein und friedlich, und trotzdem machten sie mir angst. Ein Vogel versuchte, auf meiner Schulter zu landen, für ihn war ich ein Baum, der sich bewegte. Ich drehte mich um und lief auf Zehenspitzen zurück.

»Nicht umkehren, weiterlaufen«, sagte mein Vater, »der Busch ist voller wilder Tiere, Verstand auf Null, Blick auf unendlich.« Es war Brutzeit, und die Möwen flogen vor uns her. Wir wanderten mit vollem Gepäck, der Rucksack war mit Sand gefüllt. Rücken gerade, Muskeln anspannen und das linke Bein hoch. Ich will, ich gewinne – wenn ich Schmerzen hatte, mußte ich das zehnmal sagen. Nicht wie ein Mädchen laufen. Ein schwerer Schritt gab Kraft in den Beinen. Meines Vaters Sohlen stempelten den Strand.

So lief er auch Patrouille, tagelang mußte er weiter, mit einem verwundeten Soldaten auf dem Rücken. Zu klagen hatte keinen Sinn, der Verwundete mußte mit, sonst wäre er eine leichte Beute für den Feind und könnte alle verraten. Der Sand auf meinem Rücken war ein Verwundeter. Halt. Noch ein paar Händevoll dazu. Nasser Sand, der eine feuchte Spur über den Hintern zieht, Sand, der zwischen den Schenkeln scheuert. Blut, denke an das Blut des Verwundeten.

Wir zogen in die Dünen, je lockerer der Weg, um so besser. Laß das Helmgras peitschen, rein in die Mulden, rauf auf die Hügel. Die Möwen kreisten über unseren Köpfen. Ich schaute ängstlich hinauf. Sie kreischten, schnitten uns im Gleitflug und versuchten, nach uns zu picken. Wir liefen quer durch eine Möwenkolonie, sie saßen überall, neue Staffeln flogen auf, hinterhältig und bösartig im Angriff. Ich mußte mich bücken und hörte ihre Flügel gegen meinen Rucksack schlagen. Der Luftstoß, den sie im Tiefflug machten, traf meinen Nacken.

Mein Vater zog ein Büschel Helmgras aus dem Boden und begann, die Angreifer mit Gefuchtel und Geschrei zu verjagen. Aber sie hörten nicht auf, sie pickten nach den Halmen in seiner Hand. »Die Vögel sind der Feind«, rief er über ihr Gekreische hinaus, »das ist ein Ablenkungsmanöver, wir müssen weitermachen. Sie wollen Verwirrung stiften.« Seine Lippen waren lila.

Wir gingen weiter, die Hände über dem Kopf und den Blick auf unendlich. Ich will, ich gewinne. Mein Vater lief keuchend hinter mir her, wir stiegen auf eine Düne, weg von dem Grün, wo die Nester waren, ich hörte seinen Atem rasseln, schaute mich um und sah, daß er sich am Helmgras nach oben zog.

Er hielt sich erschöpft an mir fest und lehnte an meinem Rucksack. Ich machte den Gurt um meine Taille los und ließ mich in den Sand fallen. »Uff«, keuchte er, »nicht ausruhen. Stoß die Müdigkeit von dir weg! In dem Moment, in dem du aufgibst, schlagen sie zu. Wenn ich damals aufgegeben hätte, stünde ich jetzt nicht neben dir. Durchhalten, und du gewinnst.«

Ich lief die Düne hinauf. Mein Vater stützte sich auf mich, und die Last wurde leichter. Der Verwundete war ein Engel, der über meinem Rücken schwebte.

Die Mutter hatte ihre Tochter begraben. Im Schnee, in einer Grube, die mit Pickelhacken aufgehackt worden war. Die Tulpen aus Holland lagen glasig auf dem Sarg. Taub vor Kälte stand sie vor dem Grab, der Eiswind schnitt ihren Atem ab. Die Liebe und die Wärme, die sie ihrer Tochter mitgeben wollte, gefroren in ihrem Kopf, sie konnte keinen klaren Satz mehr denken oder sagen, der Winter rumpelte und pumpelte in ihrem Kopf. Daß sie nun mit Frostbeulen an den Zehen von ihrer Tochter Abschied nehmen mußte. Ein Kind, in der Hitze gewiegt, ließ sie in gefrorener Erde zurück … Jana hatte es bestimmt mit Absicht getan, sie ließ sich von der Eiseskälte balsamieren, so konnte die Natur sie länger festhalten.

Jana war im Wintergarten gestorben, ihr Bett stand schon seit Wochen unten, sie hatte zwischen zwei Heizsonnen gelegen, es sah aus wie ein Gewächshaus. Der Schnee schmolz vor dem Fenster, und die Vögel wärmten ihre Füße auf dem gläsernen Dach. Der Garten fesselte Jana bis zuletzt. Sie fiel um, während sie auf ein Eichhörnchen deutete, das die aufgefädelten Erdnüsse klaute. Die Pflegerin wollte sie gerade saubermachen, Errol war in der Fabrik, es dauerte ihm zu lange, er hatte es nicht mehr ausgehalten, Däumchen drehend auf ihren Tod zu warten.

Es würde eine bescheidene Beerdigung sein, nicht der Mühe wert, hinüberzufliegen. Der Deckel war schon auf dem Sarg. »Es ist zu kalt für dich«, sagte Errol am Telefon. Zu kalt? Das war doch wohl ihre Sache! Sie zog etwas Warmes an, sie hatte genug Pullover in ihrem Leben gestrickt. Außerdem – lag da nicht ein Baby in der Wiege, ihr erstes

Urenkelchen? Nein, sie ließ sich nicht zurückhalten, es gab noch etwas gutzumachen. Noch einmal die Hand der Tochter halten, das konnte man einer Mutter doch nicht verwehren? Und kein Kind brauchte sie zu begleiten, sie flog sogar lieber allein; wenn sie sich schuldig fühlten, sollten sie ihr die Reise bezahlen. Trauer verarbeitet man am besten allein.

Es tat ihr leid, daß sie sich nicht würdiger von Jana hatte verabschieden können. Die Älteste kam immer zu kurz. »Ich werde deine Hand halten, wenn du gehst.« Mit diesem Versprechen war sie beim letzten Mal nach Kanada gereist, dieser Satz ging ihr jetzt ständig durch den Kopf. Was konnte man anderes tun, als das eigene Kind sanft zu dem dunklen Tunnel zu führen, ihm die Angst wegzunehmen, wie sie es auch bei Janas Geburt getan hatte? Ein wehrloses Wesen trösten, ihm ans Licht helfen, die Erlösung lag auf der anderen Seite, bei der Geburt mußte man auch durch einen Tunnel, so viel Unterschied war nicht zwischen dem Beginn und dem Ende. Aber das Schicksal fügte es anders. Saskia verlangte alle Aufmerksamkeit, und die Entscheidung war schnell getroffen: Ihre jüngste Tochter durfte nicht auch noch untergehen. Das Leben ging vor.

Saskia ging es nun besser, aber es waren ein paar schwere Wochen gewesen. Viele Vorwürfe und böse Worte. Die Mutter bekam an allem die Schuld. Sie hatte sich nicht verteidigt; wenn man seinem Kind helfen konnte, schluckte man viel.

Es standen nur wenige Menschen um das Grab, etwa zehn, die nächsten Familienangehörigen und ein paar Nachbarn. Janas Sohn las etwas aus der Bibel vor und stolperte über seine eigenen Worte. Seine Schwester hing mit ihrem vollen Gewicht an ihrem Hals. *Poor granny!* Noch kurze Zeit, und Granny würde sich für immer von dieser Last befreien. Sie wußte, daß sie an diesem Tag nicht nur von Jana

Abschied nahm... Schwiegersohn und Enkel waren ihr fremd geworden. Anfangs hatte sie sich noch auf das neue Baby gefreut, aber als sie es in den Armen hielt, ein farbloses, unbestimmtes Bübchen, ließ es sie kalt. Sie erkundigte sich noch nicht einmal nach seiner Geburtsstunde; was sollte so ein Geschöpf mit einem Horoskop?

Am nächsten Abend saß sie wieder im Flugzeug. Sie hatte um einen Platz am Fenster gebeten, so konnte sie noch einmal die weißen Seen betrachten. Die Sicht war ausgezeichnet, der Wind fegte den Himmel blank, letztes Mal war er bedeckt gewesen. Sie studierte die Flugroutenkarte in der Rückenlehne vor ihr, immerhin war das ihr letzter Flug.

Sie war geübt im Abschiednehmen. Nicht daß es ihr nicht mehr weh tat, aber es gehörte nun mal zu ihrem Leben. Sie hatte ihre Mutter verloren, als sie vier Jahre alt war, gestorben bei der Geburt ihres Bruders. Der Junge konnte dem Vater nichts recht machen, er wurde voller Vorwürfe aufgezogen, und sie stand dazwischen. Sie war Mutter, Schwester und Schiedsrichterin zugleich, zum Trauern kam sie nicht. Dieses Ereignis hatte sie geformt: Du kannst Menschen zwar sehr lieben, aber sie können auch leicht wieder aus deinem Leben verschwinden. Du hast es nicht in der Hand, du wirst auf die Probe gestellt. Karma, das war dein Schicksal, die großen Linien waren vorbestimmt. Daran glaubte sie fest, und gab es nicht genug Beweise dafür?

Nehmen wir mal ihren ersten Mann: Kurz vor Ausbruch des Krieges sagte er ihr voraus, daß sie allein mit den Mädchen nach Holland zurückkehren würde. Eine Scheidung, dachte sie, er will mich los sein, und sie widersprach ihm nicht, denn mit ihrer Ehe stand es nicht zum besten. Später, im Lager, als langsam klar wurde, daß die Schwellung in ihrem Bauch kein Ödem war, sondern ein Baby, wußte sie sofort, daß sie zu schwach war, um ein lebendes

Kind zu gebären, und diese Sicherheit machte den Abschied etwas erträglicher.

Und dann Just II, auch so eine tolle Geschichte. Er war davon überzeugt, daß er mit zweiundvierzig sterben würde, ein Hellseher hatte es ihm im Lager vorausgesagt. Darum zeigte er auch eine solche Eile bei der Erziehung seines Sohnes. Sie würde nie vergessen, daß er einen Tag nach seinem zweiundvierzigsten Geburtstag mit einer großen Schachtel Briefumschläge nach Hause kam und sich an den Tisch setzte. So überzeugt war er von seinem eigenen Tod. Zufall? Was man so Zufall nannte. Schon früher in seinem Leben war eine Vorhersage eingetroffen. Justin sollte vor seinem neunten Geburtstag einen Autounfall erleiden, nun, alle waren gewarnt! Er durfte ohne Begleitung keinen Fuß vor das Haus setzen. Immer wurde er in die Schule gebracht und wieder abgeholt. An seinem neunten Geburtstag stieß die ganze Familie einen Seufzer der Erleichterung aus. Sie lieferten ihn an der Schule ab, führten ihn durch das Tor und fuhren weg. Justin dreht sich um, schleicht durch das Tor hinaus, läuft über die Straße und wird von einem Auto erfaßt. Davon stammten auch die Narben auf seinem Rücken.

Sie durfte den Sicherheitsgurt öffnen, die Stewardessen teilten Getränke aus. Ach Gottchen, jetzt hatte sie die Seen vergessen. Sie beugte sich zum Fenster und schaute in ein dunkles Loch ... keine Eisfläche zu sehen, nur dieser seltsame gelbe Schein am Horizont, das konnte doch nicht der Mond sein? Oder reisten sie schon der Sonne entgegen?

Wie herrlich wäre es, da draußen wegschweben zu dürfen, dem Licht entgegen, erlöst von der Erdenpflicht ... Sie schloß die Augen und sah Ada in der Ferne, daneben Jana ... sie riefen sie, sie winkten. Nein, sie durfte sich nicht so gehenlassen, Aram war schließlich noch da, ihr Lieblingsenkel, gescheit und empfindsam. Das Kerlchen verließ sich auf sie. Sie nahm sich vor, ihn jeden Mittwochabend zu besuchen, mit ihm zu schmusen, seine Ohren zu kontrollieren; das paßte gut, der Altenbus fuhr mittwochs gratis.

Sie holte ein Foto aus ihrer Handtasche, Jana hatte es in einem Umschlag für sie zurückgelassen, eines der wenigen, die Saskias Zerreißwut entgangen waren, es fehlte ihm nur eine Ecke. Sie nahm sich vor, einen Rahmen für das Bild zu suchen und ihm zu Hause einen Ehrenplatz zu geben. Die Familie oben auf einer Düne: sie, Justin und die vier Kinder. Wer konnte es aufgenommen haben? Sie kannte dieses Foto überhaupt nicht. Wo hatte sie ihre Lupe? Noch mal genau betrachten ... Sonnenuntergang ... man sah es an dem weichen Schatten, der die Dünen streichelte, Vater in der Mitte, der Sohn sicher zwischen seinen Beinen, die Mädchen mit angezogenen Knien neben ihrer Mutter. Alle gleich braun im Abendlicht, gleich und geborgen, ein Krümel Glück am Ende eines Sommertags. Ihr Arm hing über Justins Schulter. Sie dachte an seine Nackenhaare, die weichen Löckchen, die sie so gerne gekrault hatte. Was war sie müde und gebrechlich gewesen damals, sie verstand noch immer nicht, was er in ihr gesehen hatte. Justin hätte in Palembang jede Frau bekommen können, die er wollte, alle fanden ihn hübsch und charmant, und trotzdem hatte er sie gewählt, eine ausgezehrte Witwe mit lockeren Zähnen. Sie würde ihm immer dankbar bleiben, er hatte ihr ihren Stolz zurückgegeben ... kein Mann ließ sie so sehr Frau sein.

Wie konnte der Junge seinen Vater hassen? Sie waren verrückt aufeinander, man sah es auf dem Foto, beide strahlten sie! All die Geschichten, mit denen er den Leuten auf die Nerven ging ... die Schläge, der Stock ... Natürlich haben wir Fehler gemacht, aber wann kam er endlich davon los? Eigentlich sollte sie ihm erzählen, daß er nach dem Essen selbst den Stock anbrachte. »Üben wir jetzt, Pap?« Er war es, der seinen Vater hinauszog, er wollte lernen, auf Bäume zu klettern, obwohl sein Vater viel zu krank dafür war. Sie machte sich oft Sorgen, daß das Wandern durch die Dünen schlecht für sein Herz war. Wenn sie im Winter ihren Sohn mit dem Schlitten nach draußen nahm, stampfte er vor Wut mit dem Fuß auf, er wollte nicht mit einer Frau gehen, niemand übertraf seinen Vater. Solche Hitzköpfe gab es öfter mal bei Kindern, die mit roten Haaren geboren waren. Früher hatte sie manchmal Angst gehabt, er sei in seinen eigenen Vater verliebt, eine Art verwirrter Ödipus, vielleicht gab es das ja. Er hing so an ihm. Vielleicht wies Justin ihn deshalb ab, weil er sich nicht zu helfen wußte bei so viel Anhänglichkeit.

Sie steckte ihre Lupe weg und starrte das Foto an. Ihre Kinder rannten durch die Dünen, sie hörte Weinen, Lachen, Flüsterstimmen, sie tröstete, machte Ordnung, schuftete und bahnte sich einen Weg durch namenlose Gesichter... Musik, Tanzen unterm Sternenhimmel, in Holzschuhen auf der Wiese, mit bloßen Füßen im Dorf, sich verbeugen vor Nippon, sich neigen vor einem Grafen... Wie eine Verrückte blätterte sie durch ihr Leben, und alle Bilder zerrissen vor ihren Augen.

Die Stewardeß klappte das Tischchen auf und stellte ein Tablett mit einem lauwarmen Brötchen vor sie hin. »Nun, haben wir geträumt?« fragte sie, als sie den Kaffee einschenkte. »Und kann das weg?« Sie hielt eine Hand voll Schnipsel hoch. Die Mutter stopfte sie verwirrt in ihre Tasche.

Der Flugkapitän sagte, Holland läge nun vor ihnen, das Flugzeug setze zur Landung an. Jemand hatte die kleinen Rollos runtergezogen, das Morgenlicht drang durch die Ritzen. Die Mutter wollte die Küste sehen, sie schob ihr Rollo hoch und blickte nach unten. Sie sah nur Wellen.